Jonas Hassen Khemiri
Das Kamel ohne Höcker

Zu diesem Buch

Auf dem roten Notizbuch, das seine arabische Freundin Dalanda ihm schenkt, gibt es jede Menge Goldmuster, unter anderem glänzen auch ein Halbmond und ein Stern im Sonnenlicht: Halim spürt die Kraft, die durch seine Fingerspitzen strömt und ihn die Seiten seines Tagebuchs füllen läßt. Für ihn, den rebellischen Gedankensultan im Kampf gegen alles Schwedische, gibt es viel zu erzählen, zum Beispiel von den Arabern, die die besten Mathematiker hervorgebracht haben und die tapfersten Krieger. Halim schreibt über das bessere Viertel, in das sie jetzt gezogen sind, über dieses Mädchen an seiner Schule, über seinen traurigen Vater und dessen Freund Nourdine, die zusammen in der kleinen Küche der Stockholmer Wohnung miteinander Schach spielen. Auf ebenso witzige wie selbstironische und anrührende Weise erzählt »Das Kamel ohne Höcker« von dem jungen Halim, der zwischen seinen arabischen Wurzeln und der schwedischen Heimat auf der Suche ist nach seinem Platz in der Welt.

Jonas Hassen Khemiri, geboren 1978 in Stockholm, Sohn einer Schwedin und eines Tunesiers, hat Wirtschaftswissenschaften in Paris studiert und schließt derzeit sein Literaturstudium in Stockholm ab. Sein Romandebüt »Das Kamel ohne Höcker« wurde mit dem Preis für das erfolgreichste schwedische Taschenbuch des Jahres ausgezeichnet. 2006 wurde der Autor mit dem Per-Olov-Enquist-Preis geehrt. Zuletzt erschien von ihm auf deutsch der Roman »Ein Tiger auf zwei Beinen«.

Jonas Hassen Khemiri

Das Kamel ohne Höcker

Roman

Aus dem Schwedischen von
Susanne Dahmann

Piper München Zürich

Die Übersetzung wurde vom Schwedischen Institut, Stockholm gefördert.

FSC

Dieses Taschenbuch wurde auf FSC-zertifiziertem Papier gedruckt. FSC (Forest Stewardship Council) ist eine nichtstaatliche, gemeinnützige Organisation, die sich für eine ökologische und sozialverantwortliche Nutzung der Wälder unserer Erde einsetzt (vgl. Logo auf der Umschlagrückseite).

Ungekürzte Taschenbuchausgabe
März 2007

Titel der schwedischen Originalausgabe:
»Ett öga rött«, Norstedts Förlag, Stockholm 2003

Umschlag/Bildredaktion: Büro Hamburg
Heike Dehning, Charlotte Wippermann,
Alke Bücking, Daniel Barthmann
Umschlagabbildung: Catherine Ledner/Getty Images
Autorenfoto: Johan Markusson
Satz: Satz für Satz. Barbara Reischmann, Leutkirch
Papier: Munken Print von Arctic Paper Munkedals AB, Schweden
Druck und Bindung: Clausen & Bosse, Leck
Printed in Germany ISBN 978-3-492-24932-4

www.piper.de

dank an g und h

1

Probier's mal mit Gemütlichkeit,
mit Ruhe und Gemütlichkeit,
wirf alle deine Sorgen über Bord.

Heute war der letzte Tag von den Sommerferien, also hab ich Papa im Laden geholfen. Erst haben wir die Schaufenster eingeräumt und überall Kleber mit »Schlußverkauf« drauf, dann neue Ware geholt. Im Lager totales Chaos, überall riesige Staubhaufen und Spinnweben in den Ecken. Ich habe beim Aufräumen geholfen und dabei eine Kiste mit alten Thermoskannen und Kartons mit Pinzetten und Nagelknipsern entdeckt, dazu massenweise verbeulte Schachteln mit Wunderkerzen. Weiter hinten ein altes Feuerwehrauto, das ich mal bei einer Tombola in der Schule gewonnen habe, echt lange her, noch in der Mittelstufe. Papa stellte die Thermoskannen und das Feuerwehrauto ins Schaufenster und hängte ein paar Lätzchen mit Snoopy drauf dazu. Ich habe gesagt, das ist zu voll, aber Papa sagte, es ist wichtig, daß man von draußen alles sieht. Dann bat er mich, 'nen Text auf ein Pappschild zu schreiben. Wir haben nämlich heute ein gestohlenes Fahrrad vor der Tür gefunden. War einfach in die Büsche geschmissen worden, hatte Löcher im Reifen, und die Pedale hatte auch einer geklaut. Papa sofort einen Geistesblitz gehabt und sagte, wir können das Fahrrad doch als Reklame nehmen. Also haben wir das Fahrradwrack mitgenommen und vor den Laden gestellt, zusammen mit dem Pappschild, das ich geschrieben habe: »Wir haben ALLES!« (Der Text ist von Papa.) Habe auch Pfeile drauf gemalt, damit man schnallt, daß unser Laden gemeint ist. Den Filzstift habe ich in meine Tasche geschmuggelt. Immer gut, einen Stift zu haben.

Dann kam Nourdine vorbei. Er transportierte die Pokemon-Maschine in einem alten Kinderwagen und klopfte selig an die Tür. So im Mai ist die Maschine ja kaputtgegangen. Hinter dem Glas saß das gelbe Pokemon nur noch still rum, und obwohl man Geld reinschmiß, kam keine Plastikkugel mehr raus. Nourdine hatte versprochen, das Ding zu reparieren, aber dann sagte er den ganzen Sommer über: »Bald ist es fertig, übermorgen, nächste Woche, bald ...« Aber eigentlich stand die Maschine nur in Nourdines Zimmer und hat Staub gefangen.

Papa machte ihm die Tür auf, und wir haben dem Kinderwagen über die Schwelle geholfen, denn die Maschine ist echt schwer. Nourdine hatte die komplette Mechanik geölt und sogar den gelben Pelz gebürstet. Die Maschine sah fast wie neu aus (wenn man vom Glas absieht, das Kratzer hat).

»Und?« Nourdine ganz glücklich, »was sagt ihr jetzt?«

»Wer an den Stein glaubt, wird von ihm erschlagen«, murmelte Papa zufrieden.

Das Pokemon wippte vor und zurück, wie es sollte, und machte diesen komischen Laut, und als Papa einen Fünfer reinschmiß, surrte es, und es kamen Plastikkugeln rausgerollt. Als Dank kriegte Nourdine zweihundert Kronen und eine Thermoskanne von Papa.

Am Nachmittag sagte ich, muß in die Stadt fahren und Bücher für die Schule kaufen, und bin dann mit der U-Bahn nach Skärholmen raus. War ein sonniger Sonntag und der Platz voll mit Leuten. Da saß Dalanda wie immer auf einer Bank und schaute mit zusammengekniffenen Augen in die Gegend. Als ich sie sah, kam direkt

Freude auf. Neben ihr auf der Bank ein paar Tüten mit Gemüse. Die nahm sie sofort runter, als sie mich sah. Turnte rum, um mich groß zu umarmen und mir drei Küsse zu geben. Dann lehnte sie sich wieder zurück und nahm meine Hand.

Wir saßen still da, während um uns rum brüllende Obstverkäufer Bananen zum Sonderpreis und superbillige Gurken anboten. Ein Stück weiter runter spielten die Neger afrikanische Trommeln, und die Tauben wanderten um die Bänke rum wegen mehr Brot. Kommt dir vielleicht komisch vor, daß man sich nicht schämt, mit 'ner alten Tante auf der Bank zu sitzen und zu reden. Ich habe vielleicht auch so gedacht, als ich das erste Mal mit Dalanda redete. Aber das bereust du sofort, wenn du merkst, wie stark sie ist. Sie weiß echt alles über die Geschichte der Araber und hat mir erzählt, daß wir die besten Philosophen und die schlauesten Mathematiker und die tapfersten Krieger haben. Sie hat auch gesagt, wir Araber sind nicht so wie andere Ausländer, sondern viel zivilisierter, und wenn sie das sagt, laufen mir Schauer den Rücken runter.

Heute fing Dalanda an, über eine Masse arabischer Schriftsteller zu reden, richtige Profis wie Ghassan Kanafani, Fathi Ghanim und Nagib Machfus, der den besten schwedischen Nobelpreis gekriegt hat. Sie sagt auch, jeden Juden, der schreiben kann, gibt es auf schwedisch, aber echt wenig Araber. Plus, es gibt einen Juden, der Salman heißt, der hat den Koran beleidigt, und sein Buch gibt es trotzdem überall in Schweden.

»Und wir haben ja die Buchstaben erfunden, das hat dein Vater dir hoffentlich erzählt? Als die alten Ägypter schon auf Papyrus schrieben, lebten alle Europäer noch wie barbarische halbe Tiere.«

»Die haben uns also eigentlich alles nachgemacht?«

»Hm, so könnte man sagen. Und die alten Texte gibt es immer noch, mit genau derselben Botschaft wie als sie geschrieben wurden. Texte sind schließlich nicht wie Menschen, die sich verändern und Sachen vergessen. Deshalb habe ich auch … was für dich … gekauft.«

Aus der Tasche fummelte sie ein dickes Notizbuch mit roten festen Deckeln. Draußen drauf waren jede Menge Goldmuster und unter anderem waren der Halbmond und der Stern zu sehen. Die glänzten richtig im Sonnenlicht.

»Hier. Das ist für dich. Wenn du das hier nur richtig benutzt, dann verspreche ich dir, mußt du dir keine Sorgen machen, daß du das Gedächtnis verlieren und wie mein verdammter Mann wirst.«

Ich nickte ernst und nahm das Buch. Von der ersten Sekunde an, als ich die leeren Seiten sah, spürte ich DIE KRAFT durch die Fingerspitzen strömen.

»Aber du kriegst es nur, wenn du versprichst, weiterhin fleißig zu lernen. Und dann verspreche ich dir, daß du eines Tages auf arabisch da rein schreiben kannst. Versprichst du das?«

»Natürlich. Klar.«

Dalanda lächelte mit all ihren braunen Zähnen und streichelte mir den Kopf wie einem Kind.

»Halim, mein kleiner Träumer. Du weißt doch, wie man in Ägypten sagt: Ein Mann ohne Sprache ist wie ein …«

»Kamel ohne Höcker – wertlos.«

Dalanda nickte zufrieden.

»Ganz genau. Ich weiß, mit Allahs Hilfe wirst du schon bald ebenso gut Arabisch schreiben können, wie du sprichst. Inschallah!«

Ich antwortete auch »Inschallah« und dachte echt viel an meinen Unterricht mit Safa. Dalanda sah stolz aus. Den Rest der Zeit laberten wir über Skärholmen. Dalanda erzählte, Juan war von seinem Vater in Chile zurück, und Alonzo hatte angeblich einen Job auf einem Abschleppwagen gekriegt. Dann sagte Dalanda, sie hat Sorgen, weil noch mehr Bosnier in unser altes Viertel gezogen sind.

»Ich habe immer meine Probleme mit den Jugoslawen gehabt«, erklärte sie. »Ich sage ja immer, daß man es sich zweimal überlegen soll, ehe man Leuten vertraut, die Krieg anfangen und ihre Nachbarn vergewaltigen.«

Ich nickte, um zu zeigen, daß ich ihrer Meinung war. Als wir uns zum Abschied umarmten, atmete ich den Duft von ihrem Schleier ein und auch etwas von der Henna-Tätowierung und tief drinnen brannten plötzlich irgendwelche Erinnerungen. Dann war wieder alles normal.

Am Abend lange im Zimmer gehockt und überlegt, was ich schreiben soll. Erst habe ich versucht, mir eine Geschichte von irgendeinem Junkie auf der Platte auszudenken, der von der Drogenmafia die Jacke voll kriegt und sich dann aus Rache eine Waffe schnappt. Habe aber den Faden verloren, was weiß ich schon vom Leben der Junkies und so. Außerdem habe ich noch nie mit einer echten Waffe geschossen. Darum habe ich die Seite rausgerissen und einfach geschrieben, was heute passiert ist. Muß ja so echt wie möglich sein und klar würde Nagib Machfus nie was anderes schreiben als Geschichten über sich und sein Leben.

Heute auf dem Weg zur Schule merkte ich, daß plötzlich alles anders war. Ich ging die Treppe rauf, wo's immer nach Besoffenenpisse riecht, dann die Brücke zur Långholmsgatan und sah die Schule sich wie eine krasse Burg auf dem Hügel auftürmen. Die ganze Zeit hörte ich Dalanda wie ein Radio in meinem Kopf. Sie erinnerte mich daran, daß ich kein Idiot bin, sondern ein Verwandter von Hannibal, der die Römer mit Elefanten klein gekriegt hat, und von Al Khwarizmi, der der Algebra den Namen gab. Klar, das war schon so, seit ich zum ersten Mal mit Dalanda geredet habe, aber jetzt war es stärker als vorher.

In der Schule hingen alle vor der Tür rum und warteten auf Carin. Kristoffer hockte im Fenster und versuchte, den Schnecken durch Rülpsen zu imponieren. Dann zeigte er Jessica die Schürfwunde, die er sich auf der Charterreise bei einem Motorradcrash geholt hat. War natürlich allen scheißegal, statt dessen hat Anna erzählt, daß sie auf Kuba war und hinterher das Sommerhaus in Sandhamnen renoviert hat. Dann fingen alle an, von Sommerferien zu quatschen, und ich bin zum Zimmer vom Berufsberater und habe das Schwarze Brett und alle Werbeplakate für die Gymnasien durchgelesen. Dann hörte ich hinter mir ein Pling, und aus dem Lehreraufzug kam Curre raus und schob den klapprigen Wagen vor sich her. Irgendwie war er fast dicker als sonst, und ich fand, er sieht aus wie die krasseste Bowlingkugel – groß, rund und schwarz. Man denkt ja immer, alle Eritreer sind dünn und klapprig, aber ich schwöre, Curre muß über 120 Kilo, vielleicht 140 Kilo wiegen (das ist, weil er schon als Kind hierhergekommen ist und sich dann fett gefressen hat). Über dem einen Hörgerät hatte er einen grünen Filzstift in die Krussellocken gesteckt. Und obwohl ich ihm im vorigen Frühling ein paarmal geholfen habe, erkennt er mich trotzdem fast nicht wieder. Ein paar Sekunden machte er nichts anderes, als auf meine Hand starren, bis die Augen einen Fokus fanden und ein Lächeln hervorkam.

»Ja Mensch, du bist ja wieder ... wieder in der Schule ... Mann, das ist ja toll, finde ich, toll, daß du wieder da bist ... wieder in der Schule, toll ...«

»Danke, danke, Alter. Bis später.«

Mußte mich echt anstrengen, um von seinem Händedruck loszukommen, denn unter all dem Fleisch hat Curre ganz klar jede Menge Muskeln. Plus, habe ich gelernt, daß, wenn Curre hängen bleibt, man ihn unterbrechen muß.

Draußen vorm Klassenzimmer kam Carin mit Alex vom Lehrerzimmer. Carin schloß das Zimmer auf und begrüßte alle, während Alex reinschlich, sich in die Ecke hockte und den Kontrolletti spielte. Heute trug er Hip-Hop-Stil bis zum Abwinken mit Lange-Eier-Hosen und einem neuen lila Lakershemd.

Der Rest des Tages war total langweilig. Schwedisch und Geschichte und massenhaft neue Bücher. Zum Essen gab es Gulaschsuppe, und man durfte nur zwei weiche Brote nehmen. Ich habe mir fett fünf Scheiben gegriffen, ohne daß Alex es gemerkt hat, und die ich nicht geschafft habe, habe ich mit Butter beschmiert und unter den Tisch geklebt. Am Nachmittag Chemie mit Anita und dann Kunst mit einem neuen Lehrer, der glänzende Lippen hat und voll schwul aussieht. Wir durften früher Schluß machen, weil die Sommerhitze echt drückte, und die Klimaanlage fällt immer noch andauernd aus.

Abends haben Papa und ich Nourdine zum Essen eingeladen. Jetzt spielen sie Schach in der Küche. Vorher habe ich gegen Papa gespielt, und als Dank für die Chakchouka von Papa hat Nourdine abgespült. Papa hatte Kopfschmerzen von der Arbeit und deshalb machte er mitten im Spiel eine Pause, um eine Tablette im Wasserglas aufzulösen. Nourdine tat so, als würde er sich den Kopf am Küchenschrank stoßen, blieb aber kurz vorher stehen und donnerte mit dem Fuß an den Schrank: *»Kopfschmerzen – manchmal kommen sie ganz plötzlich!«*

Er jammerte genau wie die in der Werbung, und dann lachte er dröhnend in der Küche. Papa lächelte als Antwort. Er hat gesagt, Nourdine lacht immer so laut, weil sie das auf der Theaterschule so lernen, und hinterher ist es schwer, sich das wieder abzugewöhnen. Ich glaube ja, daß er einfach laut lacht, weil er gehört werden will und weil er im Mittelpunkt stehen will, damit auch bloß jeder merkt, daß er da ist. Manchmal finde ich es ja total nervig, daß er dauernd bei uns zu Hause rumhängt, seit wir hergezogen sind. Klar ist er das Hotelzimmer leid, aber er muß sich doch mal sein eigenes Leben besorgen und kann nicht ewig nur hier oder im Café Stuket hocken.

Papa kam mit einem sprudelnden Wasserglas zum Schach zurück und rührte mit dem Zeigefinger um. Dann wischte er sich den Finger ab und griff mit dem Läufer an. Nourdine kam vom Spülstein und fing an, seinen Balu der Bär auf schwedisch zu geben:

»Oioioi, Halim, jetzt wird es aber Zeit. Nimm deinen Vater hier mal richtig in den Schwitzkasten ...«

Der Läufer von Papa brachte mich total durcheinander, denn die linke Flanke war offen, und seine Dame stand allein. Papa saß völlig regungslos, aber ich hätte trotzdem was begreifen müssen, denn Nourdine hing immer noch gespannt über dem Brett.

Klingt vielleicht bescheuert, daß Nourdine tut, als wäre er Balu, aber er hat ihn im Frühlingstheater am Hornstull gespielt. Das ist eine Weile her, vielleicht zwei Jahre, kurz nachdem Samir Nourdine mit Papa bekannt gemacht hatte. Das Theaterding war eigentlich mehr so für'n Kindergarten, aber Papa und ich sind trotzdem hin, um mal zu kucken. Nourdine war grau geschminkt und hatte Schnurrbarthaare und ein Kostüm, das ihm einen voll dicken Körper machte, so daß er wie ein richtiger Bär aussah. Dann redete er perfekt genauso wie im Film. Als er das Obst auf der Hand stapelte und mit dem Affenkönig tanzte, haben die Kinder wie verrückt gelacht.

Ich bin also voll in die Schachfalle von Papa gelatscht und habe mit dem Turm seine Dame geschlagen. Kaum landete die Dame in dem Kästchen aus Olivenholz, sah ich seine Mundwinkel vor Freude zucken. Nourdine ging zum Spülstein zurück und sang: »Versuch's mal mit Gemütlichkeit, mit Ruhe und Gemütlichkeit ...«

Ich habe sofort kapiert, daß das Spiel aus ist. Papa griff mit dem Springer an, und ich machte einen läppischen Versuch, mich mit dem anderen Turm zu verteidigen. Aber der König stand hinten eingeklemmt, und drei Züge später war die Katastrophe perfekt. Papa lehnte sich zufrieden auf dem knarrenden Küchenstuhl zurück und knackte mit den Nackenmuskeln. Nourdine rief von hinten mit feierlicher Stimme auf arabisch: »Otman, du mußt deinem Sohn beibringen, daß die Dame nicht alles ist ...«

Dann muß er gemerkt haben, was er da gesagt hat, und die Worte schwebten wie Staubkörnchen in der Küche. Papa wurde sofort voll ernst, und die Stimmung war irgendwie verändert. Dauerte echt lange, bis sie wieder einigermaßen normal war. Jetzt höre ich aus der Küche Nourdine laut fluchen, weil er immer gegen Papa verliert. Nun weiß ich nicht mehr recht, was ich schreiben soll. Ich hör einfach auf.

Ich sitz alleine am Schreibtisch, und in mir drin ist das totale Chaos. Echt schwer zu schreiben, aber ich muß, denn sonst explodiert mir der Kopf.

Heute ist Mittwoch gewesen, und heute morgen hatten wir Werken. War alles wie immer, mit Sägespänen und Holzleim und Sandpapier. In der ersten Stunde wollten alle Typen aus der Klasse spießige Buttermesser und Schneidebretter machen. Ich schwör, die sind einfach nicht gemacht fürs Werken, keine Ahnung, warum sie es dann wählen. Kristoffer ist etwas besser drauf, aber auch verdammt ungeschickt. Hat gleich versucht, Material für Wurfsterne abzuzweigen. Alex hat's gesehen, an Nisse gepetzt, der Kristoffer mit vollem Gemecker aus dem Raum geschickt hat.

In der zweiten Stunde kam Carin rein und störte. Winkte mir zu und rief (weil sonst hört man nichts in dem ganzen Lärm): »Halim, magst du mal mit mir raus kommen, ich muß mal kurz mit dir reden. – Du kannst hier warten, es dauert nicht lange« (das Letzte sagte sie zu Alex, der auf dem Stuhl in der Ecke saß).

Das Reden fand in Carins Klassenzimmer statt, und ich fühlte mich auf dem Weg dahin echt unwohl und irgendwie voll schuldig, obwohl ich unschuldig war wie ein blödes Lamm. Carin sagte nichts und ich auch nicht. Im Klassenzimmer wurde mir klar, das hier ist ein ernsthaftes Treffen, denn die Direktorin war auch da. Tat mir ein bißchen leid um Carins Besucherstuhl, weil die Armlehnen maximal rausgedrückt waren und die Beine jeden Moment krachen konnten. Neben ihr die Tante von der Fürsorge, wie eine kleine verschreckte Maus im verknitterten Mädchenkostüm. Die zupfte die ganze Zeit an dem Schmetterlingsschmuck aus Silber rum, der mit einer Nadel angesteckt war. Alle wurden still, als sie mich kommen sahen. Carin setzte sich neben die Direktorin, und wie auf Kommando grinsten sie plötzlich alle drei im Chor. Mit glitzerndem Zahnfleisch sagte die Rektorin, daß es ja so schön ist, mich zu sehen, und ich spürte, wie mir innen voll kalt wurde.

Dann ging alles ganz schnell. Irgendwie war es direkt, nachdem sie das gesagt hatte, daß es echt chaotisch wurde, und deshalb weiß ich nicht, ob ich alles richtig mitgekriegt habe. Aber ich weiß, daß Carins Stimme von Kürzungen redete und daß sie Prioritäten setzen müssen, und dann hörte ich die Fürsorgefrau sagen, daß der Muttersprachenunterricht schon lange gefährdet gewesen ist, und dann hörte ich die Rektorin ein Niesen unterdrücken und dann Carin, du mußt dir keine Sorgen wegen Safa machen, sie hat draußen in Blackeberg eine Stelle bekommen und läßt dich grüßen. Dann die Fürsorgefrau, Alex ist ja nun wirklich der erste Speziallehrer, der mit euch klarkommt, und dann Carin, es lief letztes Schuljahr einfach viel besser.

Ich sagte mir ganz ruhig, ganz ruhig, keinen Ärger, kein Aufstand. Holte so tief Luft wie möglich und sah die Fotzen an. Saßen da voll stolz nebeneinander. »Wer hat das bestimmt?« frage ich.

»Wer hat das bestimmt? Wer hat das bestimmt?«

Die Fürsorgetante schaut zu Carin, die schaut zur Direktorin, die schaut zur Fürsorgetante. Natürlich will keine die Verantwortung übernehmen, und Halim denkt, daß sie die Schuld zwischen sich hin und herwerfen, wie man ein Schwein herumscheucht. Und darum fragt er wieder und wieder, bis die Direktorin schließlich die Geduld verliert. Über allen Doppelkinnen taucht ein kleiner Mund auf.

»Aber Halim, du kannst jetzt nicht kommen und so tun, als käme das überraschend für dich. Deine Zeit auf dieser Schule ist keineswegs frei von Problemen gewesen. Und es ist einfach eine Tatsache, daß wir uns nicht sowohl Alex als auch Safa leisten können. Wir müssen Prioritäten setzen.«

Dann klopft ihre fette Hand auf die Mappe, wo Halims Name drauf steht, und Halim selbst atmet und sagt sich: ganz ruhig.

»Außerdem darfst du nicht vergessen, daß das hier eine Möglichkeit für dich ist, dich zusammenzureißen. Alex ist schließlich deinetwegen und wegen Carin und der ganzen Klasse hier.«

Dann schaute sie zufrieden zu Carin, und das Fleisch am Kinn zitterte, als sie sagte: »Ja dann, das wär's dann soweit.«

Carin sagte, ich kann zurück ins Werken, und ich rannte Hals über Kopf aus dem Zimmer und merkte, wie das Chaos innen drin immer größer wurde. Wie als würde eine riesige Welle auf den Strand rauschen, an dem Halim barfuß im Sonnenschein spaziert. Aber gerade bevor alles über ihm zusammenschlug, entdeckte er zufällig, daß der Heimatkunderaum nicht verschlossen, aber leer war.

Dalanda strich ihm über den Kopf und roch nach Henna und Seide und erinnerte dran, daß man in Schweden ein Sprichwort hat: »Reden ist Silber, Schweigen ist Gold« und »Wer geduldig wartet, der wird nicht lange warten müssen.« Bei uns Arabern sagt man statt dessen: »Ein Mann ohne Mut ist kein Mann.«

Absolute Stille, als Halim den Filzstift aus der Tasche holte und auf die weiße Leinwand, die man für die Dias braucht, eine fiese Karikatur der Direktorin malte, sie auf allen vieren mit einem Pferdepimmel im Mund und Sprechblase, die sagt: »Ich schlucke alles!« Dann malte er den kraß großen Stern und daneben einen noch größeren Halbmond. (Leider wurde der Mond etwas krumm, mehr wie eine Banane, aber trotzdem riesig.)

Ich schwörte, die Fotzen werden ab sofort bereuen, daß sie versucht haben, Halim zu einem höckerlosen Kamel zu machen, und jetzt ist Totalkrieg angesagt für die Verwandten des Hannibal – und Saladin ergibt sich NIEMALS. Bevor ich in die Klasse zurück bin, habe ich noch die zwei Klos beim Werkraum attackiert, alle Aufkleber durchgestrichen und jede Kachel mit schwarzen Sternen und Monden vollgemalt.

Später am Tag versuchte Alex rumzuschleimen mit etwas Smalltalk.

»Hey, Halim. Was geht ab, Mann? Alles cool?«

Ich ließ seine Fragen so hart auf den Boden knallen wie einen Fallschirmspringer, der vergessen hat, die Leine zu ziehen. Alex wurde nervös, und na klar fing er voll an, mit seinen Chinesenaugen zu klimpern.

»Na ... jedenfalls ... Also, wir zwei werden wohl noch etwas länger im Herbst zusammenarbeiten. Fühlt sich das cool an? Ist die Entscheidung o. k. für dich?«

Ich starrte ihn ohne zu antworten an, und obwohl Alex seine harte Schale zeigen wollte, sah man doch, daß er weiche Knie kriegte. Wieso soll ich Respekt vor einem haben, der, wenn es mal still wird, mit dem ganzen Gesicht klimpern muß? Ich hielt die Stummtaste im Kopf gedrückt, und Alex kapierte, daß er verloren hatte.

Jetzt ist es spät abends, und ich kann nicht schlafen, also habe ich mir statt dessen Pfefferminztee gekocht und sitze am Schreibtisch. Im Wohnzimmer schnarcht Papa im Sessel. Gegen sechs Uhr kam er mit Tüten aus dem Alkoholgeschäft nach Hause und hat zwei gute Neuigkeiten abgeliefert:

1. Nourdine soll zum Vorsprechen (= Test für Schauspieler) für ein richtig witziges Theaterstück kommen. Heute auf dem Nachhauseweg hat Nourdine den Zettel gesehen, und der Regisseur hat sofort gesagt, daß er wohl für die Hauptrolle paßt!

2. Das Fahrrad, das wir gefunden haben und das jetzt als Reklameschild arbeitet, ist richtig gut. Ein paar Tage hintereinander sind mehr Kunden als sonst im Laden gewesen, und einige haben sogar was gekauft.

Papa hat sich die Hände mit Spülmittel gewaschen und dann noch gerufen, daß der letzte Kunde, der da war, bevor er zugemacht hat, massenhaft Sachen für seinen Betrieb gekauft hat.

»Weißt du noch, diese Elchseifenschalen, an die du überhaupt nicht geglaubt hast? Er hat vier Stück gekauft. Und neun, zehn Handtücher und zwei von diesen Pflasterdosen. Alles bar bezahlt!«

Papa lachte mit dem ganzen Gesicht und rief, jetzt muß gefeiert werden.

Zum Abendessen hat Papa mehrere Gläser Wein getrunken und dann vor dem Fernseher weitergemacht. Ich saß die ganze Zeit neben ihm im Sofa und überlegte, wann der günstigste Zeitpunkt ist, ihm alles zu erzählen. Dachte die ganze Zeit, daß etwas später besser wäre. Im Dritten lief die Krankenhausserie, und auch als ich aus dem Wohnzimmer raus bin, habe ich Papa gehört, wie er mit sich selbst über die Handlung redete.

In der letzten Werbepause habe ich mir ein Herz gefaßt und erzählt, daß die Schule den Muttersprachenunterricht gestrichen hat. Erst schien Papa nicht zu hören. Ich wiederholte es etwas lauter, aber er ließ trotzdem den Fernsehschirm nicht aus den Augen.

»Hallo, hörst du nicht? Die Arabischstunden sind vorbei. Sie sagen, es gibt kein Geld.«

Dann vergingen echt viele Sekunden. Im Fernsehen kam grad Werbung für Klopapier, und da sah Papa mich endlich an.

»Warum hast du eigentlich nie an die Elchseifenschalen geglaubt? Ich hab gleich gesagt, daß die sich verkaufen.«

»Vorbei. Begreifst du nicht? Es ist aus, finito, vorbei. Nie wieder.«

Papa seufzte tief.

»Du bist derjenige, der nicht begreift, Halim.«

»Was begreife ich nicht?«

Zwischen Papas Lippen und auf dem Schnurrbart hing eingetrockneter Wein.

»Na ja, ... mein Sohn, ... was spricht man in ... sagen wir mal ... Griechenland? Nun? Rate!«

»Hör auf.«

»Habe ich Griechisch gehört? Hundert Punkte. Und ... hm ... in ... Frankreich? Na? Nun ist die Zeit leider verstrichen ... was? Ja! Hundert Punkte. Französisch! Und in Schweden spricht man ... das ist jetzt deine Chance ... 10 000 Kronen, wenn du die beantwortest ...«

»Aber wir tun es nicht.«

»Was?«

»Es ist ja nicht wirklich so, daß wir ...«

Papas Augen waren wieder auf dem Bildschirm. Da stand ein fetter Koch mit Schwulenfrisur, der sagte, daß Pril besser spült als jedes andere Spülmittel. Drei Minuten lang vermischte Nachrichten, und dann zeigten sie irgendeinen Idioten aus Karlstadt, der die größte Sammlung an Limonadeflaschenverschlüssen in ganz Schweden hat. Papa wechselte den Kanal, und ich versuchte es noch mal:

»Papa. Wir reden ja wohl kaum ...«

»Nein, aber das liegt nun mal daran, daß wir zwischen etwas Arabisch und *etwas Schwedisch* hin und her springen können. Kein Problem für uns, das, wir können ja schließlich ... Schau mal, da sind die ... wie heißen die noch?«

Dann saßen wir schweigend da. Papa zeigte glücklich auf den Bildschirm, denn im Vierten berichteten sie von »Friends«, die im Sommer an die 60 Konzerte gegeben hatten und jetzt im Herbst eine neue Platte rausbringen würden. Außerdem sind sie auf der Tanzkapellen-CD drauf und noch massenhaft andere Sachen. Sie spielten ein paar Proben von der neuen Platte, und Papas Fuß klopfte im Takt.

»Sind die bei euch jungen Leuten beliebt? Das kann eigentlich nicht sein, was? *›Blicke, die sich entzünden‹* ... was meinen sie denn damit? *›Blicke‹* – also Blicke, das, womit man sieht – und dann *›entzünden‹*? Wie entzünden?«

Papa lächelte sein breitestes Lächeln und zeigte auf den

Eckzahn, der auch rot gefärbt war, und es ist nicht leicht, da nicht an was Schlimmes zu denken, und deshalb bin ich schnell aus dem Wohnzimmer raus. In mir fühlte sich das an wie das volle Chaos und dafür reichte eine Sekunde. Ich konnte sie sehen es war alles schon weit fortgeschritten deshalb braucht sie auf dem Sofa auf beiden Seiten Kissen als Stütze und aus dem Mund hängen lange Spuckfäden. Papa der immer wieder abtrocknet und das dumpfe Geräusch wenn nasses Papier auf dem Boden landet denn sie hat keine Kontrolle mehr. Als sie den Mund wieder aufmacht liegt die Tablette immer noch da denn die Muskeln zum Schlucken sind schon weg wie alles andere auch und Papa sieht hoch und sieht mich, weiter weg, vielleicht bei der Tür, auf der Schwelle. Nur ein Bruchteil einer Sekunde, doch mit etwas Konzentration kam ich wieder zu mir. Dann habe ich lange auf das Foto von König Hassan II. auf dem Goldthron geschaut, im schwarzen Anzug mit dem schwarzen Schlips und der ruhigen Miene vor dem roten Stern im Hintergrund. Danach habe ich richtig lange versucht einzuschlafen, habe aber dann doch Tee gekocht und das Buch herausgeholt.

Jetzt ist Sonntag abend, und ich sitze frisch gebadet am Schreibtisch. In der Luft liegt Ruhe, und es ist selten, daß alles so still ist, wie an Sonntagabenden, wenn man nach dem Baden allein da sitzt.

Heute morgen kam Nourdine schon ganz früh vorbei. Er hatte den Text dabei zu dem Stück, in dem er vielleicht eine Rolle kriegt. Und dann hatte er in der Tüte noch zwei ungeöffnete Zippen-Pakete und so zirka ein halbes Kilo Pistazien. Papa stellte den Aschenbecher hin und sperrte das Sonnenlicht mit den Rollos aus. Nourdine machte das Hemd auf und fing dann mit Atemübungen an, bis es klang, wie wenn Weiber Kinder kriegen. In der Zeit halfen Papa und ich mit dem Übersetzen der schweren schwedischen Wörter. Das Stück hieß »Peer Gynt«, obwohl ich fand, »Peer Tunt« wäre ein besserer Name. Das hat irgendein Norweger vor ein paar hundert Jahren geschrieben, deshalb war die Sprache so voll idiotisch. Beispielsweise wurden die Leute »zwei alte Weiber mit Kornsäcken« genannt oder »Spielleute«. Wenn einer Streß gemacht hat, haben sie gesagt: »Sind Sie verrückt, Herr?«, und wenn die andern dann antworteten, haben sie so gemeine Wörter wie »Tölpel« oder »Gierschlund« oder »Hanswurst« gesagt.

Manchmal habe ich gemerkt, daß Papa enttäuscht war, weil ich nicht alle schweren Wörter konnte. Aber mit etwas Nachdenken und mit Wörterbüchern haben wir doch meistens begriffen, was sie sagen wollten. Das Stück wirkte echt voll komisch. Peer-Tunte hat ein paar Tussen angegraben, dann bei einer Trollfamilie rumgehangen und schließlich einen Typen getroffen, der hieß der Große Krumme (nein, nicht der Große Dumme). Dann war er auf dem Meer und in der Wüste, und am Ende ist er dann als alter Mann nach Hause gekommen und hat alles bereut, was er im Leben je gemacht hat.

Als Nourdine auf dem Klo war, hab ich Papa gefragt, warum Nourdine sich so über eine tuntige Schwedenrolle freut. Papa seufzte bloß und blätterte weiter im Wörterbuch. Und als ich dann zu Nourdine sagte, das Stück ist doch voll beschissen, da lachte er bloß.

»Man darf nicht wählerisch sein, Halim. Man muß nehmen, was kommt. Sind ja nicht alle Rollen so wie Estragon! Das habe ich dir doch erzählt, wie ich in Becketts Stück um die Welt bin, oder? Wir spielten in Berlin ... Milano ... Paris.«

Nourdine hatte sich hingesetzt. Dann legte er den einen Fuß aufs Knie und schlug sich richtig fest drauf.

»›There is nothing to be done‹, hörst du, Halim, hör gut zu: *›There is nothing to be done‹!*«

»Also gut, jetzt aber mal weiter auf schwedisch«, unterbrach ihn Papa. »Zeig Halim, wie man das ausspricht.«

Und Nourdine gab sein Bestes, um den komischen Text im original Schwedentonfall zu lesen. Manchmal klang er echt, manchmal blieb er an irgendeinem voll schweren Wort hängen, und manchmal mußte Papa ihn ermahnen, nicht zu viel Balu-Stimme zu benutzen.

Sie probten eine Szene, wo Peer mit dem Trollkönig zusammensaß. Papa las die Worte vom Trollkönig, und Nourdine stand mitten im Zimmer und spielte Peer. Der

Text erzählt, wie Peer eigentlich gar nicht Troll werden wollte, der König ihn aber überredet, mit Gold und Tussen lockt, und wie Peer dann Trollbier trinkt und Trollkleider anzieht und sich irgendwann auch einen kleinen Schwanz anklebt, um ein richtiger Troll zu werden. Auf jeden Fall kriegte Peer am Ende noch die Kurve, sagt dem Trollkönig ab und verschwindet.

Obwohl Peer eine echte Tunte war, merkte ich doch, daß Nourdine die Rolle mit optimaler Einfühlung spielte. Dann wieder ist es echt schwer zu begreifen, wie Nourdine sich so freuen kann, wo er doch früher schon echt richtige Rollen gespielt hat. Vor zwei Jahren hat er einen Taxifahrer in einem Kurzfilm gespielt, der auf dem Filmfestival in Dänemark gezeigt wurde. Und ein anderes Mal war er ein Kebab-Verkäufer in »Getrennte Welten« (wir haben das auf Video). Erst steht er nur im Hintergrund, und dann schiebt er den Kopf aus dem Kiosk und fragt den, der Daniel heißt: »Scharfe Soße? Pommes, was drauf?« Selbst finde ich ja, solche Rollen passen besser, also auf jeden Fall sind sie richtiger für Nourdine, als so einen Weichei-Norweger zu spielen, der Peer heißt.

Um Mittag rum habe ich mich vom Theaterspielen und Zigarettenrauchen verdrückt, bin an der Schranke vorbei und dann mit der roten Linie weiter. Dalanda saß auf derselben Bank wie immer und fütterte die Tauben. Als ich von der ersten Schulwoche erzählt hatte und vom Muttersprachenunterricht, war sie superwütend geworden und hatte vom Integrationsplan erzählt.

»Wie, Integrationsplan?« habe ich gefragt, und da hat sie mich mit so einem Blick angesehen, mit dem man normalerweise verletzte kleine Vögel anschaut.

»Soll das heißen, daß dein Vater dir noch nicht mal vom Integrationsplan erzählt hat? Hat er dir nicht einmal gesagt, daß schwedische Politiker angefangen haben, daran zu arbeiten, alle Einwanderer in richtige Schweden zu verwandeln?«

Auch wenn ich selbst langsam anfange, so was zu denken, lasse ich es nicht zu, daß Papa von einem anderen beschimpft wird.

»Ja, klar hat er das, ist nur lange her. Deshalb. Lange her.«

Dalanda immer noch skeptisch: »Dein Vater ... Ist der wirklich rechtgläubig? Betet er fünfmal am Tag? Liest er oft den Koran?«

Bei den ersten zwei Fragen hab ich genickt, aber dann hatte ich das Gefühl, daß das etwas viel Lüge auf einmal war, deshalb habe ich bei der dritten Frage mal den Kopf geschüttelt.

»Aber er liest keine schwedischen Scheißbücher«, hab ich dann ganz schnell gesagt, damit sie nicht denkt, Papa ist auf dem besten Weg, schwedisiert zu werden. »Meistens liest er arabische Schriftsteller. Und Dichter.«

»Welche denn?« fragte Dalanda zwischen zwei Apfelsinenstücken.

Und das fühlte sich voll gut an, die Wahrheit sagen zu können.

»Omar. Er liebt Omar Khayyam. Vorher hat er eine Masse anderer Bücher gelesen, auch Schweden. Aber jetzt liest er fast nur noch Omar.«

Dalanda sah aus, als hätte sie aus Versehen Blutpudding gegessen.

»Omar? Weißt du nicht, daß Omar kein Araber ist? Er ist Perser, mein kleiner Halim. Und außerdem ist er ein

Säufer und ein verwirrtes Hirn. Trinkt dein Vater auch Alkohol?«

Ich ganz schnell: »Äußerst extremselten«, und dann habe ich gefragt, ob ich auch eine Apfelsine kriegen könnte. Sie gab mir eine und rülpste dann ein paarmal lautlos.

»Willst du wissen, was ich glaube? Ich glaube, dein Vater ist so ein Intellektueller. Ich glaube, er ist ein Chamäleon, das immer den Ort wechselt und sich immer an die Umgebung anpaßt. Wird wie neu, vergißt dabei alle Tradition und Geschichte. Bei uns in Libyen haben wir ein Sprichwort, das sagt, es gibt eine große Ähnlichkeit zwischen Intellektuellen und hinkenden Kamelen. Weißt du warum?«

»Nein, sag.«

»Weil keiner von beiden je eine Revolution anzetteln wird.«

Dalanda ließ die Schönheit des Sprichworts einen Moment lang wirken, ehe sie weiterredete.

»Wie geht es eigentlich mit dem Schreiben voran? Du hast doch wohl nicht aufgegeben?«

»Nein, nein, absolut nicht. Ich schreibe weiter. Es geht supergut.«

Dalanda lehnte sich zufrieden zurück und murmelte, daß Schreiben wichtig fürs Denken ist. Ich konzentrierte mich darauf, Apfelsinenstückchen zu essen. Als sie eingeschlafen war, bin ich näher rangerückt, um ihren Geruch einzuatmen. Sie sagt immer, sie ist so schläfrig, weil sie in ihrem Leben schon so viele Zeitzonen überquert hat. Also, geboren ist sie in Luleå, obwohl ihre Eltern sind aus Libyen nach Schweden gekommen, das ist schon lange her, so im Mittelalter. Aber dann haben ihre

Eltern es natürlich bereut, na klar, und sie zurückgeschickt, damit sie bei Verwandten in der Nähe von Tripolis aufwächst. Da hat sie den saudischen Diplomaten kennengelernt, der sie erst nach USA, dann nach Österreich mitgenommen hat. Dann kamen sie zurück nach Schweden, und auch die Familie von Dalandas Bruder konnte sich eine Aufenthaltsgenehmigung kaufen. Alle lebten glücklich und zufrieden, bis der Chauffeur vom Diplomaten am Karlaplan ein Taxi kaputtgefahren hat, was von der fiesesten, aber schönsten Schwedentuss in ganz Stockholm gefahren wurde. Kaum sieht die, Dalandas Mann hat einen teuren Anzug und einen schicken Diplomaten-Daimler, da fährt sie ihre Klauen aus und überredet ihn, daß sie sich ineinander verliebt haben und Dalanda ausgetauscht werden müßte. Der Mann geht ihr auf den Leim, und am Ende hat er Dalanda auch noch bei der Polizei angezeigt, weil sie sich weigerte, aus der Diplomatenvilla auszuziehen. Da ist sie erst kurze Zeit ins Krankenhaus und dann zu ihrem Bruder nach Skäris. Immer noch, sagt sie, kriegt sie eine Gänsehaut, wenn sie ein Taxi sieht (vor allem mit dem Stockholm-Taxi-Schild drauf).

Als sie von ihrem eigenen Schnarchen aufwachte, dachte ich, sie hat schon gemerkt, daß ich näher gerückt war. Sie fing an, von dem Juden Sharon zu reden, der gerade den Marsch auf die Felsenmoschee unternommen hatte. Das hat er hauptsächlich gemacht, um mit den Palästinensern zu streiten, und na klar gab es deswegen jede Menge Ärger. Superviele Araber waren bereits gestorben, und Dalanda sagte, es ist leicht, die Wut zu verstehen.

»Sharon ist viel zu lange an der Macht, deshalb ist es noch schlimmer. Du weißt ja wohl, daß er die Massaker in Sabra und Shatila gerechtfertigt hat? Weißt du, was in Sabra und Shatila los war?«

»Klar weiß ich das.«

Dalanda sagte weiter, Sharon ist die größte Bedrohung des Friedens, und alles würde den Bach runter gehen, wenn er noch mehr Macht bekommt. Gleichzeitig erinnerte ich mich an Sabra und Shatila, denn das war so etwas, worüber Mama und Papa früher geredet haben. Natürlich, klar wußte ich davon. Vielleicht zweitausend Araber (hauptsächlich Frauen und Kinder und ein paar Alte) wurden abgeschlachtet, weil die Juden alles besetzt hatten, und dann, als die PLO in die Flucht geschlagen worden war, ließen sie die Falangisten rein. Alle wußten das, und sogar die USA hatten davor gewarnt. Ich erinnere mich an die Bilder von blutigen Leichen in Gräben und auf riesigen Haufen Kinder und schwangere Frauen, die tot dalagen (fast nackt). Und ich erinnere mich an den Jungen, der zu Tode getreten wurde, und statt des Gesichtes war nur noch Hackfleisch übrig mit ein paar halben Zähnen. Papa läuft der Schweiß runter, und er sagt, ich bin zu klein, aber Mama, die da immer noch Kraft hat, schubst ihn weg und zeigt mir noch mehr Fotos und sagt, ich bin genau im richtigen Alter. Klar, ich weiß davon, aber wenn keiner daran erinnert, riskiert man, daß das Gedächtnis schimmelt.

»Hör mal, mein kleiner Träumer. Hat dir deine Apfelsine eigentlich geschmeckt? Hast du nicht den Jaffa-Aufkleber gesehen?«

Logo begreife ich sofort, daß sie niemals Jaffa-Apfelsinen kaufen würde, und wir lachen echt lange darüber. Immer noch hält ihre Hand meine, und drinnen fühlte sich das warm und schön an.

Gegen vier kam die Braut, die mit Dalandas Neffen verheiratet ist, und holte sie ab. Die hatte eine gelbe Jacke über einem gelben T-Shirt, und die Hose hatte an der Seite Streifen aus gelbem Stoff (nur die Handtasche war mehr orange). Sie beachtete mich nicht, nahm einfach Dalanda an der Hand und sagte: »Jalla, es ist Zeit, nach Hause zu gehen.«

Weil ich sie etwas respektlos fand, wie sie uns hier mitten im Gespräch unterbrach, sagte ich »Beshuaya, beshuaya«, aber das Mädchen schien nicht zu hören. Sie nahm einfach Dalandas Tüten und ging mit ihr zum Parkplatz.

Als ich nach Hause kam, waren Papa und Nourdine fertig mit dem Proben. Auf dem Tisch lag ein riesiger Haufen Pistazienschalen, und jetzt glotzten sie »Wer wird Millionär«.

»Euer Nachbar!« rief Nourdine und zeigte auf Bengt Magnusson.

Papa konzentrierte sich auf die 10 000-Kronen-Frage und antwortete nicht. Anstatt hier Schweden-TV zu kukken, ließ ich ein Bad ein, tauchte in den Schaum ab und überlegte, ob der Typ, mit dem wir die Wohnung getauscht hatten, uns nun betrogen hatte oder nicht. Man denkt ja immer, Schweden sind ehrlicher als Ausländer, und deshalb haben wir ihm irgendwie geglaubt, als er gesagt hat, der Fernsehstar Bengt Magnusson wohnt nebenan. Papa fiel es schwer, von Skäris wegzuziehen, und er hat richtig aufgedreht, als er das hörte und das Namensschild sah. In der ersten Zeit hat Papa oft davon geredet, Magnusson vielleicht in der Waschküche oder im Fahrstuhl zu treffen, aber bis heute haben wir noch nix von ihm gesehen. Nur das Namensschild ist immer noch am Briefkasten, und einmal sagte Papa, er hätte hinter der Tür jemanden mit Raucherhusten husten hören. Vielleicht sind wir betrogen worden, wer weiß. Eigentlich ist das egal, dachte ich mir und machte noch mal heißes Wasser an, denn ohne daß ich es gemerkt hatte, war das Wasser kalt geworden.

Heute habe ich eine Theorie über Schweden und Ausländer an der Schule rausphilosophiert.

Man kann sagen, daß es drei Sorten Schweden gibt. Erst mal sind da die Luxusschweden, die Mafia spielen, aber auf Schwedenart. Die haben teure Marken an, deren Logos aber trotzdem kleiner und nicht so gut sichtbar sind wie die teuren Ausländer-Marken (die Kanaken spielen reich sein einfach ehrlicher). Die Luxusschweden haben Östra-Kleider mit echtem Lacoste und niemals eine Diesel aus Estland. Als Beispiel kann man Philip nehmen, der oft mit einem weißen Poloshirt zur Schule softet, oder Anna und Jessica, die glänzende Weiberstiefel haben und niemals fettige Haare. Auch Lena und Peder gehören dazu, denn die würden es nie wagen, Kleider zu tragen, die auffallen.

Trotzdem sind die Luxusschweden echt wenige, denn fast alle in der Schule gehören zu den Flippies, die in Zigeunerklamotten rumlaufen mit kaputten Lederjacken und Jeans mit maximal vielen Löchern. Oft herrscht bei denen in den Haaren totales Chaos, und die Mädchen haben manchmal lange rote Samtröcke und karierte Strümpfe. Wenn man einer von denen werden will, dann muß man sagen, die Russen machen die beste Poesie und man muß Bob Hund hören anstelle von Snoop Doggy Dogg. Außerdem muß man wie David, Stefan und Karro ganz stolz verkünden, daß man die Kleider im Secondhand gekauft hat! Klar, daß da kein Kanake dabei sein will, außer Mårten (dessen Eltern aus Polen kommen). Nicole gehört auch dazu, aber sogar die Flippies kucken schon mal schief, wenn sie in Gummistiefeln mit orangefarbenem Overall zur Schule schlurft (auch die haben eben ihre Grenzen). Außerdem fange ich an zu glauben, daß die Flippies auch falsch spielen, denn die haben immer jede Menge Kohle für die Pause und so, und von den Eltern sitzt keiner im Knast oder geht putzen.

Die dritte Sorte Schweden sind die aus der Tanzklasse, die sieht man aber nicht oft in der Schule, denn die meiste Zeit hängen sie oben im Ballettsaal rum und trainieren Drehungen. Die Mädels sind superdünnn und haben einen Dutt, und die Typen sind vielleicht vier oder fünf pro Klasse und reichen auf dem Schulfoto immer ein Lächeln rein wie richtige Schwule. Alle aus der Tanzklasse gehen mit den Zehen nach außen und einem Rücken so grade wie das krasseste Brett.

Ausländer gibt es auf der Schule nicht so viele, aber trotzdem gibt es von denen zwei Varianten. Nummer eins sind die üblichen Ausländer: Lans, Diebe, Schieber und Streßmacher. Als Beispiel kann man Sebastian und Angelo nehmen. In Skäris war das beste Beispiel Alonzo, denn der hat Juan gezeigt, wie man beim Kiosk Kaugummi für 50 Öre kauft, nachdem man Snickers und Twix in den Jackenärmeln hat verschwinden lassen. Von ihm weiß ich, wie man Zivilbullen in Menschenmengen erkennt und wie man Softairpistolen zu richtigen Waffen frisiert. Ausländersorte Nummer zwei sind die Fleißtypen, die für Tests lernen und feine Wörter benutzen und niemals schwarz fahren oder was klauen. Als Beispiel haben wir die Zwillinge Faud und Fadi und alle anderen Iraner, die die Lehrer schmieren und Zahnärzte und Ingenieure werden wollen. Sie glauben, sie werden respektiert, aber eigentlich lachen alle Lehrer nur über die, denn jeder merkt, daß die nicht klarkommen.

Aber heute habe ich rausphilosophiert, daß es noch eine dritte Sorte Ausländer gibt, die ganz allein steht, und das ist die, die von den Schweden am meisten gehaßt wird: der Revolutionskanake, der Gedankensultan, der alle Lügen durchschaut und sich nie leimen läßt. Ungefähr wie al-Kindi, der alle Codes knackte und mehrere Tausend voll harte Bücher über Astronomie und Philosophie und auch noch über Mathe und Musik schrieb. Letztes Jahr war ich wohl mehr der Lan, aber von heute an schwöre ich, daß ich der Gedankensultan sein werde.

Heute in der Pause wollte Hristo allen beweisen, daß er ein richtiger Streßmacher ist (obwohl sein Vater nur aus Bulgarien kommt). Verglichen mit Sebastian und Angelo und den anderen, die letztes Frühjahr abgegangen sind, war Hristo immer die magere Tunte mit Hammarby-Halstuch und Snus. Aber jetzt hat er auf Åsö angefangen und ist der älteste Arsch im Pausenraum, da hat es ihn gejuckt, einen auf Bonanza zu machen. Außerdem will er seiner Schlampe einen Steifen zeigen, die geht in die 9d und hat einen Pimmelsaugermund.

Eigentlich fing der Streit damit an, daß ich ihn im Finale mit einem getapten Tischtennisschläger geschlagen habe. Da brüllte Hristo, meine Angaben wären weibisch, nur weil ich eine Spezialdrehung habe, die die Hölle ist. Seine Häßlichtuss kicherte, und da habe ich gleich mal Stoff gegeben.

»Was ist los, du Feigling? Zwanzig Kracher, daß ich dich knacke, und zwar zu drei.«

Kommt nicht oft vor, daß Halim redet, aber wenn, dann

begreifen die Leute, daß er es ernst meint. Trotzdem, manchmal hat er doch das Gefühl, daß die anderen lachen, wenn er nicht hinsieht. Ernstes Gesicht, ernst, kein Grinsen, ernst. Aber dann, als er noch mal Hristo aus dem Augenwinkel checkt, wieder einer, der lacht. Halim saust herum, aber immer kommt das Gefühl wieder, und immer ist es hinter ihm, im Rücken. Aber eins nach dem anderen, und jetzt muß erst mal ein häßlicher Bulgare im Tischtennisfinale platt gemacht werden.

Hristo pellte sich aus der Jacke und pustete warme Luft auf den Schläger (als ob das einen Unterschied machen würde). Dann nickte er, um zu zeigen, er ist fertig. Er gewann den ersten, und dann habe ich drei Punkte gemacht. Deklassiert.

»Nun mal raus mit der Kohle, mein Guter. Keine Chance, zwanzig Kracher.«

Ich rief das so laut, damit man bis ins Billardzimmer hören konnte, daß der Gedankensultan seinen ersten Kampf gewonnen hatte. Hristo legte den Schläger auf den Tisch, grinste seine Brautfotze an und holte aus.

»Ein, zwei, drei, vier ...«

Er donnerte mit der Handfläche auf den Tisch, und die clowngeschminkte Tuss fing an zu kichern:

»Du wolltest schließlich zwanzig *Kracher*. Das hast du selbst gesagt! Zwanzig Kracher!«

»... sieben, acht, neun ...«

Das wäre mir total egal gewesen, wenn nicht plötzlich alle im Pausenraum gekuckt hätten und alle lachten und auf mich zeigten und sein Mädchen wie das letzte Flußpferd schnaubte.

»Du hast zwanzig Kracher gewollt ... und jetzt kriegst du sie.«

»… dreizehn, vierzehn, fünfzehn …«

Als Hristo fertig war, hat er gelacht und gehofft, daß ich fertig sein würde, daß ich die Kontrolle verlieren und wieder ein gewöhnlicher Streßmacher sein würde. Er wollte, daß ich zeige, daß ich nur einer von vielen bin. Ich aber statt dessen nur gegrinst wie der tausend Jahre alte Pharao auf dem Goldthron, der von Palmwedeln befächert wird und eigene Haremstussen hat und in der schönsten Pyramide wohnt. Ich sagte mit ruhiger Stimme:

»Hey, Typ. Ist mir schon klar, daß du keine Kohle hast. Alle wissen schließlich, daß deine Mutter auf TV1000 Skinheadpimmel lutscht.«

Ich schaffte es nicht, das fertig zu sprechen, da drehte Hristo schon durch und fing an, mich mit erhobenem Schläger um die Tischtennisplatte herum zu jagen. Seine Augen brannten vor Zorn, und der rasierte Schädel glänzte unter den Neonlampen. Fast hatte er mich schon in die Ecke gedrängt (und das hätte er echt lange bereut), da kam Alex zu seiner Rettung:

»Nee, Jungs, hallo! Break it up! Beruhigt euch mal!«

Er zerrte an Hristo und brachte ihn dazu, zurückzuweichen. Hristo machte eine Mördermiene und rief mir zu, von jetzt an müßte ich immer auf meine Rückendeckung aufpassen. Ich scheiß auf seine Drohung, denn einmal geht er nicht mal mehr in die Schule, und außerdem wird auch der einmal erwachsen werden. Später am Tag schlich ich mich von Alex' beschissener Überwachung weg und malte alle Toiletten auf dem Sprachlaborflur mit Sternen und Monden voll.

In den Nachrichten im Vierten heute abend berichteten sie von den Folgen von Sharons Besuch in der Felsenmoschee. Schon 42 Tote, 33 Palästinenser, 7 arabische Israelis und 2 Juden. Das ist die neue Intifada, die Palästinenser verbrennen die israelische Flagge und schmeißen mit Handgranaten, Soldaten schießen mit Tränengas und suchen Schutz hinter Straßenecken, und Panzer machen Häuser kaputt und reißen Olivenbäume um. Im Gazastreifen ist noch Extrachaos mit zwei getöteten palästinensischen Krankenwagenfahrern und dem Judenminister, der sagt, sie werden Auge um Auge kämpfen, denn das ist die einzige Sprache, die die Araber verstehen. Und dann warnt die schwedische Braut mit den Glanzlippen im Fernsehen vor besonders üblen Bildern.

Auf dem Bildschirm sieht man Vater und Sohn. Offenbar sind sie von israelischen Kugeln hinter einem Betonblock gefangen worden, und der Sohn weint und der Vater schreit, daß sie aufhören sollen zu schießen. Er sieht verzweifelt direkt in die Kamera und versucht, den Sohn mit dem eigenen Körper zu schützen. Der Sohn macht sich so klein wie möglich, aber es ist doch zu spät, denn die Kugeln haben bereits getroffen und Vater und Junge zappeln, bis sie ganz still liegen und das Blut behutsam zu fließen beginnt. Mohammed Jamal Aldura war zwölf und ist gestorben, aber der Vater überlebt vielleicht.

Papa seufzte und wechselte den Kanal. Er ließ den Zeigefinger auf den Knöpfen der Fernbedienung herumspringen, als würde er ein superschnelles Stück auf dem Klavier spielen. Nach einem grünen Käfer in Nahaufnahme sah man einen Russen beim Hammerwerfen. Dann ein Privatvideo mit Datum in der Ecke und einem braunen Hund mit Sonnenbrille, der YMCA mimte. Dann eine Wettertusse, die vor Tiefdruck warnte, und dann einen Fernsehverkäufer, der triumphierend rief: »My God, this is truly amazing.« Der Moderator antwortete in bekloppter Ekstase: »Are you impressed? I'm impressed!«

Sie versuchten, eine schlaue Nähmaschine zu verkaufen, die man in einer kleinen Kiste aufbewahren und überall benutzen kann, zum Beispiel auf Bahnreisen. Papa schaute neugierig zu, und der Zeigefinger rührte sich nicht. »UMSCHALTEN!«, wollte ich rufen, aber wie denn, wenn man gleichzeitig Respekt zeigen will?

Ich erinnere mich an eine andere Zeit in der anderen Wohnung, als Papa voller Chaos war. Das Sofa steht in der Ecke, und da sind andere Gerüche, Brot und Ofenwärme und Sonnennachmittag und vorher hat Mama gesagt: Mach die Balkontür auf, sonst schmelzen wir weg. Ich spiele in der Ecke mit Dinoraiders, und ich erinnere mich: Papa brüllt wütend und Mama kommt schnell ins Wohnzimmer die Finger mehlig und voll klebrigem Teig. Sie steht in der Tür mit den Handflächen zur Decke gerichtet wie vor dem Gebet mit etwas Mehl auf der Stirn und starrt auf den Fernseher mit Bildern von Beirut und Häusern die Pulver und Mehl und Staub werden und Frauen die weinen und keiner der etwas sagt außer Papa der die allerschlimmsten Wörter auf arabisch sagt. Und dann genau am Ende sagt irgendein Amerikaner etwas was ich nicht begreife und dann wird der Bildschirm schwarz und die Fernbedienung verschwindet im hohen Bogen nach draußen.

Später in der Küche ist es kühler und mehr Schatten, und ich erinnere mich: Mama klopft von unten an die Brote, um zu testen, ob sie fertig sind. Meine Beine baumeln vom Stuhl, und ich erinnere mich: Mama lacht und fragt Papa, warum er nicht aufgibt. Papas Gesicht ist auch voller Lachen und als er das Batteriefach öffnet, sind da nur noch Krümel, und ich erinnere mich, Papa lacht noch lauter und gibt auf. Er nimmt alle dünnen Kabel und die gelötete Schaltungsplatte und die karierte Unterlage für die Knöpfe und schmeißt den ganzen Mist in den Papierkorb und sagt, das ist doch schlechte Qualität, wenn die Fernbedienung nicht einmal einen kleinen Flug aus dem zweiten Stock aushält.

Als ich aus dem Zimmer ging, sagte Papa endlich was. Und obwohl ich wußte, daß das ein Witz war und daß er den Clown spielte, gebe ich doch zu, daß ich Panik verspürte, weil ich ein paar Mikrosekunden lang glaubte, er meinte es ernst.

»Jetzt weißt du, was ich zum Geburtstag geschenkt haben will«, sagte Papa und nickte zum Fernseher, wo der Moderator alle Spezialeinstellungen der kleinen Nähmaschine demonstrierte.

Er lächelte, um zu zeigen, daß es nur ein Witz war. Ich wollte mit derselben Miene antworten, das fühlte sich aber an wie eine fiese Grimasse.

»Ich geh schlafen. Tsbahallscher«, sagte ich.

»Tsbahallscher«, antwortete Papa.

Heute in der Mittagspause ich dachte, ich hätte Hristos Daunenjacke im Pausenraum gesehen. Um neuen Ärger zu vermeiden, ich mir Kaugummi im Kiosk gekauft und bei der Stahlschranke rumgehangen. Eigentlich ist die etwas außerhalb des Schulgeländes, aber wenn Alex nichts sieht, schert sich keiner drum. Früher, ehe sie es verboten haben, war da von der Neunten die Raucherecke, und viele haben hier in den Büschen den Pausenfummler gefahren. Jetzt kann man meistens in Ruhe abhängen. Ich saß da, baumelte mit den Beinen und fühlte mich wie Ibn Rush, als ich dann zuerst drüber philosophierte, was für ein Idiot man sein muß, wenn man noch in seiner alten Schule rumhängt, obwohl man schon auf dem Gymnasium angefangen hat. Dann philosophierte ich weiter über die Ungerechtigkeit, daß die Türken so viele schwedische Wörter kriegen. So sagt man zum Beispiel »beim Türken«, wenn man den Kiosk an der Schule meint, obwohl der Inhaber eigentlich Bosnisch redet. Und man sagt »Türkendusche« für Duschgel und »Türkenschuhe« zu Buffalos, obwohl es in Wirklichkeit massenhaft verschiedene Ausländer gibt, die sie tragen.

Es war ein super sonniger Sommertag mit Vogelgesang und heiße Birne. Morris war nicht zu sehen, aber er hatte das Fenster einen Spalt offen, und manchmal hörte man ein paar Baßtöne aus dem Kellerstudio. Da war alles softisch, und es störte mich noch nicht mal, daß ich Schritte und Geraschel in den Büschen hörte. Curre kam und setzte sich neben mich auf die Schranke (nur die Ruhe, Kumpel, Curre ist zwar groß, aber die Schranke ist aus dem dicksten Stahl). Er roch nach Alkohol und Schweiß und hatte das Flanellhemd völlig schief geknöpft, so daß der schwarze Bauch unten raushing.

Letztes Frühjahr war Morris ganz neu im Studio, und manchmal hing er mit den Neunern an der Schranke, schnorrte Zippen und tat so, als würde er die Mädchen angraben. Er prahlte, daß er nicht von Anfang an Musik fürs Fernsehen gemacht hätte, sondern bei Gruppen wie Toto und Abba Baß gespielt hätte. Klar, daß sich keiner drum scherte, denn alle konnten sehen, daß Morris uralt war und langes dünnes Haar hatte. Plus, nur richtig miese Bands suchen sich so einen Namen wie Toto aus.

Morris hat gesagt, er kennt Curre aus den Achtzigern, wo Curre noch der beste Soundtechniker der Stadt war. Dann hat Curre sich die Hucke zugekifft und eine Überdosis genommen und richtig angefangen, Scheiß zu bauen. Einmal ist er auf den Neger los, der mit Bruce Springsteen Maracas gespielt hat und hat ihm danach bei der Party in die Eier getreten. Ein andermal hat Curre behauptet, Ebba Grön hätte ihm Geld aus seiner Brieftasche geklaut, und er wollte sich rächen, indem er ihr Bühnenkostüm verbrennt. Die Polizei kam, und na klar hat keiner mehr in der Stadt Curre einen Job gegeben. Dann fing er auf der Finnlandfähre an und hat die Karaokemaschine betreut, bis er einmal nachts hinter den Lautsprechern einschlief und mit einem voll fiesen Klingeln aufwachte, weil der Kopf voller Tinnitus war. Nach einer Übergangszeit hat er den Job an der Schule gekriegt, dafür ist sein Lohn niedriger als der der anderen Putzleute.

Und doch wirkte Curre glücklich, wie er da auf der Schranke saß und sein Fleisch wippen ließ.

»Scheiß drauf, Scheiß drauf«, sagte er immer wieder mit einem breiten Grinsen und wippte zu der leisen Musik, die aus dem Studio drang.

In Skärholmen würden die Leute von Curre sagen: »Verdammte Hacke, dieser Neger ist voll verrückt.« Hier auf Söder sagen sie eher wie Morris: »Kann man sagen, was man will, aber dieser Curre ist ein richtiges Original.« Original? Wie eine verdammte Levis? Der Neger ist finster bekloppt, das ist die Wahrheit. Eigentlich sollte Curres Lohn noch mehr gesenkt werden, denn er ist taub wie eine Nuß und man sieht ihn immer öfter in den Fluren festwachsen. Letztes Jahr passierte das nur ab und zu, aber in diesem Schuljahr ist es jetzt schon zweimal passiert, daß ich gesehen habe, wie er mehrere Minuten voll wie tot rumstand, wie eine blöde Statue, ohne die kleinste Faser zu rühren, und das obwohl die aus der Siebten schon flüsterten und auf ihn zeigten.

Gleichzeitig ist da was mit Curre, das, ich schwör, ziemlich groß ist. Weiß nicht, was, aber immer, wenn ich sehe, daß er festgewachsen ist, gehe ich schnell hin und wecke ihn. Klopfe ihm etwas auf die Schulter und dann sieht er hoch, reicht ein Lächeln rein, putzt weiter oder redet von alten Konzerten und flüstert mit seinem Phantasiekumpel, den er Plura nennt. Ungefähr derselbe Laberdurchfall, den er heute auf der Schranke abließ, während ich rosa Kaugummiblasen produzierte und philosophierte.

»... es gibt ... keine Regeln ... das hat Plura schon in Eskilstuna gesagt ... '84 war das, glaube ich ... na klar, da war das ... und so ist es ... keine Regeln, nur eine Menge

Guidelines … keine Regeln, nur Scheiß drauf, Scheiß drauf …«

Gegen Ende der Pause kam Kristoffer auf dem Weg vom Kiosk vorbei. Curre erschrak und sprang von der Schranke, und der Rückstoß ließ mich beinahe auch runterfallen. Kristoffer bot Salzlakritz an und erzählte, Hristo habe allen gesagt, das nächste Mal würde er die Scheiße aus mir raustreten. Halim dachte: »Laß sie es nur versuchen, diese Fotzen, laß sie kommen, ich knacke sie alle und ihre Mütter noch dazu. Ich kacke ihnen zum Frühstück ins Maul, denn sie gehören mir alle!«

Völlig ungerührt war Halim und saß immer noch auf der Schranke, während Kristoffer zum Unterricht lief (das war ihm so was von egal).

Curre stand weiter weg und versteckte den riesigen Körper hinter einer kleinen Birke. Er starrte zu Morris' Studiofenster hinüber und stampfte den Takt mit dem Fuß. Vielleicht sang er auch ein wenig. Dann sah ihn Morris wohl und schloß das Fenster, denn wahrscheinlich war er Curres Verrücktheit auch langsam leid. Früher ließ er Curre manchmal im Studio rumhängen, aber dann merkte er, daß da Kabel und CDs verschwanden. Einmal setzte sich Curre auch (ohne es zu wollen) auf eine wertvolle Baßgitarre, und logo brach die in zwei Teile.

Ich sitze am Schreibtisch mit dem Notizbuch, und immer noch habe ich ein Echo in den Ohren von dem Knall. Papa hat alles Glas aufgefegt und sitzt wieder im Wohnzimmer im Sessel. Den Wein-Tetrapak auf dem Fußboden, und obwohl es nervt, liest er weiter laut aus dem Omar-Khayyam-Buch.

»Hör dir das hier mal an, hörst du, Halim?«

Heute nach der Schule bin ich in den Laden. Samir saß auf dem Hocker vorm Solstrålen und löste Kreuzworträtsel, und das gefundene Fahrrad stand auf dem Bürgersteig, das Pappschild etwas wellig. Auf irgendeine Weise fühlte es sich traurig an, das Fahrrad zu sehen. Alles, was wertvoll daran gewesen war, war geklaut, und jetzt stand es bloß noch da und war eine Werbetafel für einen Laden voller Mist, anstatt auf Straßen über rote Ampeln zu sausen und Bremsspuren im Kies zu machen. Von der anderen Straßenseite hörte ich Samir sich räuspern und dann einen fetten Rotzer auf den Bürgersteig legen.

Drinnen im Laden hatte Papa die Überraschungseier ausgepackt, die er zum Sonderpreis bekommen hatte, weil das Haltbarkeitsdatum demnächst ablief. Jetzt zeichnete er gerade einen neuen Karton mit Ralph-Laurent-Piquépullovern aus, während Nourdine da saß und ihm zuschaute. Ich begriff sofort, daß irgendwas passiert war, weil Papa Nourdine drinnen rauchen ließ.

»Was geht ab, Nourdine? Wie lief es?«

Nourdine zupfte an dem Muttermal neben dem Mund, und man merkte, wie er Anlauf nahm, um dann mit den größten Gesten zu zeigen, wie supergut es auf dem Schauspielertest gelaufen war. Ganz offenbar hatte er jedes Wort max plaziert und gezeigt, daß er der härteste Schauspieler war. Nach dem Vorsprechen war es einige Sekunden still gewesen. Dann hatten alle im ganzen Theater geklatscht und gejubelt, und der Regisseur hatte Hurra gerufen. Allen im Publikum liefen die Tränen über die Wangen, und die Mitspieler gratulierten ihm schon mal zu der Rolle. Die Schauspielkonkurrenten hörten den Jubel und klemmten sich ihre Manuskripte unter den Arm und schlichen zur U-Bahn, um sich die Erniedrigung zu ersparen. Sogar die Bühnentechniker fingen an zu grinsen, denn seine Szene war so verdammt fett gewesen!

Nourdine sank wieder auf den Stuhl, und Papa sah mich an.

»Und?« fragte ich.

»Ich hab sie trotzdem nicht bekommen.«

»Warum nicht?«

»Das ist schwer zu verstehen, wenn man noch nie mit dem Theater gearbeitet hat, Halim.«

»Aber warum denn?«

»Es ist einfach so. In dieser Welt heute dreht sich alles um Kontakte. Wenn man keinen kennt, dann ... Keiner wagt, auf jemanden zu setzen, den er nicht kennt.«

Ich dachte Schwedenflittchen und Rassistenschweine, und während Papa die Preisschilder nach Farben sortierte, versuchte ich, Nourdine zu trösten.

»Mensch, scheiß doch auf die! Was spielt das schon für eine Rolle? Das war doch nur so ein Schwedenstück, da. Schwedenrolle in Schwedenstück. Du solltest in dem da spielen ... wie hieß es noch? Das du in Beirut gespielt hast? Und dann in der ganzen Welt?«

In Nourdines Augen sah es aus, als würde ein Licht wieder angeknipst.

»Godot. Warten auf Godot. Du hast recht, das ist ein richtiges Stück. Habe ich schon erzählt, wie wir damit durch ganz Europa getourt sind? Wußtest du, daß Ingmar Bergman uns in Paris gesehen hat? Was? Habe ich das schon erzählt? Und es hat ihm so gut gefallen, daß er hinterher hinter die Bühne kam und mir persönlich gratulierte! Das ist die Wahrheit! Außerdem hat er massenhaft von uns geklaut, als er dann Godot am Dramaten inszeniert hat.«

Ich dachte, dieser Bergman ist der mieseste Klauaffe und dachte, das Dramaten hat verdammt Pech gehabt, weil es Nourdine nicht auf die Bühne bekommen hat. In der Zwischenzeit hatte sich Nourdine vom Stuhl erhoben, stand mit ganz geradem Rücken und redete mit der lautesten Theaterstimme.

»Du hast ja so recht, Halim! Ich sollte auf der Bühne stehen und Estragon spielen! Das ist eine Rolle, die zu mir paßt. Hört her: ›Pale for weariness. Of climbing heaven and gazing on the like of us.‹«

Nourdine spricht das schickste Englisch wie ein alter Adliger, der am Tee nippt und in einem Schloß wohnt. Ich sagte, er hätte immer noch den Dialekt von der Theaterschule in London drauf, und ein paar Sekunden lang sah es aus, als käme Nourdines Lächeln aus dem innersten Innen. Aber dann verlor er den Faden und setzte sich wieder hin. Es gab eine kurze Stille, ehe er weitermachte:

»Aber das verstehst du nicht, Halim. Das kannst du nicht verstehen.«

»Was verstehe ich nicht?«

»Was mit einem Menschen passiert, der Monat für Monat, jahrein, jahraus keinen Job hat. Man schrumpft. Man vergammelt wie ein altes Stück Obst. Man wird zu einem Nichts und dann ... dann stirbt man.«

Er drückte die Zigarette fest im Aschenbecher aus, und wieder begegnete mein Blick dem von Papa. Wir dachten beide dasselbe, und der Moment verging, und ich erinnere mich: will es aber nicht, und keiner hat dann noch mehr dazu gesagt.

Am Abend nahm Papa zwei neue Piquépullover mit nach Hause: ein Large und ein Medium. Wenn man nicht näher hinschaut, sieht man nicht, daß der Reitertyp auf dem Logo spiegelverkehrt ist, und dann ist der Pullover wie echt. Es ist wirklich blöd, daß mein Alter immer noch Medium mit nach Hause nimmt, obwohl alle meine Muskeln so riesig sind, daß sogar Large eng sitzt.

Als ich den Pullover übergezogen hatte und wieder in die Küche kam, fand ich zum ersten Mal, daß Papa etwas schwach aussah. Er stand an der Spüle, erst auf Zehenspitzen, um an eine neue Flasche Olivenöl heranzukommen, und dann mit der Brille auf der Stirn, um etwas auf dem Flaschenetikett zu lesen. Der Wasserdampf qualmte vom Herd hoch, und das T-Shirt hing zerknittert über den Schultern und den grünen Schlabberhosen mit Bündchen an den Knöcheln. Auf dem Pullover stand »Just another source of inspiration«, und das J und das C waren rot (das ist Reklame für JC).

»Er hat eine blühende Phantasie, der Nourdine«, sagte Papa.

Aber ich hörte nicht so gut, denn im Kopf tauschte ich das Bild gegen Papa im Gegenlicht aus, der gerade seine

Rede beendet hat und immer noch zum Publikum gewandt steht. Auf dem ganzen Platz stehen sie dicht gedrängt, ergriffen und klatschen und rufen »Bush, Bush, Mörder! Bush, Bush, Mörder!«, und die Plakate und die Palästinenserflaggen flattern. Papa steht auf Zehenspitzen und streckt sich über das Geländer und winkt dem Publikum zu und klatscht im Takt, während Mama im Rollstuhl daneben steht und die Sonne maximal über die ganze Platte scheint und Mama kann den Schlitten immer noch selbst drehen aber sie kann nur ein paarmal zu Anfang klatschen. Dann ist Schluß mit den Muskeln. Und Halim schaut zu Papa der vielleicht die stärksten Hände der Welt hat denn keiner klatscht so laut und so lange. Ich denke das ist wie Donner an einem sonnigen Tag oder wie die stärksten Dschungeltrommeln und versuche es ihm nachzumachen und klatsche bis die Handflächen anschwellen und rot werden und weh tun aber Papa spürt es nicht einmal sondern macht einfach weiter, KLATSCH, KLATSCH, Bush, Bush, KLATSCH, KLATSCH, Mörder. Meine Hände sind zu klein, um überhaupt mitmachen zu können.

Zum Essen trank Papa Wein, und dann gegen sieben Uhr setzte er sich in den Sessel. Nach Jeopardy dann fing er an, Khayyam-Zitate zu lesen, und ich wußte, es würde ein langer Abend werden. Papa las über Sternenhimmel und daß man mehr Wein trinken und träumen sollte, anstatt traurig zu sein. Die ganze Zeit lag ich auf meinem Bett mit dem Physikbuch als Kissen.

Vom Sessel war ein Knarren zu hören, und ich wußte genau, wie Papa sich mit wackligen Beinen hingestellt hatte, mit trockenen Lippen, rot und rissig, und der Brille auf der Nasenspitze. Er redete mit langen Vokalen und sagte, daß der Wein ewiges Leben ist und das schöne Glück der Jugend.

Immer dieser verdammte Omar. Früher, ich erinnere mich, hat Papa andere Bücher gelesen. In der alten Wohnung mit den großen Bücherstapeln, und Mama verliert manchmal die Geduld, und das ist kein Wunder, denn selbst im Schrank und in Tüten auf dem Dachboden und auf dem Balkon Bücher, und in regelmäßigen Abständen explodiert sie und zwingt Papa, auf den Flohmarkt zu gehen, um was zu verkaufen, weil sie sagt, wir haben keinen Platz mehr. Und als Papa gerade weg ist, sagt sie zu mir, Otman, könnte man meinen, lebt von Büchern, deshalb ist er so mager. Dann kommt Papa nach Hause, und wir stoßen im Flur fast zusammen, und natürlich muß ich keine Eide schwören, daß ich nicht petze und Papa verrate, der neugekaufte Bücher auf dem Hutregal versteckt. Mama begreift überhaupt nicht, warum Halim und Papa beide gleichzeitig in verschiedenen Zimmern lachen, als sie sagt, daß es schön ist, endlich mehr Platz zu haben.

Plötzlich wird die Wohnung vom schlimmsten Knall erschüttert. Ungefähr das Geräusch, das ein Glascontainer macht, der geleert wird. Danach totale Stille. Ich und Papa kommen gleichzeitig in die Küche und zu dem Superkrach gerannt. Auf dem Küchenfußboden liegt die eine Deckenlampe in glitzernden Feinstaub verwandelt. Es ist seltsam dunkel im Zimmer, und das einzige, was darauf hinweist, daß da eben noch eine Kugellampe am Deckenhaken gehangen hat, ist ein zerbrochenes schwarzes Stück Plastik. Papa sagt, das sei keine Überraschung:

»Diese Lampe war zu schwer für diese Befestigung. Das habe ich Mustafa schon gesagt, als wir sie gekauft haben, eine zu schwere Lampe für so ein kleines Stück Plastik. Na ja, ist ja nichts zu Schaden gekommen.«

Und doch konnte ich nicht aufhören, an die Lampe zu denken, die da hing und sich Jahr um Jahr anstrengte und arbeitete, und dann an einem Tag gab sie auf und wurde zu Millionen von Glassplittern. Papa sagte, das sei kein Problem und sang ein wenig, als er aus dem Putzschrank Kehrblech und Handfeger holte.

Jetzt sitzt er wieder im Sessel, und anstelle von Khayyam hört man Lärm aus dem Fernseher.

Heute auf dem Schulweg schnell die *Metro* durchgesehen und einen kleinen Artikel gefunden, der beweist, daß Dalanda recht hat, wenn sie sagt, daß der Integrationsplan schon gestartet ist. Zwischen dem Bericht über Veganer und eine Twilfit-Annonce haben die Journalisten versucht, die Neuigkeit reinzuschmuggeln, daß mehrere Wohnungsbaufirmen gedroht haben, alle Ausländer rauszuschmeißen, die Parabolantennen auf ihren Balkons haben! Darunter auch die Firmen Svenska Bostäder und Drott, die Drohbriefe geschickt haben. Da fingen die Ausländer natürlich an mit Gegenorganisationen und haben Demonstrationen auf der Platte abgehalten, denn na klar sind das keine Weicheier, die es okay finden, wenn die Wohnungsbaufirmen hier einen auf Rassisten machen. In derselben Zeitung kam noch eine Reportage, wo stand, daß die Polizei jetzt anfangen würde, gegen Schwarztaxis härter durchzugreifen. Klar habe ich begriffen, daß das auch ein Angriff gegen uns Ausländer ist, denn wer hat schon mal von einem Schwedenidioten gehört, der illegal Taxi fährt.

Ich nahm die Zeitung für Papa mit nach Hause. Das war der sonnenklarste Beweis, daß die Politiker alles tun, um aus Ausländern Schweden zu machen. Während ich in massenweise neue Klos reingeschlichen bin und Wände und Spiegel mit Sternen und Monden vollgemalt habe, habe ich geschworen, daß ich der Schwedisierung immer widerstehen werde. Niemals werde ich mir auf Skansen Surströmming mit Schnaps reintun oder in Holzschuhen irgendwelche peinlichen Kreise um den allertuntigsten Mittsommerbaum drehen. Und ich werde niemals die Politiker Buffalos verbieten lassen oder Stretchpullover oder die Haargelpreise erhöhen lassen. Als Dalanda mir davon erzählt hat, habe ich ihr schon geglaubt, aber doch nicht gewußt, daß die Zeichen so deutlich sind.

Im Speisesaal setzte ich mich wie üblich an einen eigenen Tisch, hauptsächlich, um zu philosophieren. Ich hatte irgendwie wenig Appetit und Kopfschmerzen von den Dämpfen aus dem Filzstift. Kurz darauf stellte Mårten sein Tablett auf die andere Seite und fragte, ob ich Saft will. Während er welchen holte, dachte ich, Mårten ist doch total cool, obwohl er eine schiefe, selbst geschnittene Frisur hat und immer mit irgendwelchen bekifften Mädchen rumhängt. Weil er ein verirrter Polacke ist mit gepiercter Augenbraue und Sachen wie Depeche Mode mag, hatte ich das Gefühl, er müßte maximal Bedarf haben, sich über den Integrationsplan weiterzubilden.

Als er mit zwei Saftgläsern zurückkam, schob ich die Metrozeitung rüber und sagte, er soll mal die Artikel lesen. Mårten machte es, und man sah, er war beeindruckt. Und wie ich grade von dem Integrationsplan zu reden anfangen wollte, da schaute er zum Eingang und kriegte ein Gesicht wie ein kleiner Junge.

»Du … Ich muß abhauen«, murmelte er und ging mit dem Tablett an einen anderen Tisch. Ich begriff, was los war. Hristo hatte zehn Idioten versammelt, und auch Sebastian und Angelo von seiner alten Klasse waren dabei. Alle setzten sich im Kreis um mich herum, und ich sah, ein paar hatten die Hammarby-Abzeichen auf den Jacken. Hristo sagte zufrieden:

»Jetzt hast du wohl nicht mehr so eine verdammt große Schnauze, was?«

Dann vergingen noch ein paar Sekunden, bis ihm ein guter Anfang einfiel.

»Schickes Käppi. Bist du Twix-Fan, was? Verdammter Hurenbock!«

Er räusperte einen Rotz los und wollte grade meine Kappe losmachen, als ich einen Ausbruch machte, seine Hand in den Kartoffelbrei drückte und mit dem harten Brot nach Sebastian warf. Fast wäre es geglückt. Aber dann kam Angelo von hinten mit Polizeigriff.

»Raus mit ihm«, rief Hristo und trocknete den Brei an meinem Pullover ab. »Tragt den Arsch raus.«

Alle Arme und Beine wurden in einem Stahlgriff gefangen, und sie waren mehr, als ich dachte, ein paar aus der Achten, die am Tisch saßen, halfen auch noch und Steve und Samuel und Anders vielleicht auch. Einer rief: »Gib es der Hure, gib es ihm.«

Sie trugen mich zum Flur, und ich habe die ganze Zeit den härtesten Widerstand geleistet, gezappelt und gebrüllt, daß sie mich loslassen sollen, denn sonst würden sie das bereuen. Eine Kantinentante sah alles, hob aber nicht den kleinsten Finger, und damit war das erledigt. Vor dem Speisesaal kriegte ich fast ein wenig Angst, weil sie so viele waren und richtig Streit zu suchen schienen. Deshalb schrie ich noch wütender, daß sie aufgeben müssen, sonst würde ich austicken.

»Zum Klo«, antwortete Hristo. »Zum Klo.«

Voll dicke Luft, und meine lauten Drohschreie schienen sie überhaupt nicht sonderlich ängstlich zu machen.

Aber plötzlich blieben alle vor dem Klo stehen, denn mit Putzmittel und Eimer und Lappen kam Alex raus.

Er stand still wie eine Statue, und sein Adamsapfel fuhr rauf und runter wie der krasseste Fahrstuhl.

»Zum Schulhof!« brüllte Hristo, ehe Alex was sagte. »Zum Schulhof!«

Aber wenn du mal versucht hast, einen Halim die Treppen runterzutragen, dann weißt du, daß er schnell schwer wird (nur wegen der Muskeln). Und Gedankensultane ergreifen jede Gelegenheit, treten, spucken, und genau dann, wenn du dich durch die Eingangstür rausschlängeln willst, kommt das rechte Bein los. Zwei schwere Tritte in deinen Brustkorb, ein Fuß auf dem Boden, ein Arm kommt los und du kriegst den härtesten Kinnhaken ab.

Ich kam in der Hocke auf, gab Sebastian einen ordentlichen Haken, donnerte einem aus der Achten auf die Lippe und rannte mit max Tempo vom Schulhof. Im Gesicht pochte es, und im Spiegel vom Fahrstuhl entdeckte ich zwei kleine Abdrücke von Zähnen oberhalb der Augenbraue. Außerdem hatte ich anscheinend in dem ganzen Durcheinander die Metrozeitung verloren.

Mehrmals schon haben wir gesagt, daß wir das Auto nehmen und mal zurück fahren. Aber jedesmal hat Papa es sich anders überlegt und gesagt, gerade dieses Wochenende muß er doch arbeiten oder vielleicht das Lager fegen oder die Kasse reparieren oder den Tresen anstreichen. Aber heute sind wir endlich los, denn Papa stimmte mir zu, daß man die billigsten Deckenleuchten der ganzen Stadt auf dem Flohmarkt von Skäris findet.

Nach dem Frühstück habe ich total gedrängelt, und als wir uns dem Hotel von Nourdine näherten, waren wir fünf Minuten zu früh. Trotzdem stand Nourdine schon fertig auf dem Bürgersteig mit grauem Jackett über der Schulter und überkämmter Glatze. Nach etwas Rummachen mit der Tür machte er auf der Beifahrerseite auf. Ließ sich voll lachend auf den Vordersitz fallen, und ich dachte: Das ist gut, er hat es auch begriffen.

Auf der Västerbro schien die Sonne heftig, und der Motor hörte auf, komisch zu brummen. Ich saß in der Mitte und drückte die Oum-Kalthoum-Kassette rein, Nourdine sang mit, sang in seine rote Marlboropackung und winkte eifrig irgendwelchen blonden Tussen in einem Audi zu. Er drehte die Scheibe runter und rief: »Hallo, Mädels! Hallo, Mädels!«

Papa fuhr mit geradem Rücken hinter dem Steuer, das etwas groß aussah, und er lachte laut über alle Witze von Nourdine. Ich dachte mehrmals: So ist es, so soll es sein, endlich haben sie begriffen, daß wir auf dem richtigen Weg sind. Wir sitzen hier in unserem schwankenden Auto mit rostiger Ladefläche, und gleichzeitig kacken wir auf euer Hammarby und pissen auf eure schicke Götgata und scheißen auf eure Audis. Alles auf ganz Söder könnt ihr euch den langen Weg in den Arsch rauf stecken.

Als wir im Zentrum von Skärholmen geparkt hatten, war es fast halb zehn, und vor dem Eingang zum Flohmarkt herrschte das totale Chaos. Wir an der Schlange vorbei und mußten auch keine zehn Kronen berappen, weil Papa erklärte, wir sind eng verwandt mit den Irakern, die immer Tisch 345 mieten.

Drinnen teilten wir uns auf und fingen an, die Tische zu checken. Papa wollte eine neue Küchenlampe finden, und Nourdine suchte ein neues Handy. Ich selbst brauchte Ideen für ein Geburtstagsgeschenk für Papa. In der Nähe der Fernseh- und Videoecke hatte ich die Erleuchtung: Logo, Papa mußte eine Parabolantenne geschenkt kriegen, und wenn sie nur frisch genug gestohlen war, konnte sie auch nicht so teuer sein. Leider sagte der Idiot hinter der Kasse, sie hätten keine neugeklauten Parabolschüsseln da, plus, wenn sie welche kriegen, wurden die sofort verkauft. Er schlug vor, ich sollte nach Söder fahren, denn der Kumpel von seinem Onkel mütterlicherseits hätte in dem Elektrogeschäft bei Åsö eine Parabolantenne gefunden. Ich kannte den Laden, denn da habe ich mein Super Nintendo gekauft, lange her, vielleicht in der Siebten.

Auf dem Rückweg von den Indern mit den raubkopierten Filmen ging ich an Tisch 345 vorbei, wo Majid selbst stand und die Kasse bewachte. Auf dem Tisch verkauften sie ein Nudelholz, angebrannte Töpfe, Legotüten und einen alten Dr.-Snuggles-Film. Majid saß mit einem Schraubenzieher da und versuchte, eine alte Tasche zu reparieren.

»Halim! Schau dich um, nur schauen, nicht kaufen. Eine Reisetasche? Einen neuen Staubsaugerschlauch?«

Obwohl er an die Neunzig ist, auch etwas senil und im Rollstuhl, hat er einen aufgeweckten Blick und eine gute Verkaufssprache. Gerade wollte ich weiter, als ich die rote turbanähnliche Fezmütze entdeckte, die etwas versteckt unter einem Karton Spielzeugsoldaten lag. Der Mützenstoff war weichster Samt, und die Marke hieß Jasmin (wie die Tusse in Aladin und die Wunderlampe). Majid sah hoch und fing an, Verkauf zu reden.

»Das da ist eine richtige Perle. Nie benutzt, wie du selbst siehst. Nagelneu. Für dich, mein Freund, dreißig Kronen. Nur für dich.«

Ich drückte ihn auf zehn und ging dann stolz hin, um es den anderen zu zeigen. Papa hatte sich einen Kristalleuchter als Küchenlampe ausgesucht, und auf die Entfernung konnte ich sehen, wie er dann ranging. Keiner kann widerstehen, wenn Papa sich entschieden hat. Vor allem keine Schwedenfamilien, die den Tisch auf dem Markt vielleicht zum ersten Mal gemietet haben (Dalanda nennt sie Wochenendtouristen).

Ich sah Papa Anlauf nehmen und dachte zwischendurch, Papa ist wie früher. Höhnisch lacht er über den ersten Preis. Dann weist er auf alle hundert Fehler der Lampe hin und klar, daß er nicht die kleinste Macke oder einen winzigsten Schmutzfleck übersieht. Dann mitten in allem bricht er ab und nennt sogar den neuen Preis einen Angriff auf die Ehre. Er geht vom Tisch weg und ruft, die Schweden müssen endlich mal den Unterschied zwischen einem Flohmarkt und MK begreifen (er sagt immer absichtlich MK oder »Mordiska Kompaniet« statt NK für »Nordiska Kompaniet«).

Wenn sie ihn dann zurückwinken, tut er immer ein paar zusätzliche Sekunden, ein paar zusätzliche Schritte so, als ob er taub ist. Und dann dreht er sich um und nennt seinen ersten und letzten Preis. Und nicht einmal, wenn Papa das Bündel mit Scheinen rausholt, wo die Zwanziger innen versteckt liegen, scheinen sie zu begreifen, daß sie reingelegt wurden.

Später haben Papa und ich uns am Imbißstand beim Ausgang ein Kebab mit Kartoffelbrei reingezogen. In der Zeit haben wir Nourdine zugeschaut, der versuchte, bei einem Jugoverkäufer den Preis von einem Nokia zu drücken. Bei den Jugoslawen muß man eine andere Strategie anwenden, denn es hat überhaupt keinen Sinn, auf deren Mitgefühl zu setzen. Ich zeigte Papa meinen roten runtergehandelten Fezturban, und als Antwort fing er an, ein bißchen wie ein Sportkommentator Nourdines Handel zu verfolgen.

»Oje, da hat er einen Fehler gemacht – so lange darf man niemals ein und dasselbe Modell anschauen, man muß sich viel desinteressierter zeigen.«

Nourdine verglich verschiedene Modelle und summte, wenn er sah, daß die Seriennummer weggekratzt war, und dann nannte er den ersten Preis. »Viel zu früh«, sagte Papa. »Jetzt sitzt er fest.«

Währenddessen schrieb Nourdine ziemlich lässig neue Preisvorschläge auf einen Block, und der Jugo antwortete mit eigenen Zahlen. Beide schauten mit einem fiesen Grinsen auf den Vorschlag des anderen, und man begriff locker, daß der Vorschlag immer viel zu hoch/tief war, um überhaupt ernst genommen zu werden. Nach einer Weile kam Nourdine in Fahrt und benutzte wilde Gesten und ausgestreckte Zeigefinger. Der Verkäufer riß Nourdine daraufhin einfach das Telefon weg und legte es wieder unter den Tisch.

»Nourdine ist ein guter Schauspieler«, sagte Papa, »aber ein schlechter Kaufmann. Fast noch schlechter als Samir.«

Nourdine blieb einfach stehen, und nach ungefähr zehn Minuten machten sie eine kleine Pause. Nourdine bot dem Jugo eine Zigarette an, und beide kommentierten das englische Ligaspiel, das beim Möbelverkäufer eingeschaltet war. Nach der Zigarette kehrten sie zu einem noch viel härteren Wortgefecht zurück, das schließlich damit endete, daß Nourdine das Telefon kaufte (auch wenn sowohl der Jugo als auch Nourdine andauernd sagten, daß sie fett unzufrieden sind).

Wieder im Auto probierte Nourdine Papas Sim-Karte aus und stellte fest, daß im Display ein Wackelkontakt war. Man konnte gut anrufen und rangehen und all das, aber es war schwer, eine SMS zu schreiben und eine neue Nummer in das Adreßbuch aufzunehmen. Die komplette Hälfte des Displays war kaputt, und wenn man das Handy anmachte, konnte man anstelle der beiden Nokia-Hände, die sich hielten, nur die linke sehen. Die andere war löchrig und verschwommen. Papa versuchte zu trösten und erinnerte ihn daran, daß das Telefon ja funktionierte.

»Was spielt es denn für eine Rolle. Es ist doch nur das Display. So lange das so funktioniert ... Außerdem ist es ja auch ein wenig symbolisch ... also, mit der einen Hand. Oder nicht, Nourdine? Findest du nicht auch? Wenn man mal überlegt, wo das Bild hergenommen ist. Wir strecken die Hand aus und … ja …«

Ich begriff das nicht richtig, aber Papa sah aus, als hätte er gerade den besten Witz erzählt. Um noch mehr zu trösten, sagte ich:

»Außerdem kann man Leuten ja nicht trauen, die ihre Nachbarn vergewaltigen und töten.«

Papa und Nourdine verstummten und sahen sich an. Ich sah, daß Papas Kiefer fest aufeinander gepreßt waren.

»Was hast du gesagt, Halim?«

»Na ja, daß man keinem trauen kann …«

»Wo hast du das denn her?«

»Wie, jetzt?«

»Erzählt dir Dalanda solche Sachen? Ich habe dir doch gesagt, daß du nicht mit diesem verrückten alten Weib reden sollst.«

Papa war schon viele Jahre und Tage nicht mehr wütend gewesen, und jetzt passierte das völlig ohne Vorwarnung. Ich wußte nicht, was ich sagen sollte. Eigentlich, wenn ich jetzt so drüber nachdenke, erinnere ich mich, daß Papa noch schlimmere arabische Wörter für Dalanda benutzte als nur Weib.

Papa drückte das Gaspedal bis zum Anschlag, und wir fuhren schnell vom Parkplatz runter. Ich selbst hatte keine Lust auf Diskussionen im Auto, vor allem nicht, wenn Nourdine dabei war. Statt dessen versuchte ich eine gute Kassette im Handschuhfach zu finden. Aber sowie ich die Fairouz-Kassette reingedrückt hatte, drückte Papa auf Eject und legte Vinyl 107 rein. Ich ließ ihn machen. Nourdine wollte Papa etwas aufheitern, indem er die Klingeltöne des Handys ausprobierte. Es lief nicht gerade gut.

Papa fuhr schneller als sonst, und bei einem Überholmanöver in der Nähe von Bredäng bauten wir beinahe einen Crash. Papa hupte und hätte damit fast den polnischen Wohnwagen von der Straße runtergejagt.

Heute morgen habe ich einen neuen Artikel gefunden, der beweist, daß der Integrationsplan in vollem Gange ist. Nicht nur lehnen die Schwedenpolitiker Arbeitsgenehmigungen ab, weil sie keine Moscheen mehr wollen, sondern Königin Silvia sagt auch, palästinensische Mütter sollten aufhören, ihre Kinder dazu zu benutzen, Steine auf israelische Soldaten zu werfen. Alles hängt zusammen, und wer nicht sieht, ist blind wie eine Fledermaus (Halim ist der Leithund).

Millionen fehlen zum Traum von einer Moschee
Die Arbeit an einer Moschee in Botkyrka vor den Toren Stockholms ist eingestellt. Der Grundstein ist gelegt und ein Teil des Gebäudes ist schon im Rohbau, aber jetzt ist das Geld ausgegangen. Die türkisch-islamische Kulturvereinigung, die den Bau in Auftrag gegeben hat, schuldet der Baufirma fast vier Millionen Kronen. Die Kosten für die Moschee werden nach Angaben der Baufirma an die 25 Millionen Kronen betragen. Ursprünglich war geplant, daß eine türkische Firma die Moschee bauen sollte. Die türkischen Arbeiter hatten aber keine Arbeitserlaubnis in Schweden bekommen, weshalb der Auftrag an einen bedeutend teureren schwedischen Betrieb übergeben werden mußte. Die türkisch-islamische Vereinigung bittet jetzt die Gemeindemitglieder, Geld zu spenden, damit die Moschee fertiggestellt werden kann.

Ich stand lange vorm Spiegel und versuchte, mich zwischen der normalen Kappe und dem Turbanfez zu entscheiden. Mit dem Fez gab ich ein viel mächtigeres Bild ab. Das wurde noch mächtiger, als ich im Sonnenschein zur Schule ging und spürte, wie sich der weiche rote Stoff an die Stirn schmiegte.

Die erste Stunde sollte ich mit Alex allein haben, weil er noch mal was über die Judenvernichtung erzählen wollte. Sonja hatte offenbar gemerkt, daß ich mich von den Dokumentarsachen nicht hatte blenden lassen und die ganze Zeit eigentlich nur Dreck gesammelt hatte, um Kristoffer damit bewerfen zu können. Alex fing damit an, daß er erst mal eine Pause machte, denn aus den Lautsprechern kam ein Signalton und dann mit Echo die Stimme der Direktorin. Sie sagte, der Vandalismus auf den Toiletten müsse ein Ende haben, und unter anderem würde man jetzt zur Strafe keine Seife mehr auf die Toiletten tun.

»Die Seife auf den Toiletten ist offenkundig zu einem Luxus geworden, der mißbraucht wird.«

Alex sah mich an, und als Antwort kratzte ich mich lange mit dem Mittelfinger im Auge. Klar, daß er nichts merkte.

Dann fing Alex an, über die sechs Millionen zu reden, die getötet wurden und die Gaskammern und die Verbrennungsöfen und die Plünderungen. Er zeigte Overheads mit Fotos von Frauen und Kindern und große Räume mit ausgeschlagenen Goldzähnen und haufenweise Haaren. Aber er kam zu spät, denn Dalanda hat schon erzählt, daß die meisten Zahlen etwas übertrieben sind und hauptsächlich zur Propaganda für Israel benutzt wurden. Plus, es waren nicht nur Juden, die da gestorben sind, sondern auch massenhaft Polen, Zigeuner und

Schwule. Und später sind sogar alle, die die Wahrheit gesagt haben, festgenommen und eingesperrt worden, wie Ahmed Rami. Natürlich konnte Alex mich nicht reinlegen, und nicht mal die Bilder von den Massengräbern ließ ich zu nah an mich rankommen. Statt dessen drückte ich *mute* im Kopf und verübte Gedankenattacken gegen die Politiker, die den Bau der Moschee in Botkyrka gestoppt hatten. Am Ende der Stunde meinte Alex, von jetzt an würde er mich besonders beobachten.

»Glaub bloß nicht, daß du davonkommst. Kristoffer fährt sein Rennen, und du mußt deins fahren. Du darfst nicht zulassen, daß er deine Zensuren runterzieht. Okay? Und jetzt planen wir mal den Rest des Schuljahres, dann wird das schon alles laufen, da bin ich sicher. Du wirst in jedem Hauptfach eine Vier kriegen, wenn du jetzt nur mal den zusätzlichen Turbogang beim Lernen einlegst. Ich weiß, daß das hier jetzt nach ›make-me-proud-Gefühl‹ klingt, aber ich meine es wirklich so. Versprichst du mir, daß du dein Bestes geben wirst?«

Ich nickte, hauptsächlich um aus dem Sonderraum mit den ekligen Grünwänden und den Bänken, die voriges Jahr von Hristo und Sebastian vollgekritzelt worden wurden, wegzukommen. Und als ich schon fast auf dem Flur war, rief Alex:

»He, übrigens, mir gefällt deine Mütze!«

Nur klar, daß er auf meine babylonischen Wurzeln neidisch war. Ungefähr wie Kristoffer, der das damit verbergen mußte, daß er fragte, ob ich auf dem Weg zur Schule irgendeine alte Tante überfallen hätte. Er konnte sehen, daß die Mädels mich mit heißeren Blicken anschauten und mußte deshalb behaupten, meine Mütze sei eine Tantenmütze und seine Großmutter hätte genauso eine, nur in Blau. Ich zeigte, daß ich der größere Mensch war und lächelte dasselbe Lächeln wie Hassan II. und ging ohne Streit zu riskieren weiter.

Nach der Schule nahm ich die Mütze trotzdem ab, denn die Frisur war fett verschwitzt und der Parfümgeruch vom Vorbesitzer ging auf mich über (klar hatte Majid gelogen, als er behauptet hat, daß sie noch nie getragen worden ist). Ich schob zur Bank und hob das Geld vom Sommerjob ab und dann weiter zu Medis. Den Laden haben ein paar Russen, und er ist voll mit frisch geklauten Sachen, aber sie sagen es nicht, deshalb glauben alle, sie sind nur billig und gebraucht. Jetzt hatten die Russen sogar eine neue Alarmanlage angebaut, um den Laden nach außen hin legaler erscheinen zu lassen. Trotzdem sah man, daß einige Videogeräte abgekratzte Markierungen hatten, und auf einem Bildschirm in der Ecke stand noch mit aufgeklebten Buchstaben »Eigentum des Gymnasiums Bromma«. Außer dem Mädel hinter der Kasse waren nur noch ich und ein Schwedenpapa mit zwei Kindern im Laden.

Als ich reinkam, merkte ich sofort, daß das Kassenmädel mich abcheckte. Sie sah etwas hurenmäßig aus mit einem Muttermal auf dem Kinn und riesigen roten Lippen. Eilig griff sie zum Hörer, und ich bin kein Frischling, klar, daß ich begriff, was lief. Zirka eine halbe Minute später tauchte ein Bulle auf in Form eines Typen von so einer Securityfirma. Er sagte: Hallo, und ging dann rum, Muskeln unter Vollspannung, und spielte Bonanza.

Aber diesmal schaffte Halim es, vernünftig zu bleiben. Scheiß auf den verdammten Hurenwachmann, scheiß auf die Blicke, du bist hier, um eine Schüssel zu kaufen, find die billigste, trag sie zur Kasse und wedel dann mit den

Scheinen, damit sie begreifen, mit wem sie hier rummachen: kein kleiner Krimineller, sondern ein Revolutionskanake.

Ich fand mehrere Schüsseln und überlegte ziemlich lange. Dann nahm ich die billigste (weil ich wußte, das war die einzige, die ich mir leisten konnte). Die war gut und nicht so runtergekommen, nur ein paar blaue Farbflecken auf dem Kabel und dem Stecker. Dann habe ich ein bißchen bei den Verlängerungskabeln gekuckt, und dann hab ich mich an dem Schwedenpapa und den zwei Kindern vorbeigedrückt.

An der Kasse spürte ich Siegergeruch. Die Hurentusse war erstaunt, und der Wachmann wußte nicht, was er mit sich selbst anfangen sollte, als ich in voll korrektem Schwedisch sagte: »Bitte als Geschenk einpacken.«

Und jetzt wurde die Tante zuckersüß, holte einen braunen Karton aus dem Lager, in dem Videokassetten drin gewesen waren, und machte das allerschönste Paket mit dem Geschenkband zu zwei Kugeln gerollt. Als sie alles in eine große Tüte gestopft hatte, lächelte sie noch freundlich dazu und wünschte mir einen angenehmen Nachmittag. Alles fühlte sich gut an, und auf dem Weg raus bereute ich es fast. Aber dann sah ich, wie der Wachmann immer noch an der Tür stand und auf der Lauer war. Da bereute ich die Reue, überquerte die Türschwelle und setzte mich ganz ruhig auf den Fahrradständer auf der anderen Straßenseite. Na klar war der Wachmann voll enttäuscht und ging mit dem Schwanz zwischen den Beinen Richtung U-Bahn.

Dann kam der Schwedenpapa mit abartig riesiger Tüte rausgewankt. Die Kinder rannten vorneweg und blieben dann ängstlich stehen, als der Alarm losging. Der Wachmann kam zurückgerannt, und Schwedenpapa hatte das allerroteste Gesicht, ging ein paarmal durch die Kontrolle und jedesmal piepte es. Vielleicht fünf Minuten dauerte es, bis sie das kleine Preisschild aus Metall in der Jackentasche vom Schwedenpapa fanden. Der Vater schimpfte mit den Kindern, die nichts begriffen, während Halim zur U-Bahn ging. Hin und wieder konnte man sehen, wie Halim die Hand in die Tasche steckte und das zusätzliche Antennenkabel befühlte, das da ohne Alarmpreisschild eingeschweißt lag, und dann konnte man sehen, daß er glücklich lächelte.

Die Tage sind langsam vergangen, und es war kraß schwer zu warten. Mehrmals habe ich den Schrank aufgemacht, nur um ein bißchen an dem Paket herumzudrücken und zu denken bald, bald. Heute war es endlich so weit. Der Abend fing an, als Nourdine sich die Schürze umband und den Herd mit einer Menge Töpfen vollstellte. Es blubberte, bis die Fensterscheiben in der Küche ganz beschlagen waren, Papa goß etwas Whiskey ein, mümmelte Erdnüsse, und ich habe fast im Schach gewonnen, weil ich zur Verteidigung die schickste Rochade aller Zeiten machte. Es roch nach gebratenem Halloumi und roten Kräutern und frisch gebackenem Pitabrot. Nourdine zog den Kochhandschuh aus und probierte die Joghurtsoße mit einem Holzlöffel:

»Oboy, das hier ist das beste Essen, bei dem ich jemals dabei war«, sagte er mit Balu-Stimme und bot uns an, auch zu probieren.

Papa fing an, von einem berühmten Weltmeisterspiel zwischen zwei Russen in den achtziger Jahren zu erzählen.

»Wenn ich mich richtig erinnere, war das Kasparow. Er war auf alle Schwächen seines Gegners vorbereitet. Und durch Zufall hatte er gehört, daß der ... ich denke, es war doch ein Amerikaner. Bin aber nicht ganz sicher, Amerikaner oder Russe ... Wie auch immer, hatte er gehört, daß der Gegner allergisch war. Und zwar unglaublich allergisch gegen ... Katzen.«

Um die Wirkung zu erhöhen, ließ Papa die Stille ein wenig wirken, während er einen Schluck nahm und Nüsse kaute.

»Der Tag des Matches rückte näher. Der Gegner hatte auch richtig hart trainiert und fühlte sich endlich bereit, den großen Meister Kasparow zu treffen. Aber ...«

Alles löste sich in Wohlgefallen auf mit dem Klingeln an der Tür. Papa ging zum Flur, das Gesicht abgewendet. Aus dem Flur hörte man Rascheln und Kichern und eine heisere Mädchenstimme, die sagte: »Hoffe, wir sind nicht zu früh«, und dann Papa: *»Nein, aber ... nein, nein. Nein. Kommt rein, kommt rein. Herzlich willkommen! Oh, seid ihr schön. Zerafina! Neue Zöpfe! Hast du die selbst gemacht? Süße schöne Zöpfe?«*

»Aber ... jetzt antworte doch, Liebling. Hm, sie ist zu Anfang immer etwas schüchtern. Ich habe sie gemacht. Aber sie sind doch schön geworden, nicht?«

»Wirklich. Schöne Zöpfe, superschön. Zerafina mit süßen, süßen Zöpfen.«

Papa kam mit einem großen, scheißhäßlichen Blumenstrauß rein, und hinter ihm kam Kerstin reingewankt wie eine Mischung aus Schwein und Ente. Sie hatte das Haar zu einer kurzen Tim-und-Struppi-Frisur geschnitten, dazu ein paar Haarsträhnen rot, und das machte sie doch tatsächlich noch häßlicher als sonst. Um den Hals hatte sie eine braune Holzstatue, die zwischen den Melonentitten rauskuckte.

»Hallo, Halim«, sie winkte und gab Nourdine Küßchen. Sogar Nourdine sah neben ihr klein aus.

»Hallo, Kerstin«, antwortete ich ohne das kleinste Lächeln.

»Lange nicht gesehen. Und was kocht man hier Gutes?

Was? Hm … sieht wunderbar gut aus. Die hier ist fürs Essen.«

Aus der Papiertüte zog sie eine Weinflasche, und man sah sofort, daß das schlechte Qualität war, denn die hatten nicht mal den Hühnerdraht an der Außenseite abgemacht. Zerafina kam etwas später rein. Sie ging ganz nah am Kühlschrank und an der Gefriertruhe entlang und schaute etwas ängstlich auf Nourdines ausgestreckte Hand.

»Sag jetzt guten Tag, Zerafina. Sag artig guten Tag.«

Die Perlen ganz unten an den Zöpfen waren fast alle rot, ein paar gelb und grün. Eigentlich ist es komisch, daß alle weißen Negerfrauen Hängekleider aus Baumwolle anhaben und riesige Afrikaketten tragen und aussehen wie blaßfette Schweine, und dann kriegen sie doch die süßesten Kinder der Stadt. Zerafina setzte sich auf den Stuhl neben mir, und ich durfte ihr ein wenig helfen, raufzukommen.

»Jetzt erzähl fertig von Kasparow«, sagte ich zu Papa auf arabisch.

Papa war gedankenverloren, und schnell sagte er mit schwedischer Zunge:

»Pulloverkatze. Er hatte einen Pullover mit einer großen Katze auf dem Bauch an. Kerstin, ein Gläschen Wein? Kleinen Schnaps vor dem Essen?«

Ich hatte eine viel bessere Pointe erwartet, und nicht mal Nourdine lachte.

Als Vorspeise gab es Bulgurpirogen mit Hackfleischfüllung und Halloumisalat. Dann servierte Nourdine den schönsten Abolit Djadj mit gebratenen Hühnchenstücken auf einem weichen Bett aus Rosinen, Gemüse und Nüssen. Das Wasser lief einem im Mund zusammen, und ich aß, bis ich fast nicht mehr atmen konnte. Nourdine schaute sich stolz um, als alle sagten, daß es gut sei, aber man merkte auch, daß er es besser gefunden hätte, wenn Kerstin sich nicht aufgedrängt hätte. Seit Papa und sie sich ein bißchen zufällig im Sommer in der Medienbibliothek getroffen haben, scheint sie zu glauben, sie sei eine von uns und könnte auch eine beste Freundin werden.

Beim Essen redete sie die ganze Zeit und sagte, sie würde Zimmer an Touristen vermieten und manchmal Flüchtlinge verstecken und an einem neuen Artikel über Feminismus arbeiten und massenhaft anderes uninteressantes Zeug. Papa schaute mit großen Augen und sagte die ganze Zeit: *»Mm, mm, mm, mm«*, wie in der Schokoladenreklame.

Hauptsächlich, um ihn zu unterbrechen, roch ich an Papas Weinglas und sprach schwedisch:

»Verdammt, was für ein ekliger Wein! So einen Wein hätte Mama nie getrunken. Oder, Papa?«

Kerstin höhlte sorgfältig ein Pitabrot aus, und Papa räusperte sich. Schnell schlug Nourdine vor, daß wir dem Geburtstagskind jetzt mal seine Geschenke geben sollten. Ich räumte ab und reichte Nourdine das Kistchen mit den Zahnstochern, während Kerstin Zerafina die Wange tätschelte und sagte: »Bist du so müde, mein Liebling?« (sie war auf den Schoß ihrer Mutter gekrochen und nuckelte am Daumen).

Papa machte Kerstins Paket zuerst auf, und da drin lag ein Buch von einem Typen, der Edward hieß. Offensichtlich war er aber Araber, denn sein Nachname lautete Said. Papa spielte den Glücklichen, obwohl man sah, daß er eigentlich auf etwas Lustigeres gehofft hatte. In Nourdines Päckchen war ein Portemonnaie aus braunem Leder, und Papa umarmte Nourdine zum Dank. Dann holte ich mein Paket aus dem Zimmer, und als Papa die Größe sah, lächelte er ganz genau mit dem ganzen Gesicht. Er schüttelte es vorsichtig.

»Ist das … eine Rolex? Oder ein Porsche Carrera?«

Ich fand, daß Papa doch noch nicht so alt ist. Der Schnurrbart hüpfte wie ein kleines Borkenschiff auf dem Fluß, und die ganze Zeit konnte man sehen, daß er nahe daran war, laut loszulachen.

»Oder ein … ein … Jacuzzi?«

Papa roch an dem Paket, und dann legte er ein Ohr an den Karton, als fürchtete er, es sei eine Bombe.

»Haha, mich legst du nicht rein. Jetzt weiß ich es … ein … Pony?«

Nourdine lachte laut wie ein richtiger Schauspieler, aber ich war das Spiel langsam müde.

»Nein, jetzt mach schon auf.«

Papa machte das Band ab, riß das Klebeband weg und öffnete den Karton. Als die Parabolantenne auf dem Tisch stand, pfiff Nourdine, als hätte er grade die schickste Tuss aller Zeiten draußen vorm Fenster vorbeifliegen sehen.

»Aber, Halim. Das hier ist … Das ist doch viel zu teuer!« sagte Papa.

»Was ist das?« fragte Zerafina und wedelte mit dem glänzenden Daumen.

»Siehst du? Mit dem kriegen wir alles rein! Marokko, Algerien, Libanon …«

»Wieviel hast du dafür bezahlt?«

»Mama, was ist das denn?«

»Eine Parabolantenne. Für den Fernseher.«

»… Libyen, Katar, Saudiarabien …«

Stolz zeigte ich alles, aber Papa schien nicht zuzuhören. Nourdine sagte ein paarmal, daß das wirklich ein

Topgeschenk sei, und man sah Kerstin bekümmert auf ihr Buch sehen und wie sie sich total deklassiert fühlte. In der Zwischenzeit drehte und wendete Papa das Ding und suchte mit den Fingern nach einem Preisschild.

»Ich habe auch eine Verlängerungsschnur gekauft. Für den Antennenausgang.«

»Ja, es ist nur ... ist es nicht besser ... also ... Wieviel hast du bezahlt? Hast du Garantie darauf?«

Obwohl es ein teures Geschenk war, sah ich, daß Papa in seinem innersten Innen max glücklich war. Später am Abend gingen Nourdine und Papa und Kerstin weg, um noch mehr Geburtstag zu feiern, und Zerafina und ich kuckten Zeichentrickfilme auf Video. Sie saß auf meinem Schoß mit dem Schmusetuch und nuckelte am Daumen, und ich glaube, es war die Wärme und das saugende Geräusch, das meinen Schwanz sich aufrichten ließ. Wenn man vielleicht Pädophilie hat, dann hätte man jetzt irgendwas versucht, aber zum Glück bin ich gesund und begnügte mich damit, mir schnell auf dem Klo einen runterzuholen.

Als ich zum Sofa zurückkam, hing Zerafina auf der Armlehne und war fast eingeschlafen. Ich beschloß, daß ich ihr jetzt was von der Einwandererfrage beibringen sollte, denn es kann ja nicht leicht sein, wenn der Papa in Nigeria hockt und mal gerade zu Weihnachten eine Karte schreibt.

»Hör mal, du darfst jetzt nicht einschlafen. Zerafina. Zerafina. Kerstin kommt gleich und holt dich ab.«

»Ich schlafe nicht!«

Sie setzte sich hin und rieb sich die Augen, und ich spürte Wärme in mir, denn ihre braunen Augen sahen aus wie glänzende, samtige Sonnen.

»Zerafina, hör mal zu. Hat deine Mama mit dir über den berühmten Integrationsplan geredet? Hat sie das getan?«

Auf dem Fernseher waren massenhaft Pokemons zu sehen, die im Gänsemarsch liefen und ein Lied über eine Unterwasserwelt sangen. Anstatt zu antworten, nahm Zerafina meine Kappe und setzte sie etwas schief auf. Dann schaute sie weiter den Film an und nuckelte am Daumen. Ich drückte auf der Fernbedienung auf Pause, denn sie sollte wirklich begreifen, daß es jetzt ernst wurde.

»Nein, hör auf. Ich will weiterkucken!«

»Jetzt mal langsam. Das hier ist wichtig. Hast du nicht von dem Integrationsplan gehört?«

Anstatt zuzuhören, drehte sie durch und fing an, mich abwechselnd Kackwurst und Kackhaufen zu nennen.

»Du tust mir leid, Zerafina. Der Integrationsplan ist von den Schwedenpolitikern erfunden worden, damit alle Kanaken …«

»Titten!«

»Kanaken. Ausländer. So wie du und ich.«

»Halim hat Titten!« rief sie und versuchte mich am Bauch zu kitzeln. »DU HAST TITTEN!«

»Jetzt hör auf.«

»Warum hast du Titten?«

Wie man sieht, hat sie 'ne fett große Klappe, obwohl sie erst in den Kindergarten geht. Und man kann auch unschwer erkennen, daß ihr Gehirn noch nicht weit genug gewachsen ist, um anspruchsvolle Philosophien zu verstehen. Ich gab den Versuch auf und drückte auf Play. Außerdem habe ich überhaupt keine Titten.

Nicht so wild aufs Schreiben. Klar, ich könnte vom Treffen mit dem Berufsberater erzählen oder von Stefan und David, die in Musik ein Synthikonzert gegeben haben, das mit qualmenden Lautsprechern endete, oder Nicoles peinlichen Vortrag im Schwedischunterricht über Ritterbücher (sie kam als Elfe verkleidet mit Pfeil und Bogen und aufsteckbaren Ohren.) Aber jetzt gerade habe ich keine Lust. Papa hat die Parabolschüssel in die Putzkammer gestellt, und sobald er Zeit hat, wird er sie anbringen, hat er gesagt. Statt einer Antwort ging ich zum Tanto-Park spazieren, ganz ruhig, denn ich weiß, daß man sich auf Papas Wort verlassen kann. Hat er gesagt, daß er das Ding anbringen wird, dann weiß ich, daß ich beruhigt sein kann.

Als mir die Sonne plötzlich ins Gesicht schien, nieste ich, das mache ich oft, wenn die Sonne unerwartet scheint. Sofort kamen die Erinnerungen wie auf Bestellung mit Sommertag und kurzen Shorts und rennen, bis man schwitzt. Fast keine Geräusche in den Ohren, aber drinnen pocht es, und manchmal verschwindet der Boden, weil es hoch und runter geht und hoch und runter und runter in die Wiese, aber trotzdem hört man nicht auf, sondern macht weiter, und oben am Himmel schweben die Drachen der anderen, auch wenn man keine Schnüre sieht. Papa hat natürlich einen eigenen gebastelt und aus Mamas Blumentöpfen Stöckchen geklaut, und natürlich petzt man nicht, denn sonst gibt es dieses Jahr keinen Drachen. Papa lacht, und ruft fast, Halim, fast, und hinter einem flattert es, aber der Drachen weigert sich trotzdem zu fliegen. Letzter Versuch, nehme max Schwung und renne wie bekloppt, Flattergeräusch von hinten, und dann ein paar Sekunden lang hebt sich der Drachen, steigt, dreht sich auf die Seite und kracht dann hart auf die Erde. Als ich zu unserer Decke zurücklaufe, tröstet mich Mama, die noch mit Krücken gehen kann und sie zeigt nicht, daß sie lacht, sondern streichelt meinen Nacken und sagt, das ist Papas Schuld, Papa, der keine anständigen Drachen bauen kann, der einfach stur krumme erdige Blumenstöckchen dafür nimmt, und daneben liegen die Krücken und sie tröstet, und es tut mehr weh, als es eigentlich sollte, denn wer schert sich schon um so was Blödes wie Drachen, aber sie hält mich trotzdem fest, und da ist so viel von ihr, so viel wie später nie mehr war. Sie spricht arabisch mit so viel Tönen in der Stimme, daß es fast so ist, als würde sie ein Schlaflied singen, aber sie redet nur und sagt, es ist Papas Schuld, alles Papas Schuld. Papa versucht zu trösten, indem er die Kühltasche aufmacht und einen Schokokeks rausholt, denn zu der Zeit war Schokokeks das Beste, was es geben konnte.

Ich lief weiter durch den Tanto, und überall waren rutschige Grasklumpen oder vergilbte Laubhaufen, und ich rannte noch schneller, bis ich keine Luft mehr bekam, und wenn Bäume zu nahe kamen, dann boxte ich, bis die Knöchel aufschrammten, aber es blutete nicht so schlimm. Alles war ein wenig wie im Traum, wo man unendlich rennen kann, ohne außer Atem zu sein, und jederzeit können Außerirdische in Untertassen kommen oder Tiere in Menschenkleidern oder ganze Busse voller Bräute, oder die Arme können Flügel werden, aber statt dessen rannte ich nur weiter und umkreiste den Tantoberg.

Als es im Mund nach Blut schmeckte und der Schweiß nur so strömte, rannte ich weiter zum Zinkensdamm und steckte die Hand bis zu den Ellenbogen in den großen Schneeberg vor dem Hockeyzelt. Es brannte und tat weh, und ich hätte am liebsten auch noch den Kopf in den Schnee gesteckt wie irgendein Polarvogelstrauß, wenn das nicht zu blöde ausgesehen hätte. Nach einer Weile machte der Schnee die Jeans naß, und als ich die Arme aus dem Schnee zog, fühlte ich mich drinnen wieder klarer.

Auf dem Nachhauseweg fand ich einen unbewachten Umkleideraum und malte total ausgepowert alle Wände voll, auf jedes Fenster, auf die Spiegel, im Duschraum, auf die Bänke, auf die Klobrillen, auf das Waschbecken, auf die Tür. Sogar ein paar vergessene Turnschuhe kriegten den Stern und den Mond ab.

Es ist komisch. Eigentlich war ich nicht wild aufs Schreiben. Dann habe ich angefangen und konnte nicht aufhören. Vielleicht denkst du, der du den Text liest, einfach nur, daß der da voll verwirrt ist. Was soll ich sagen? Ich schreibe ehrlich, und wenn du lieber Falschheit lesen willst, dann kannst du einen anderen Text von einem idiotischen Schwedenphilosophen lesen. Außerdem, ich schwör, ich scheiß auf dich (und deine ganze Sippe).

Ich besitze dich!

PS: Jetzt etwas später. Will erklären, damit du begreifst: Ich denke, es ist wichtig, daß man korrekt ist, und genauso muß man auch denken, wenn man schreibt. Aber gleichzeitig natürlich, ich gebe zu, ich schreibe nicht von ALLEM. Zum Beispiel schreibe ich nicht so viel übers Wichsen. Nicht weil ich mich schäme, sondern weil der Text sonst die meiste Zeit nur vom Wichsen handeln würde.

PS 2: Noch etwas später. Will nur eine letzte Sache sagen, ehe ich einschlafe: Weißt du noch, was ich über die Alarmanlage in dem Parabolladen geschrieben habe? Eigentlich war das nicht wirklich hundertpro wahr, weil die keine richtige Alarmanlage hatten. Nur solche Fake-Metallgestänge am Ausgang. Aber wenn sie eine richtige Alarmanlage gehabt hätten, dann hätte ich natürlich das gemacht, was ich geschrieben habe.

Sonntagabend. Ich frisch gebadet mit Shampooduft am Schreibtisch. Das Wochenende war hart, aber jetzt fühlt sich langsam alles stabiler an. Neben mir liegt das Geschichtsbuch, weil für nächste Woche haben wir Hausaufgaben und dann einen vollfetten Test (so 60 Seiten, Sonja ist voll abgedreht). Das ganze Wochenende lang hat das Buch ein richtig schlechtes Gewissen gemacht. Plus, Alex hat gesagt, er wird mich am Dienstag abhören, um rauszukriegen, ob ich vorbereitet bin. Ich scheiße zwar auf ihn und seine Drohung, aber es wäre doch echt entspannt, in sein Zimmer zu schlendern und ihn mit meinem Wissen zu schlagen. Außerdem ist das schon fast komisch, daß der kleine Kontrollchinese, der so wenig Wurzeln hat, daß er sich für einen Neger hält, mich, den Gedankensultan, in Geschichte abhören soll.

Gestern habe ich auf dem Platz in Skäris nach Dalanda gesucht. Danach habe ich ein bißchen auf dem Flohmarkt nach Waren für den Laden gesucht. Wenn ich jetzt so an den Tag zurückdenke, kommt er mir etwas sinnlos vor. Fast zwei Stunden habe ich auf der Bank gehockt, aber Dalanda ist nicht aufgetaucht.

Heute morgen bin ich von selbst früh aufgewacht. Nourdine kam zum Frühstück rüber, und während Papa sich die Wangen rasierte, erzählte er, daß er sich mit Kerstin treffen und auf die Kunstausstellung am Horngatsbacken gehen würde. Offensichtlich hatte einer von Kerstins Kumpeln neue Kunstwerke gemacht, und heute war Premiere. Ich gab keine Antwort, und direkt nach dem Frühstück zog ich mich zurück und haute ab nach Skäris. Der Markt war voll im Gang, und als ich Dalanda auf der Bank sitzen und die Tauben mit Brotkrümeln füttern sah, wurde mir ganz warm. Sie sah mich schon aus der Entfernung, und obwohl ich glücklich winkte, schaute sie nur.

Als ich etwas atemlos ankam, umarmte sie mich lange und gab mir Tripelküßchen. Ihre Barthaare kitzelten wie immer, aber irgendwas war verändert. Dalanda streichelte meine Hand und saß ganz still da.

»Wie geht es dir, Dalanda? Alles wie es sein sollte?«

Dalanda zog mein Gesicht näher an ihres heran, und ihre Augen sahen aus wie die eines geschlagenen Hundes. Sie streichelte mir zärtlich die Wange mit der Außenseite der faltigen Finger.

»Lieber kleiner Halim, mein kleiner Träumer. Ein altes Sprichwort sagt: Alles hat ein Ende, nur die Merguez hat zwei.«

Sie seufzte ganz tief und rückte ihren Schleier zurecht.

»Ist irgendwas passiert? Was meinst du damit?«

Dalanda pulte lange an einem hart gewordenen Brotkanten, ehe sie antwortete.

»Wahrscheinlich werde ich Stockholm bald verlassen müssen. Mein Neffe hat endlich eine Arbeit gefunden, hamdullillah. Das Problem ist nur, daß das Krankenhaus unten in Skåne liegt.«

Das meiste erinnere ich in ganz kurzen Bildern. Ich saß auf der Bank und zitterte etwas, denn es ging ein Herbstwind und es war schattig. Dalanda versuchte, die Stimmung aufzuheitern, indem sie mich nach dem Schreiben fragte.

»Ich hoffe, du gibst das nicht auf. Denn es ist, wie ich immer gesagt habe: Der Text ist ewig, aber die Erinnerung verändert sich. Das, was man glaubt, für den Rest seines Leben zu erinnern ...«

Sie wurde unterbrochen, als ein paar Zugekiffte kamen und einen kaputten Tretroller klauen wollten. Dalanda scheuchte sie weg und schimpfte wütend auf arabisch mit ihnen:

»Rohah, haut ab, ihr verdammten Diebe ... jaja, wie auch immer, wo war ich? Ja, das kann auf jeden Fall im Laufe der Jahre verschwinden. Das ist meinem Mann passiert. Möge Allah ihm vergeben, denn es ist keine kleine Sünde, zu vergessen, woher man kommt ...«

Ich konnte nicht mehr zuhören, denn da war etwas anderes, das lauter dröhnte. Als Dalanda anfing zu erzählen, daß die Mama von Juan und Alonzo mit einem Tischler aus Södertälje zusammen war, unterbrach ich sie und sagte, ich würde jetzt mal abhauen, um Geschichte zu lernen. Die Tante schnell umarmt, tschüß, paß auf dich auf, klar sehen wir uns mal wieder, war klasse, mit dir geredet zu haben, ein paar Luftküsse und dann mit der U-Bahn in die Stadt. Keine große Action, kein Chaos, nur Leere.

Nourdine und Papa und Kerstin saßen im Wohnzimmer. Nourdine sah fern, und Papa saß Kerstin zugewandt auf dem Sofa. Überall roch es nach Popcorn aus der Mikrowelle, und im Fernsehen zeigten sie die Wiederholung von Robinson. Nourdine rief, Buba dürfe niemals gewählt werden, denn der würde doch am härtesten arbeiten. Ich sagte, für mich wäre es gehupft wie gesprungen, wer von der Insel abhauen muß. Papa und Kerstin hörten nicht zu, denn sie diskutierten über die Kunstausstellung.

Ich verkniff mir alles und ging ins Badezimmer. Da

passierte was ganz Komisches, denn die Wände waren etwas wacklig, und erst dachte ich, ich würde hinfallen, denn der Fußboden war auch etwas schief. Aber dann habe ich schnell ein Schaumbad eingelassen und es war tierisch warm, der Dampf ließ die Scheiben fett beschlagen und ich zerkratzte mir den Oberschenkel, als ich die Klamotten runterriß, aber merkte das nicht mal richtig. Dann fing ich vorsichtig mit dem Fuß an, dann das Bein, und es brannte und der Wasserdampf stieg mir in die Nase und in das Gehirn, und die Augen brannten und verschleierten sich und als ich den Schwanz eintauchen wollte, brannte es brutal viel, aber am Ende bezwang ich den Körper, obwohl alles nur pochte und dann atmete ich und atmete, und dann glitt ich mit dem Kopf und den Haaren auch unter Wasser, und überall war da ein Pochen vor Hitze, und ich machte die Augen zu und manchmal kam ich an den Schlauch und dann machte es U-Boot-Geräusche und auf dem Boden drehte ich mich auf die Seite und es brannte nicht mehr so. Bald ging mir die Luft aus und ich dachte, ganz egal, und ich dachte, alle Bräute sind sowieso Huren, und ich dachte, Fotzen und Verräter, und es kribbelte in den Beinen und sie schliefen ein aber ich hatte immer noch alles voll unter Kontrolle und der Körper war ganz weit weg da und die Wärme umarmte mich und wiegte mich und ich rührte mich nicht bis Mama mir endlich sanft über den Kopf streicht und sagt wenn ich nicht aufwache wird sie mir mit der Bratpfanne über den Kopf hauen denn ich darf nicht noch mal zu spät kommen und außerdem sie zieht das Rollo hoch hat sie mit Juans Mama geredet und natürlich nicht er darf überhaupt nicht mit dem Fahrrad zur Schule also heißt es raus mit dir du Langschläfer und es ist sowieso alles Papas

Schuld warum kauft er dir auch einen Wecker mit Snoozefunktion. Beim dritten Mal setzt sie sich auf die Bettkante und streichelt mir die Wange und es riecht nach Seide und Henna und überall ist dieselbe Wärme und es ist das alte Zimmer und die Dschungeldecke und die roten Gardinen und es ist schwer ernst zu spielen wenn sie sich am Ende nach vorn beugt und mir zuflüstert ich weiß daß du wach bist.

Dann ließen die Wellen das Wasser über die Kante der Badewanne schwappen und es gab große Pfützen auf dem Boden. Ich saß im dampfend heißen Bad und zitterte, und es rasselte und tat weh, als die Luft wieder in die Lungen schoß. Genauso war es.

2

Türkis? Nie im Leben!

Seit Sonntag habe ich wie zwei kämpfende Stimmen im Kopf. Die eine hat gesagt, es ist an der Zeit, das Schreiben an den Nagel zu hängen, das Notizbuch mit Klebeband zuzukleben und es ganz hinten in der geheimen Schublade zu verstecken. Denn wieso soll man weiter Philosophien und Gedanken aufschreiben, wenn solche wie Dalanda sagen, sie werden immer da sein, und dann doch aus der Stadt wegziehen? Die andere Stimme hat mit Libyendialekt geredet und dran erinnert, Texte sind die beste Art, alles zu erinnern und gleichzeitig die Balance zu halten. Plus, Worte sind die stärkste Waffe, die sich nie abnutzt und der nie die Munition ausgeht. Und jetzt gerade hab ich das Gefühl, daß ich noch etwas mit dem Schreibheft weitermachen werde.

Außerdem habe ich an zukünftige Forscher gedacht, die mein Buch lange nach meinem Tod finden werden (wenn nicht im Banksafe, dann vielleicht im Bananenkarton auf dem Dachboden oder als Fossil). Klar werden die Forscher voll beeindruckt sein und die Großartigkeit sehen und sagen, Halim war schon ein Genie, lange bevor er der reichste Promi-Anwalt Schwedens wurde, der den Kanaken für umsonst aus dem Gefängnis half und ein eigenes arabisches Kulturzentrum aufgebaut hat, und zwar exakt vor dem schwedischen Königsschloß.

Den Rest der Woche war das meiste blöde (aber man

muß auch blöde Sachen aufschreiben, sonst hat der Text null Wert):

1. Mein Alter hat die Schüssel immer noch nicht angebracht. Statt dessen steht sie in der Putzkammer und wartet. Manchmal mache ich die Tür auf, nur um sie anzukucken.

2. Nourdine hat immer noch keinen Job, und kein Regisseur wagt es auch nur, ihn zum Vorsprechen einzuladen. Momentan stempelt er und sitzt den ganzen Tag im Café.

3. Nun hatte ich ein Mal auf die Geschichtsarbeit gelernt und meinte, alles säße im Kopf. Dann komme ich ins Klassenzimmer, und da läuft mir das ganze Wissen durch die Füße wieder raus. Zum Beispiel habe ich vergessen, wer Gavrilo Princip war (obwohl ich das eigentlich wußte).

4. Bin immer noch etwas besorgt wegen Hristo. Er ist selten in der Schule, aber Philip hat gesagt, Hristo hat mit Kickboxen angefangen und hat massenhaft Kumpel, die ziemlich hungrig sind. Vielleicht heißt das Ärger, vielleicht nicht, aber woher soll man das wissen?

5. Nachdem Kristoffer gesagt hat, mein Fezturban ist eine Omamütze, habe ich mal angefangen, auf den Omaköpfen rundherum so zu checken. Ich muß zugeben, daß es ziemlich oft ist, daß man Omas mit Mützen sieht, die meiner nicht ganz unähnlich sind. Sind jetzt ziemlich viele geworden, seit etwas Herbstkälte angerollt ist. Aber meistens haben sie eine andere Farbe als rot, also ist ganz klar, keiner in der Schule hat gedacht, Halim ist mit einer Omamütze rumgesoftet.

6. Kerstin war schon wieder bei uns zu Hause, obwohl sie eigentlich bei sich zu Hause auf der anderen Seite von

Söder sein und Zimmer an fette Deutsche vermieten und über neue Artikel nachdenken müßte, die nur unbekannte Feministinnen-Zeitschriften bringen wollen. Zweimal hat Papa gesagt, er und Kerstin sind nur gute Freunde, und ich denke, was heißt denn »nur«. Halim denkt: Papa ist auf dem Weg, ein anderer zu werden. Halim denkt manchmal auch: Papa ist auf dem Weg, zu schrumpfen und nur noch eine Hülle zu sein, und das ist ein Gedanke, der am allerübelsten weh tut.

Weil es vorige Woche etwas Zoff gab in Englisch, sollte mir Alex heute eine Sonderstunde geben. Glücklicherweise verkniff er sich zu fragen, warum ich ausgeflippt war wegen Kristoffers ununterbrochenem Gequatsche über die Omamütze. Statt dessen wollte er mir hintenrum Englisch beibringen, und deshalb hatte er ein Spezialband mit HipHop-Musik aufgenommen. Fühlte sich etwas komisch an, weil er so viel vorbereitet hatte, mit Kassettenrecorder ausgeliehen vom Kunstlehrer und extra Textheft für mich mit Unterstreichungen und Worterklärungen. Ich gab ihm nicht sofort die Kante, und na klar war Alex froh und meinte, wir wären die besten Kumpel.

»Ich verspreche dir, Mann, nimm mich beim Wort: Das hier ist Schwedens absolut beste MC – in allen Kategorien. Sie hat sich in der Untergrundszene bekannt gemacht als Miss IC. Hast du von ihr schon gehört?«

»Niemals«, antwortete ich.

»Also nicht ›Ich sehe‹, sondern ein I und dann ein C. Oder dann hast du vielleicht schon mal von I-on Carry-on gehört? Oder MC Shuffle-N? Ms Manara? Mogga da tricksta? Nicht? Sie hat auf jeden Fall schon verschiedene Alias gehabt.«

»Und wie heißt sie richtig?«

»Jetzt nennt sie sich Miss IC. Das ist ihr ...«

»Aber richtig. Gib zu, daß sie noch einen anderen Namen hat, für den sie sich eigentlich schämt.«

Alex gab auf.

»Ja klar, also. Wir nennen sie Magda. Also, wir, die sie etwas mehr privat kennen. Aber der Name ist doch scheißegal. Ich verspreche dir, daß IC, oder Magda, das am besten gehütete Geheimnis des Untergrunds ist. Keine schleudert die Sprüche so raus wie sie!«

»Seid ihr verknallt oder was?«

Alex kratzte sich am Knie.

»Verliebt? Was? Absolut nicht. Nein, nein. Wir sind mehr Freunde. Homiez. Sie ist irgendwie kein Mädchen, das man ... verstehst du?«

»Aber wenn sie so unglaublich stark drauf ist, wie du sagst, warum ist sie dann nicht bekannt?«

»Sie ist drauf und dran, ich sag's doch. Jetzt gerade ist sie dabei, ihre erste Platte einzuspielen, und sobald die raus ist, wirst du schon sehen! Die wird jetzt rauskommen, so irgendwie im Herbst. Wir werden uns jetzt ein paar Sneak Previews von der Platte anhören. Now, from now on we will only speak English ... Okay? We will listen to some songs, analyze the content and discuss the meaning of the rhymes. We will start by listening to a track called ›Sweden's Wackest Rappers‹. Are you ready?«

Alex reichte das Heft mit den Songtexten rüber und drückte auf Play. Das Mädchen, das man hören konnte, hatte eine fette rauhe Stimme und klang kraß geil. Am Anfang redete sie, ohne Musik, sagte, daß sie lange gewartet hätte und daß jetzt die Zeit da wäre für die totale Revolution, und alle anderen Rapper sind Fotzen und Ladenhüter. Dann kam die Musik in Gang. Die Trommel war prasselnd und hart, dazu bedrohliche Geigenlaute, die manchmal gegen den Takt waren. Der ganze Text handelte davon, daß IC die schärfste Zunge der Stadt hat mit den irrsten Reimen und daß kein anderer Rapper sich mit ihr messen kann. Unter anderem disste sie MC Hayman und DJ Norwegian Shadow und sagte, deren Texte sind so maximaler Müll, daß ihre Väter wohl Zwerge in Mädchenkleidern sind und ihre Produzenten die schlimmsten Huren.

Am lustigsten war es zuzusehen, wie Alex sofort anfing, wie ein HipHopper zu tanzen, als die Musik anfing. Er wackelte voll mit dem Kopf wie so eine Eule, und gleichzeitig boxte er ein bißchen mit den Armen und sang die Texte mit. Nach dem ersten Lied drückte er auf Pause.

»Do you understand all the lyrics? Dwarfs – you understand that word? ›Zwerge‹. Just ask okay? Now we will listen to another song where she disses Son of J-cob. Okay? Are you ready?«

Eigentlich waren alle Lieder ziemlich gleich, und es gab keins, das von echten Hiphopthemen handelte, wie das Leben im Vorort oder Stoff oder fette Schweden. Aber Alex meinte, das würde nicht heißen, daß Magda unecht sei.

»To me, that's exactly, what's so special with IC: she refuses to do that predictable shit that everyone expects of her. She's just herself. Maintaining G. Keeping it real.«

»Aber woher kommt sie denn?«

»Excuse me? In English, please.«

»From where is she?«

»Her father is from Africa, but she herself was born and raised in Stockholm.«

Wir hörten uns die Clips von allen Liedern an, und am Ende der Stunde hatte Alex rote Flecken auf den Wangen wie von Schminke, und auf der Stirn glitzerte der Schweiß. Er war kraß aufgedreht wie ein frisiertes Moped. Ein paarmal vergaß er, daß wir eigentlich Englisch reden sollten.

»Kapierst du, wie abartig gut das hier ist? He, bist du dabei, Mann? Was? Are you with me? Don't front, man, you bezzer recognize!«

Damit Alex nicht traurig war und bereute, daß er die Stunde geplant hatte, nickte ich.

Auf dem Heimweg von der Schule dachte ich an Magda und stellte mir vor, wie sie aussah. Eine muskulöse Mulattentuss mit Goldzähnen und Ghettotitten und einer Menge Drogennarben im Gesicht. Sie saß auf dem Fahrersitz eines grünen hüpfenden kleinen Autos und rauchte einen fetten Joint. Mit der anderen Hand legte sie die Gänge ein, und ihre Nägel waren lang mit einer Speziallackierung auf jedem einzelnen. Es war schon schwer, sie sich als eine Magda vorzustellen, aber noch schwerer war es, sich vorzustellen, daß Alex es wagen würde, sich an sie ranzumachen.

Am Samstagnachmittag saß Papa am Küchentisch, um Formulare für den Laden auszufüllen. Ganz lange murmelte er vor sich hin, seufzte, fluchte und drückte doll auf dem Taschenrechner herum. Dann rief er mich, und na klar half ich. Papa sollte die Verkaufszahlen und das Saldo angeben und eine Masse anderes unnötiges Zeugs. Ich übersetzte und gab Rat, und manchmal machten wir eine Pause, damit Papa lange arabische Flüche über die Scheußlichkeiten der Bürokratie ablassen konnte.

Papas Stimme ist wirklich ein wenig spezial und ist fast eine eigene Theorie wert. Im Laden, wenn die Tür aufgeht und die Kuhglocke scheppert, kann ich vom Lager hören, ob es ein Schwede oder ein Kanakenkunde ist. Schon klar, daß du jetzt denkst, weil der Laden an der Haltestelle Söder liegt, ist das einfache Mathematik, denn da sind die meisten Schweden. Aber ich rede hier nicht von Mathe, sondern von Papas Stimme. Mit Schwedenkunden ist sie wie mit Kerstin am Telefon. Sanft und dehnbar wie ein Gummiband. Er redet nett und schiebt Mädchen Überraschungseier rüber, und jedesmal, wenn ein Kunde »Danke« sagt, antwortet Papa »Gern geschehen«.

Diese Stimme ist ganz anders als die Flohmarktstimme oder die arabische Fluchstimme, die ist wie der härteste Granitberg und fett respekteinflößend.

Wir waren fast fertig mit den Papieren, als ich einfach nur zeigen wollte, daß ich seiner Meinung bin.

»Das ist so typisch Schweden. Papiere und Bürokratie und Formulare. So typisch Schweden, oder?«

Papa hörte auf zu fluchen und schaute nur.

»Wie meinst du das?« fragte er.

»Ja, manno, das ist so typisch! Und dann macht man die Formulare so schwer wie möglich, damit kein Einwanderer einen eigenen Laden aufmachen kann. Das alles nur, um uns in die Arbeitslosigkeit und zum Sozialamt zu zwingen. Typisch Politiker!«

Aber anstatt meiner Ansicht zu sein, zog mein Alter die Augenbrauen zusammen und glättete mit der einen Hand den Schnurrbart.

»Wo liest du denn all diesen Kram? Ist das wieder diese Dalanda?«

»Was? Nein, oder wieso, das ist doch wohl logisch.«

»Wie, logisch?«

Und in Papas Augen tauchte etwas Dunkles auf. Er ließ den Stift fallen und schob die Papiere weg.

»Oder laß mich besser so fragen: Glaubst du, daß die Dinge in Marokko so viel besser waren?«

Mir fiel keine gute Antwort ein.

»Aber sag doch, Halim. Woran erinnerst du dich eigentlich noch von dort? Ich bin superneugierig. Erzähl mir von der Westsahara. Oder ... erzähl mir von den Verhörmethoden der Polizei. Das wäre richtig interessant, davon mal was zu hören. Vielleicht willst du ja auch etwas von der Armenpolitik von Hassan erzählen, wenn du schon mal dabei bist. Ja? Was ist denn deine Meinung zum Luxus in der Casablanca-Moschee?«

In seiner Stimme lag die dickste Ironie, und ich antwortete, ich würde einen kleinen Spaziergang machen. So schnell wie möglich zur U-Bahn und raus nach Skäris.

Der Obststand machte gerade zu, aber es waren trotzdem richtig viele Menschen da, die in der Nachmittagssonne rumschlenderten. Auf Dalandas Bank lag ein bärtiger Schwedenalki mit einer Hockeytasche als Kopfkissen. Er schnarchte, roch nach Kotze und hatte in der rechten Hand einen kleinen Stahlkamm. Fühlte sich ein bißchen so an, als würde man jemanden neben Mamas Grab den Clown spielen sehen, deshalb habe ich den Alki sofort geweckt und gesagt, er soll abhauen. Seltsamerweise gehorchte er ganz einfach. Total ohne Streit klemmte er sich die Tasche untern Arm und legte sich ein Stück weiter hinter einen Sandkasten. Ich setzte mich auf die Bank und fand, es war ein schöner Tag. Drinnen in »Ausländische Mansours Lebensmittel« war die Schlange vielleicht zwanzig Meter lang, und beim Gottoken bettelten ein paar kleine Kinder um Bonbons für umsonst (kriegten sie natürlich nicht). Bei Daftar Gold stand die ganze Sippe hinter der Kasse, und auf allen Waren saßen kleine rote Schlußverkaufspreiskleber, und es war trotzdem kein Kunde im Laden. Überall waren Mütter unterwegs in Schleiern mit Kinderwagen mit Klopapier im Großpack und Tüten von der Teppich-Domäne und Väter und Onkels mit Rosenkränzen und Zigaretten. Eine Mutter hatte ein faltiges, beigefarbenes Gesicht und einen beigen Schleier, so daß sie fast aussah wie E.T. (aber natürlich schöner). Ihre Söhne waren Zwillinge in den gleichen Strickjacken und mit dem gleichen schiefen Scheitel, aber trotzdem stritten sie die ganze Zeit, und am Ende verlor sie die Geduld und teilte Ohrfeigen aus. Sie fluchte im schönsten Arabisch und ich hörte den Dialekt und dachte, vielleicht ist sie aus Libyen, so wie Dalanda.

TAXI-fashion war geschlossen, aber Işik und sein Bruder standen vor der Tür und glotzten Mädels hinterher. Ein Kiffer kam an und versuchte eine Lederjacke, eine Uhr an der Silberkette und verschiedene Sonnenbrillen zu verkaufen, aber natürlich lehnte Işik ab. Sein Bruder hatte frisch blondierte Haare und lehnte sich an die weißgekleidete Kochstatue vom Kebabhaus. Der Koch sah voll fröhlich aus und hielt die Arme noch in der Form der Speisekarte, die Alonzos Gang geklaut hat, ist tierisch viele Jahre her. Aber die Kochstatue steht immer noch da, mit Schwulenbärtchen und Lächeln, obwohl er eigentlich kein Menü mehr zu zeigen hat. Ich versuchte mir einzureden, daß Witz drin ist, daß die Statue immer noch dasteht.

Ich versuchte mir einzureden, daß alles, was es hier gab, cool war, und ich schaute lange den Tauben nach, die flogen, denn es war schön, hochzusehen. Und klar merkte ich, daß ein paar schief kuckten, aber ich konnte doch nicht aufhören zu denken Splitter im Blut und die Lungen waren wie verkrampft und die Zähne saßen schief und scheuerten aufeinander und der Körper konnte nicht richtig still sitzen weil es schmerzte und brannte obwohl die Stirn kalt war. Widerliche Schlangen schwammen durch das Blut zum Gehirn damit der ganze Damm der Erinnerung einstürzen sollte und zu Glassplittern würde und ich erinnerte glitzernde Spuckfäden und verkrampfte Klauenhände und den Schlauch der am Ende eingesetzt wurde als nur noch in den Augen Leben war. Bananenkartons voller Kleider und Schals stehen noch in der Waschküche und sie ist weggegangen und ich erinnere mich: Das ging ruhig zu und dann mußte ich wieder in die Waschküche gehen um zu trauern aber Papa sagte das war ein Fehler müssen weitermachen umarmt mich aber wir können nichts aufheben und ich packte weiter wie ein

Verrückter und es verging nur ungefähr eine Woche bis der Umzug fertig war und Papa sagte es wird eng werden aber wir kommen schon klar und die neue Schule wird hundertmal besser denn alle im Vorort werden in der Gosse landen und wir wohnen immerhin neben Bengt und ich erinnere mich an Papas Lächeln das keinerlei Freude enthielt und so verfault war wie ihr Körper und dann saßen Dalanda oder Mama oder beide neben mir auf der Bank und trösteten und streichelten mich und nannten mich Gedankensultan mit dem Geruch von Henna und Seide und etwas Apfelsinenschale.

»Du! Du? Hallo!«

Eine rothaarige Braut mit gepiercter Nase setzte sich neben mich und streichelte mir die Schulter.

»Hallo, schon gut, schon gut. Jetzt wisch mal die Tränen ab und erzähl, was dir passiert ist, mein Guter.«

Jedes Wort von ihr hüpfte in dem Tonfall, wie es die Finnen tun, und dann mitten in allem wollte die Braut noch mehr trösten und mir den Kopf streicheln. Im Reflex packte ich ihre Hand und stieß sie weg und sie sagte: »Tschuldigung, daß man sich kümmern will«, mit einer total gekränkten Stimme, aber ich war schon wieder in meiner Phantasie und ich kam nicht raus, ehe es dunkel geworden war und der Platz ziemlich verlassen dalag.

Nun saßen die Familien wahrscheinlich zu Hause vor dem Fernseher und aßen ihr Festtagsessen und sogar der Alki war weg. Ein paar einsame Dealer standen auf der anderen Seite des Springbrunnens und ein paar andere Typen in Trainingsanzügen bewachten den Bankomaten vorm Billardcafé auf der Jagd nach schnellem Geld. Über dem leeren Obststand kreisten die Vögel und manchmal gaben sie krächzende Laute und einzelne Schreie von sich, ansonsten war alles still. Am Himmel konnte man allmählich den Halbmond erkennen und das Licht spiegelte sich im Wasserteich. In meiner Hosentasche spürte ich den Filzstift und ich malte auf die Rückenlehne der Bank, auf der Dalanda und ich so oft gesessen hatten, das allerschönste Bild (jetzt wurde der Mond jedesmal perfekt rund und schön). Es fühlte sich fast ein wenig so an, als würde man den Abschluß klar machen.

Dann fror ich und hatte Hunger und fuhr nach Hause mit Gedanken darüber, welche Art von Philosophie Papa dazu bringen könnte, wieder zurückzukommen. Oder vielleicht ist das schon zu spät?

Das einzige, woran ich denke, ist sie – das schönste Mädchen überhaupt. Ich sehe sie immer und immer wieder. Sie hat die Hände in den Jackentaschen und scheint stolz zu sein, daß sie nein gesagt hat, und beide begreifen wir, wir sind auf derselben Seite. Ich muß ruhig bleiben, um das alles ohne zu viel Unordnung zu erzählen:

Heute hat Carin gesagt, die Schule soll neuer und moderner werden. Alle Lehrer heißen deshalb von jetzt an Mentoren, und gleichzeitig wird eine neue Schülerdemokratie eingeführt.

»Die Schule wird jetzt also, was ihr daraus macht«, so Carin.

Lügenfotze, dachte ich.

Alle Schüler wurden in verschiedene Räte eingeteilt, wie IT-Rat, Handwerks-Rat, Sprach-Rat, Mobbing-Rat und Bibliotheks-Rat. Alles war voll falsch und total chamäleonmäßig. Plus, als ich mir keine Gruppe ausgesucht habe, haben die Fotzen mich in den Essens-Rat geredet, nur damit Alex besser aufpassen kann. Die schlimmste Gruppe überhaupt (dachte ich).

Nachmittags hatten wir das erste Treffen in der Kantine, die jetzt leer war und nach alter Fischpanade plus Spülmittel roch. Alex setzte sich in die Ecke, und es waren ungefähr zwanzig Schüler und ein paar Lehrer und ein paar Kantinentanten, die die Regeln erklärten und Zettel austeilten. Das ganze Treffen lang zeigte Halim, daß er kein Weichei ist und sich nicht knacken läßt. »Ich scheiß auf eure Zettel und eure Demokratie«, dachte ich. Dann faltete ich das Papier zu einem Flieger, und es war voll lustig, Alex in der Ecke anzustarren, der aufgab und seufzte.

Gleichzeitig fingen die anderen Tussen an, über dreieckiges hartes Brot zu reden, das interessanter wäre als die üblichen Sorten. Sie redeten und redeten, und die Zeit verging langsam. Um sie schneller rum zu bringen, holte ich den Artikel raus, den ich in der Tageszeitung versteckt gefunden hatte.

STOCKHOLM Die Polizei in Stockholm wird des Übergriffs gegen einen 14jährigen Jungen verdächtigt. Der 14jährige spielte auf dem Järvafältet in Stockholm mit ein paar anderen Kameraden mit Knallern. Sie entdeckten ein Polizeiauto und fingen an zu rennen. Die Jungs meinten, daß die Polizei wegen der Knaller zu dem Platz gerufen worden seien. Der 14jährige wurde von einem Polizeihund angegriffen und in Arm, Schulter und Bein gebissen. Die Polizisten sollen dem Jungen dann, als er auf dem Boden lag, Handschellen angelegt haben. Der Anzeige zufolge soll einer der Polizisten den 14jährigen außerdem an den Haaren gezogen und ihn des Autodiebstahls bezichtigt haben. Dem Jungen sollen überdies auf dem Weg zur Polizeistation Schläge angedroht worden sein, und er soll herabwürdigenden Urteilen über seinen Einwandererhintergrund ausgesetzt gewesen sein.

Der Junge wurde ins Astrid-Lindgren-Kinderkrankenhaus gebracht, wo ein Arzt die Verletzungen des Jungen fotografierte. Das Ermittlungsverfahren ist eingeleitet. Die Polizisten werden der Mißhandlung und unzulässigen Nötigung bezichtigt, eventuell handelt es sich um ein Dienstvergehen.

Ich las den Ausschnitt mehrmals durch, und dann merkte ich, daß die *immer noch* über ihr dreieckiges Brot redeten. Eine aus der Achten sagte, das viereckige Brot ist abgefahrener, und da drückte ich *mute* in den Ohren und kehrte in den Kopf zurück. Da philosophierte ich eine ganze Zeitungstheorie raus:

In Schweden gibt es immer noch viele Kanaken, und deshalb ist es wichtig, daß wir nicht das Streiten anfangen, denn da kriegen die Schweden Panik, denn in ihrem tiefsten Inneren WISSEN die, daß wir stärker sind. Deshalb wird es max wichtig, daß die Ausländer die Geschichte vergessen und mehr zu Schweden werden. Sonst merken sie, daß wir ihre Bräute ficken und voll fett Respekt kriegen und Mörderkohle. Deshalb geben die Politiker kein Geld für Muttersprachenunterricht und wollen die Ausländer auf die verschiedenen Stadtteile verteilen. Am liebsten wäre es ihnen, wenn wir auch noch unsere Merguez gegen Wiener Würstchen tauschen und Baclavas gegen Ekeltörtchen. Deshalb sagen die Schweden auch »jemanden gelb und blau schlagen«, statt grün und blau, denn das zeigt, daß man ENTWEDER im innersten Innern schön schwedisch gelb und blau wird, ODER man wird eben gelb und blau geschlagen (vielleicht von Skins oder von Bullen). Bullen werden ja auf alle Ausländer losgeschickt, die zeigen, daß sie Kohle gemacht haben, das riecht denen verdächtig, denn in Schwedenland verdient man die fetten Brocken, aber man zeigt es niemandem. Dann mit den Zeitungen und dem Fernsehen, das ist auch eine gute Methode, die Ausländer ruhig zu halten. Deshalb zeigen sie Robinson und Volksmusikscheiße und MTV Grind, aber gleichzeitig schmuggeln sie Nachrichten rein, die die Ausländer dazu bringen sollen, auszuticken.

Ich saß da in der Kantine mit meinen schlauen Philosophiegedanken, als plötzlich eine Braut mir genau gegenüber anfing zu schreien:

»Ja, verdammt, wie lange sollen wir uns denn dieses blöde Gequatsche noch anhören. Das reicht doch wohl jetzt!«

Danach lehnte sie sich zurück und machte eine schwarze Kaugummiblase, die mit einem Ploppgeräusch zerplatzte. Alle saßen völlig still da. Alex sah zum Schulhof runter und schluckte. Auch die Kantinentanten wurden nervös.

»Aber Marit, du wirst doch wohl auch der Meinung sein, daß das eine wichtige Frage ist, oder?«

Das Mädchen seufzte nur als Antwort und schob die Hände tief in die Jackentaschen. Ich sah sie an, und sie sah mich an, und dann war es, als ob die Vulkanwärme der ganzen Erde in meinem Körper gelandet wäre und es war wie die dickste Lage Tigerbalsam auf dem Brustkorb und ihre Augen waren wie die schönsten Glitzersterne die den Wahnsinnsstrahlenglanz verbreiteten und den ganzen Raum blendeten.

Den Rest der Sitzung mußte ich mich wahnsinnshart konzentrieren, damit ich sie nicht noch mal zufällig anschaute. Ich starrte auf den Tisch wie der krasseste Alex, und als die Abstimmung über das Brot erledigt war, rannte ich so schnell wie möglich zum Spind. Die Abstimmung endete mit 8:8, weil Marit und ich uns beide enthalten haben. Die Kantinentante klang voll sauer, als sie sagte, wie müßten die Diskussion nächstes Mal dann noch fortsetzen.

Später am Tag malte ich ein paar Klos an und versuchte, mich auf den Kampf zu konzentrieren, aber ich konnte nicht aufhören, Marit Marit *MARIT* zu denken. So war es auch den ganzen Weg von der Schule nach Hause, maritmaritmarit. Es ist, als wäre ihr Name wie eine Zigarettennarbe ins Hirn eingebrannt, und ihr Gesicht ist auf der Innenseite der Augenlider eintätowiert. Jedesmal, wenn ich blinzele, sehe ich ihre schwarzen Locken und ihre sexy Schmollippen, die rot angemalt sind, mit dunkleren Strichen an der Außenkante. Auf den Wangen hat sie das teuerste Make-up, und hinter der Zahnspange scheinen ihre blendendweißen Zähne hervor.

Am Morgen stand ich erst mal früh auf und lernte Biologie. Hauptsächlich um Alex zu zeigen, hör mal, alle Tests sind easy going, wenn der Gedankensultan sich nur mal ein bißchen ins Zeug legt. Wie immer nach dem Test gab es hinterher in der Klasse eine erleichterte Stimmung, und in der Frühstückspause hingen alle im Pausenraum herum. Marit saß mit Jessica und Anna auf dem Sofa und schaute ganz oft zu mir rüber. Jedesmal fühlte es sich an wie ein elektrischer Schlag, und ich mußte mich konzentrieren, cool zu bleiben und den Schwanz ruhig zu halten. Obwohl sie in die Parallelklasse geht, begreife ich nicht, warum es so lange gedauert hat, bis ich ihre totale Schönheit entdeckt habe.

Heute hatte sie weiße, zerschnittene Jeans an mit Fransen unten und ein hellblaues Hemd, auf dem mit weißen Perlen »Silkscreen« stand. Darüber hatte sie eine Art langen braunen Rock, fast wie aus Strickstoff. Niemals würde Marit sich wie eine Pennerin anziehen mit Billig-T-Shirt oder Klebeabzeichen auf der Jacke. Niemals würde sie so 'ne Feministin werden und so Lesbenklamotten anziehen wie Mädchenschlipse oder Stiefel. Marit ist der farbenfrohste Regenbogenfisch im verdreckten Meer oder wie die schönste Blume, die auf dem ekligsten Müllhaufen wächst. Alle anderen Bräute sehen sie neidisch an, denn sie begreifen, daß das hier die schönste Schnitte der ganzen Stadt ist. Wenn ich an sie denke, nenne ich sie meine Schwertlilie, und das wird mein Kosename für sie werden. Wenn wir richtig zusammen sind, werde ich ihr das erzählen, und dann wird sie mich noch mehr lieben.

Okay, ich habe das Billardspiel verloren, aber das war nicht so wichtig, denn die Liebe im Leben leuchtet auch in den schwersten Stunden. Als die Glocke ging und alle Richtung Unterricht liefen, habe ich es so arrangiert, daß ich und Marit nebeneinander die Treppe runtergingen. Weil ich weiß, wie Mädels denken, habe ich begriffen, daß sie nicht reden wollte, wenn alle anderen dabei sind. Statt dessen gingen wir einfach nebeneinanderher, und manchmal merkte ich was von ihrem Parfüm, und es duftete wie die Blumen im Himmel, wenn es gerade Goldglitter geregnet hat.

In Erdkunde sollten wir über Gesteine und andere uninteressante Dinge reden. Anstatt zuzuhören, dachte ich mir eine neue Theorie aus, die von Alex im Besonderen handelte und im Allgemeinen über die Feigheit der anderen Adoptierten:

Wenn man keine Geschichte hat und nicht weiß, wo man herkommt (zum Beispiel: Wenn man in Korea geboren und dann von Schwedeneltern aufgezogen wurde), na klar ist es dann einfach, im Gleichgewicht zu bleiben, denn ohne Wurzeln hat man keinen richtigen Kampf. Manche nehmen dann den Kampf von anderen, nur um einen zu haben (zum Beispiel: Gelbgesicht wird HipHopper), aber das ist natürlich ein superfalsches Spiel. Ohne Kampf bleibt man leicht im Gleichgewicht. Für Menschen, die ihre Geschichte kennen, kann *etwas* Gleichgewicht ganz gut sein (manchmal), weil mit Gleichgewicht kann man philosophieren und Theorien aufschreiben. Aber auch das Gleichgewicht kann die Menschen feige wie Fotzen machen, und dann können sie fett beleidigt werden und doch nicht begreifen, daß sie kontra geben müssen, um nicht allen Stolz zu verlieren.

Ich saß da in der Erdkundestunde und fühlte mich wie ein alter arabischer Wissenschaftler mit Fez und Schnabelschuhen, der in einem Turm lebt (vielleicht im alten Bagdad). Ich hatte ein Fernrohr, das bis nach Europa reichte, und einen Ruf, der andere Gelehrte meinen Turm mit einer Mischung aus Haß und Neugier betrachten ließ. Außerdem war ich der geilste Kosmonova und hatte massenhaft Tussen, die zu meinem Turm kommen und Shisha rauchen und dann Sex haben wollten, nur weil ich so abartig schlau war (logo, daß ich sie voll abfahren lassen würde, denn Marit ist meine einzige).

Gleichzeitig würde ich aber nie so werden wie die Intellektuellen, von denen Dalanda erzählt hat. Niemals würde ich nur reden und denken und chamäleonmäßig sein, sondern manchmal müßte das Gleichgewicht auch gebrochen werden, und dann würde ich richtig Streit anfangen, aber nur, wenn es für den Kampf wäre, sonst nie. Zum Beispiel könnte man sich entscheiden, Marit zu Ehren einen Angriff auf den Speisesaal zu starten, um zu zeigen, daß wir beide gleich über den Essens-Rat und die Schwedisierung denken. Dann dachte ich, Papa ist nicht so ein Intellektueller, wie Dalanda es gemeint hat, und ich dachte, dann würde es auf jeden Fall Streß geben, denn dann würde er von außen zumindest fast so aussehen wie Alex.

In der Mittagspause sammelte ich Kraft und Ruhe, wiederholte die Theorie und machte dann die Tür zur Kantine auf. Die Achte hatte Mittagspause, und wenn sie Adleraugen hätten, dann hätten sie einen Gedankensultan reinschleichen sehen, wie er wieselflink eine Gabel in den Ärmel schmuggelt, dann nahm er einen gewöhnlichen Plastikbecher und füllte den mit Saft. Dann ging er. Oder? Hatte er sich nicht erst auf die Zehenspitzen gestellt, sich über die Saftmaschine gelehnt und mit zwei kleinen Gabelstichen das Saftpaket punktiert? Zwei kleine Löcher genau an der richtigen Stelle, wie Alonzo und Fredrik es in Skärholmen gemacht haben. Etwas Saft lief auf den Boden, als würde das Paket bluten, aber der Explosionseffekt würde erst eine Minute später kommen, wenn der nächste sein Saftglas füllte. Der Druck aus der Maschine würde das Paket zerreißen, und der Saft würde rausschießen, und dann würden die Fotzen bereuen, daß sie den Muttersprachunterricht gestrichen haben und uns Schwedenessen wie Blutpudding servieren. In Skärholmen, das weiß ich noch, gab es voll das Chaos, und der Rektor wollte Alonzo fast von der Schule schmeißen (obwohl der das nicht für den Kampf gemacht hatte, sondern hauptsächlich weil er Bock auf Zerstörung hatte).

Ich blieb nicht in der Kantine, weil ich wußte, daß sie dann einen Verdacht bekommen, wer dahinter steckte. Statt dessen schickte ich einen Dankegedanken an Marit für den Mut, den sie mir gegeben hat, und schob dann zum Spind ab. Im Kopf sah ich den Saft eine riesige Überschwemmung machen, und das war eine große Sache.

Eine Extrameldung: Während ich hier sitze und schreibe, ruft Papa zu Hause an und sagt, Nourdine hat heute einen neuen Job angefangen! Die neue Frau von Samirs Cousin hat mit Kontakten ausgeholfen, und offenbar ist es was in der Werbebranche. Papa sagt, wir gehen morgen hin und unterstützen ihn.

Vorgestern gab es eine lustige Situation, weil wir in Gemeinschaftskunde Gegenwartsorientierung hatten. Alle Schüler machen ihre Kreuze, und dann gibt man sein Blatt dem Nachbarn, der darf es dann berichtigen. Aber weil ich allein war, setzte sich Alex neben mich. Dann sagte Birgitta, Alex könnte den Text auch ruhig mitmachen.

»Hier geht es nur um etwas Allgemeinwissen, das kriegst du hin. Dann hat Halim auch was, was er berichtigen kann.«

Und Alex konnte natürlich nicht nein sagen, obwohl ich seinem Gesicht ansah, daß er eigentlich abhauen wollte. Die Fragen wurden vorgelesen, alle kreuzten die Antworten an, und dann wurden die Blätter zwischen den Tischen hin und her geschickt. Obwohl ich nicht alle Antworten wußte, stellte sich doch heraus, daß ich verdammt gut geraten hatte. Ich hatte 11 von 15 richtig (fast fast Klassenbester). Aber das Witzige war, daß Alex 8 richtig hatte. 8 von 15 richtig!

Ich saß während des Unterrichts noch lange da und feilte an einer fetten Beleidigung. Im Schwedenton: »Oje, ich wußte ja, daß du nichts von deiner Vergangenheit weißt, aber daß du von deiner Gegenwart auch nichts weißt, das ist wirklich eine Überraschung.« Oder vielleicht in der Kanakenversion: »Du siehst, Alter, Schlitzies, die den HipHop-Neger geben wollen, mache ich fertig. Die fresse ich auf wie einen Keks.«

Nach dem Unterricht rief ich Alex und wollte es gerade sagen, hatte alle Wörter schon auf der Zunge. Aber als er sich umdreht und das Face zeigt, kam ich raus. Seine Augen waren traurig wie nach einer Beerdigung, und plötzlich fühlte ich mich innen drin total gemein. Es kam einfach nicht gut, so wie Mädchen verprügeln oder Rentner ficken. Statt dessen fragte ich nur, wie's geht.

»Geht so«, antwortete er, hatte aber immer noch das Gesicht wie einer, der Butter verkauft hat und dem dann die Kohle geklaut worden ist. Er verschwand Richtung Lehrerzimmer und tat mir richtig leid. Klar ist es nicht leicht, jeden Tag von Schwedens schlaustem Revolutionskanakenphilosophen fertig gemacht zu werden.

Nach der Schule ging ich in die Stadt, um mich mit Papa am Würstchenstand vor Åhléns zu treffen. Papa stand an der einen Ecke und schaute sich Schaufenster an, als ich mit der Rolltreppe raufkam. Manchmal wirkt es komisch, wenn man jemanden, den man kennt, draußen im Gewimmel zwischen den Leuten sieht, denn manchmal können die Augen schneller sein als das Gehirn. So war es jetzt. Ehe das Gehirn begriff, das ist Papa, sahen die Augen schon ein schlaffes Gesicht mit vielen Falten hinter einem angegrauten Schnurrbart. Gedankenverloren putzte er die Brille und lächelte das Schaufenster an. Ehe das Gehirn hinterher kam, sahen die Augen: Der Mann sieht schwach aus.

Wir begrüßten uns mit Handschlag, und dann nahmen wir die Hamngatan zum Kungsträdgården. Es fühlte sich gut an, mit Papa spazierenzugehen, und es störte nicht mal, daß ich jetzt fast zehn Zentimeter größer bin als er. Papa redete davon, daß der Laden ohne das Fahrradschild vor der Tür in diesem Herbst vielleicht den Bach runter gegangen wäre.

»Da siehst du, wie el maktoub, das Schicksal, wirken kann. Wir finden ein gestohlenes Fahrrad in einem Busch, und es macht den Anfang für einen ordentlichen Verkaufszuwachs! Am Dienstag hatten wir fast so viel in der Kasse wie das Solstrålen zur Mittagszeit! Samir war superbeeindruckt.«

Ich ging neben ihm her, und in mir drin war die Erinnerung, die ich nicht erzählen kann.

Schon von weitem sahen wir Nourdines Schild im Nieselregen blinken. Er stand ein wenig neben dem Eingang von NK. Wenn man näher kam, konnte man lesen, Fish 'n Chips kosten 79 Kronen und Skagenkrabben mit Ofenkartoffel 55. Anstatt einfach hin und zurück zu gehen und Flugblätter zu verteilen, spielte Nourdine Theater, damit die Leute reagierten. Er sprang auf den Kinderwagen zu und tat so, als ob der Wagen die tollste Tuss war, der er je begegnet ist, er kroch hin und rieb sich an dem Wagen, wie ein Kater, der mordsscharf auf die unglaublich süßeste Katze ist. Viele blieben stehen und sahen seinem lustigen Theater zu, und ein paar lachten (allerdings verhalten). Dann sprang Nourdine plötzlich hoch und teilte Flugblätter aus und zeigte auf das Restaurant. Zwischendurch verbeugte er sich, um Applaus zu kriegen. Als er das Restaurant zeigen wollte, war das Lustigste, daß er Zeigefinger und Daumen zu einem Ring machte und dann durch die Mitte ein Küßchen schickte. Die Mutter mit dem Kinderwagen, die daneben stand und rauchte, wollte erst einen auf sauer machen, aber dann konnte sie sich nicht mehr halten, als sie sah, daß Nourdine den Wagen an allen verrückten Stellen streichelte, und dann nahm sie auch ein Flugblatt und lächelte freundlich.

Wir gingen über die Straße, und als Nourdine uns sah, trocknete er die Stirn mit einem Taschentuch ab und machte Pause.

»Na, was sagt ihr? Ich habe ein etwas schwieriges Publikum, aber ihr müßt doch zugeben, daß das hier ein neuer Ansatz ist. Was ihr gerade gesehen habt, nenne ich ›En attendant le Skagenkrabben‹. Na?«

Papa lachte und sagte, es wäre lustig. Ich selbst konnte nicht aufhören zu denken, daß es öde war, wenn Nourdine, der auf allen Bühnen der Welt den Estragon gespielt hat und der Bergman eine Menge Inspiration gegeben hatte, jetzt so einen Kram machen mußte. Aber trotzdem habe ich gesagt, daß ich mich natürlich für Nourdine freue. Als wir uns verabschiedet haben, ging er zurück zum Straßentheater.

Das Restaurant lag weiter drinnen in einer Seitenstraße. Wir kriegten gleich einen guten Tisch, und Papa bestellte den Hauswein. Er erklärte der Bedienung ganz genau, daß wir nur hier waren, weil sie so einen phantastischen Werbemann auf der Hamngatan hatten. Der Tante schien das vollkommen egal zu sein. Sie stellte den Brotkorb hin und sagte, wir könnten das Essen schneller kriegen, wenn wir beide das gleiche nehmen würden.

Beim Essen redete Papa lange davon, ob er billige Kappen vom Lager in Bromma aufkaufen sollte, und außerdem hatte er bereits eine große Tüte Pfeifenreinigerwichtelmänner gekauft.

»Ich sag dir, Halim, das werden die Frauen an Weihnachten kaufen.«

Ganz lange ließ ich ihn reden, denn ich weiß, es ist einfacher, ihn sich erst über alles andere abreden zu lassen und dann kann man die wichtigen Sachen fragen. Auch kann es leichter sein, wenn ihn Weinflasche Nummer zwei schon locker gemacht hat. Wir hatten gerade fertig gegessen, als ich den ersten Versuch machte, das Thema zu wechseln. Ich versuchte, etwas von Mädels und Liebe zu reden, aber Papas Augen waren auf dem Weg ins Traumland, also ich statt dessen:

»Papa, hörst du? Darf ich was anderes fragen? Wann hast du aufgehört, Moslem zu sein?«

Und erst dachte ich, ich habe den Respekt gebrochen, denn Papas Augen konzentrierten sich, und er war völlig still. Er saß lange ganz still mit dem Zahnstocher zwischen den Zähnen. Dann nahm er einen Schluck Wein und spülte die Zähne damit.

»Laß es mich so sagen. Für mich ist das mit der Religion nicht so ernst. Ich habe die Religion schon viel zu großen Schaden anrichten sehen. Aber du hast ja gesehen, daß ich bete. Manchmal.«

»Nicht direkt jeden Tag.«

»Nicht so oft. Aber immer, wenn mir danach ist. Ich glaube, daß es in der Religion genau darum geht. Daß man das tun soll, was man gerade braucht. Es gibt einen schwedischen Priester, der hat gesagt: Es geht eine Brücke vom Glauben zur Ruhe. Und auf schwedisch klingt das noch besser: *Från tro till ro det går bro*.«

Papa goß noch etwas Wein in sein Glas, und seine Augen waren ein wenig glasig.

»Religion darf niemals zu wichtig werden, weißt du. Die Fundamentalisten, das sind die eigentlichen Wahnsinnigen, das darfst du nie vergessen. Für mich ist die Religion mehr eine Methode, um Ruhe zu finden, und ...«

Papa dachte ganz lange nach. An einem anderen Tisch sangen ein paar ein Geburtstagslied und jubelten.

»Ja, Allah ist wohl ein wenig wie der Architekt der Brücke und … hm … ja, wenn er der Architekt ist, dann ist es an jedem guten Moslem, seine eigene Brücke zu bauen. Verstehst du?«

Obwohl ich nicht ganz mitkam, nickte ich, denn das fühlte sich innen drin so voll brutal gut an, weil Papa zum ersten Mal seit langem richtig mit mir redete. Ein bißchen so, als wäre ich ein Erwachsener. Außerdem benutzte er literarisches Arabisch, und ich begriff fast alles, weil er langsam redete und mit Pausen. Ich fragte:

»Aber wenn Allah der Architekt ist, was macht Mohammed – Friede sei mit ihm – dann?«

Papa zwirbelte seinen Schnurrbart und lächelte.

»Na klar – er ist der Bauleiter der Brücke, er geht mit einem gelben Helm auf der Baustelle herum. Er paßt auf den Bau auf.«

Wir lachten, und alles war perfektestens. Die Enden von Papas Schnurrbart zeigten nach oben wie die Arme eines Fußballspielers nach einem Foul (diesen coolen Aphorismus habe ich schon im Restaurant erfunden). Papa goß sich den letzten Wein ins Glas. Bevor wir gingen, wollte ich noch zum Wichtigsten kommen.

»Aber Papa. Ist das wirklich so gut? Mit der Ruhe? Wird man nicht feige? Ein *Schwanzkneifer*?«

»Nein, nein, Halim. Wütend kann jeder werden. Aber ein Leben in Ruhe zu leben, das ist nicht leicht. Das schaffen nur ganz wenige.«

Papa winkte nach der Rechnung und versuchte noch mal, die Weinflasche zu leeren. Die Rechnung kam, und Papa hatte das Bündel mit Geldscheinen schon parat.

»Aber Papa. Wenn man nun schwimmen lernen könnte.«

»Wie?«

»Über den Fluß schwimmen. Das wäre doch wohl das Größte, oder?«

Und Papa saß da mit dem Bündel Geldscheine, und sein Lachen erfüllte das ganze Restaurant, und das Lachen war voll warm, so weit weg, wie man nur kommen kann, von Lehrerlachen oder Pausenraumlachen oder allem anderen, was falsch und verletzend ist. Das hier ist das Lachen, das alles weich macht und ich lache auch und zusammen sitzen wir da im fiesen Luxusrestaurant mitten in der Stadt und lachen aus vollem Halse, und es ist wie als man klein war und es hatte vielleicht etwas Streit mit einem Spielkameraden gegeben, verstehst du, einer spielt den Macker und man selbst will nicht nachgeben und dann gibt es Krach, Prügelei, bis keiner mehr kann, und danach ist die Luft verpestet und dann furzt einer und es ist ein tierisch lautes Furzen, das beide hören und da versuchen beide zusammen bis zum Anschlag zu lachen, niemals aufzuhören zu lachen, denn beide sollen merken, daß man eigentlich immer noch bester Freund ist, und man lacht, weil es sich anfühlt, als würde man in zwei zerbrochene Stücke gehen, wenn man nicht weitermacht und alles um einen herum wird noch lustiger, weil man zeigen will, wie gut man eigentlich befreundet ist (obwohl der andere Junge vielleicht gerade was gesagt hat, das einem weh getan hat und alles eiskalt gemacht hat, lacht man trotzdem).

Inzwischen flutete die Bedienung ungeduldig herum, und die anderen Gäste schauten verärgert. Aber wer kümmert sich schon darum, denn Papa lachte plötzlich so wie früher mit dem ganzen Gesicht und keine Falten waren mehr zu sehen.

Auf dem Weg nach Hause von der U-Bahn stützte Papa sich auf mich. Er lallte und meinte, er müsse pinkeln, bevor wir zu Hause sind. Weil der Abend so voll groß war, ließ ich ihm seinen Willen und führte ihn zu einem Busch. Obwohl er sich den ganzen Abend zusammengerissen hatte, fing er jetzt an, etwas Omar zu lallen.

»Manchmal da … wurstelt man und tut das Gesetzmäßige, und manchmal ist man ungesetzmäßig … und … der, nein … doch, denn so sind wir unter dem türkisfarbenen Himmel. Keine ganzen Muselmanen. Nur ein wenig.«

In meinem Kopf hörte ich nur das, was Papa geflüstert hatte, als die Bedienung kassiert hatte:

»Manchmal spüre ich wirklich, daß du mein Sohn bist.«

Ich wußte nicht, wohin ich vor Stolz schauen sollte, und es war, als ob nichts verändert wäre und daß Papa darunter wie früher war. Und da spielt es auch keine Rolle, daß er auf dem Heimweg fast umfällt und ruft: »Türkis? Nie im Leben!« und wütend in den Himmel boxt.

Ich liege im Bett und schreibe das hier. Die Jeans macht die Matratze voll sandig. Gerade wenn man glaubt, alles geht den rechten Weg, dann überlegt man es sich anders und sieht ein, daß alles nur noch schief geht.

Es fing nach der Schule an, als ich in der Küche saß und ein altes Donald-Duck-Heft las, das ich irgendwann in der Dritten von Juan geliehen habe. Ich erinnere mich, daß Juan erzählt hat, Alonzo hat in seinem ganzen Leben nur ein Buch gelesen (»Jim und die Piraten Blom«). Als er dann in der Oberstufe Buchbesprechungen schreiben sollte, fing er an, die Donald-Bücher von Juan auszuleihen, kopierte die Story und dachte sich falsche Buchtitel dazu aus. Der Lehrer schöpfte schnell Verdacht, denn er kapierte, daß es nicht so viele Bücher geben konnte, wo die Hauptperson drei Neffen hat und den geizigsten reichsten Onkel der Welt und einen Verwandten mit wahnsinnig viel Glück. Als ich da am Küchentisch saß, erinnerte ich mich, wieviel ich über Juans Geschichte gelacht hatte, aber jetzt konnte ich mich nicht entscheiden, ob ich ihm glaubte oder nicht.

Papa und Nourdine kamen um sechs Uhr nach Hause, und beide waren irgendwie fröhlicher als sonst. Während sie die Waren auspackten, wollte ich die Stimmung noch besser machen, deshalb hatte ich eine lustige Geschichte, die im Donald-Buch stand, ins Arabische übersetzt (ich habe den Deutschen, den Norweger und den Dänen zu einem Tunesier, einem Marokkaner und einem Algerier gemacht). Nourdine lachte und schlug sich auf die Schenkel, als er hörte, daß der Tunesier und der Marokkaner geflohen sind, weil das Schwein gefurzt hat, aber daß dann das Schwein mit den Pfoten in der Nase rauskam und sagte: »Der Algerier hat gefurzt«. Papa holte das Schneidebrett raus und fing an, Zwiebeln zu schälen und Paprika auszuhöhlen. Das Öl knisterte in der Pfanne, und mitten beim Brutzeln drehte sich Papa zu mir um:

»Übrigens, Halim. Wie läuft's mit den Frauen? Les Femmes? *Kvinnorna*?«

»Wie? Was meinst du?«

Offensichtlich hatte er gemerkt, daß ich mehr Parfüm bei ihm schnorre und mehr auf die Frisur achte. Papa lächelte nur und blinzelte Nourdine mit einem Auge zu.

»Wer ist sie? Komm, erzähl doch. Liebe kann man ebenso wenig verbergen wie Feuer in der Wüste.«

Ich begriff, daß lügen unmöglich war, und deshalb holte ich aus meinem Zimmer den Schulkatalog und zeigte Marits Klasse. Nourdine sagte, daß sie schön ist, und Papa nickte und strich sich mit Daumen und Zeigefinger über den Schnurrbart. Ich sagte, sie ist nicht wie andere Söder-Mädels und ich bin fast sicher, daß sie nicht ganz schwedisch ist. Ich merkte, daß Papa komisch kuckte, als ich das Letzte sagte. Trotzdem konnte ich nicht aufhören, von ihr zu reden. Habe lange von ihrer Schüchternheit gegenüber Jungs erzählt und dann von dem Essen-Rat, wo sie gezeigt hat, daß wir genau dasselbe über diese Treffen in der Schule und über Integration denken. Ich beschrieb die dunklen Locken und die runtergerollten Strümpfe in den Turnschuhen und den Lipgloss und den hellblauen Lidschatten und die Reste von dem Pflaster auf dem einen

Arm und das Lächeln, das wie die Sonne ist und die Augen, die wie von einem Disneymädchen sind. Manchmal unterbrach mich Papa mit irgendeinem Khayyam-Zitat, aber das störte nicht so sehr, weil sie alle von Liebe handelten. Zum Beispiel hat er gesagt, jeder Tag ohne Liebe ist ein verlorener Tag. Dann hat er ein bißchen den Faden verloren, und ich konnte wieder erzählen, wie Marit und ich uns jeden Tag im Pausenraum echt lange anschauen. Ich wollte gerade anfangen, von ihrem Pullover zu erzählen, der macht, daß sie aussieht wie Fairouz auf einem alten Plattencover, da sah ich die Jaffa-Apfelsinen im Obstkorb.

Papa sah mein Gesicht und fing sofort an, sich zu verteidigen.

»Die anderen waren alt und vergammelt. Wie Mus sozusagen. Und ich hab es nicht mehr geschafft, zu Vivo zu gehen, nur um …«

Aber ich konnte ihn nicht anschauen. Halim ging einfach ins Zimmer und mußte sich tierisch zusammenreißen, nicht die Tür zu zertreten, als er sie zumachte. Drinnen in der Küche redeten Nourdine und Papa weiter, nur mit leiseren Stimmen. Ich habe den ganzen Abend im Bett gelegen und fast nichts anderes gedacht als MaritmaritMARIT.

Mein Leben wäre ganz anders ohne die Liebe, denn mit der ist man eine Menge anderer Gedanken los und gleichzeitig kommt man ins Gleichgewicht. Aber es ist auch gefährlich, denn wenn Marit zufällig vergißt, mir im Pausenraum den warmen Liebesblick zu schicken, dann tut das höllisch weh. Mehr philosophisch kann man sagen, Liebe ist schön, aber auch supergefährlich, denn wenn das Mädchen mit anderen rumredet und vielleicht zu Stefan sagt, seine neue Frisur ist nett, dann ist das in mir drin wie eine Feuersbrunst. Wenn dann Marit noch anderen Jungs von ihrer Chipstüte anbietet, dann kann das der letzte Sargnagel sein, und da ging ich schnell aus dem Zimmer, damit nichts aus dem Ruder lief. Na klar hat sie das nur gesagt, um zu zeigen, wie nett sie ist, denn Stefans lockiger Mädchenpagenkopf ist fast genauso verzottelt wie vorher. Außerdem spielt er in Davids Synthiband und hat löchrige Converseschuhe und enge Röhrenjeans.

Auf dem Nachhauseweg bin ich noch rumspaziert und hab einen Umweg durch den Tanto gemacht. In den Schrebergärten machten die Rentner alles für den Herbst fertig, mit Plastikfolien auf der Erde und Fensterläden an den Häuschen. Dann ohne jede Vorwarnung ist der Tantoberg plötzlich zum Atlasgebirge geworden, und die Kamera zoomte in die Schmelzbäche vom Winterschnee und auf den kleinen Schotterweg, den wir mit den Kindern auf dem Rücksitz gerade runtergefahren kommen.

Schon von oben sieht man Marits Schal, der aus dem Fenster hängt und im Wind flattert. Sie gibt ein bißchen das Bild von einem klassischen arabischen Filmstar ab mit großer Sonnenbrille und den allersexysten Lippen. Es ist ein sonniger Januar, aber noch nicht zu warm, und weiße Mandelblüten leuchten wie Sonnen vor den grünsten Oasen und der braunen Erde. Erst fahre ich schnell, denn ich kenne jede Kurve auswendig, aber dann, als wir uns Papas altem Dorf nähern, werde ich langsamer und zeige auf Mandelbäume und Olivenbäume und viele kleine Felder und erkläre, hier hat das Volk schon seit Urzeiten gelebt. Marit und die Kinder schauen voll beeindruckt, und ich kann alle ihre Fragen beantworten. Erzähle auch, daß ihr Großvater, also mein Vater, hier aufgewachsen ist, aber dann, als die Franzosen hier eine Schule gebaut haben, hat seine Mutter ihn nach Rabat geschickt, denn na klar wollte sie nicht, daß er französisch wird. Das war lange vor dem Befreiungskrieg, als immer noch niemand an einen Putsch dachte. Im Dorf werden wir wie die heimkehrenden Sultane gefeiert, und die alte Großmutter hat genau dasselbe Gesicht wie Dalanda, und na klar macht sie ein großes Fest mit langem Tisch und Al-Mazat-Menü nur uns zu Ehren.

Als ich nach Hause kam, stand Papa mit einem sprudelnden Aspiringlas im Wohnzimmer. Er mußte den Laden etwas früher zugemacht haben, und weil ich Kunst geschwänzt hatte, hätte eigentlich keiner von uns zu Hause sein sollen. Die komische Stimmung von gestern kam wieder auf, und wir nickten uns nur zu. Noch nie zuvor war so ein Schweigen zwischen uns.

Ich hängte die Jacke auf, schüttelte im Flur meine Schuhe von den Füßen, und auf dem Weg zum Zimmer sah ich, daß Papa die Jaffa-Aufkleber abgepult hatte. Ich fand, das war eine Falschheit wie Rost mit Farbe zu übermalen oder Tote mit Parfüm einzusprühen oder Seife von den Schulklos zu nehmen, weil einer arabische Bilder da hingemalt hat.

Ich aß eine Kleinigkeit bei mir drin, und kein Geräusch war aus dem Wohnzimmer zu hören. Als der Kefir und Brote alle waren, schlich ich mit der Schale in die Küche. War gerade von der Spüle weggegangen, als Papa mit der Zeitung unterm Arm aus dem Klo kam und wir fast zusammengestoßen sind. Er sah an mir rauf und runter und entschied sich dafür, das Schicksal auf die Probe zu stellen.

»Übrigens, Halim. Hier – nimm eine Apfelsine zum Nachtisch. Ehe sie alt werden.«

Erst meinte ich, ich hätte mich verhört, er kann ja nicht, er mußte einen Witz machen oder machte er sich lustig über mich und spielte er den Clown? Ich rückte von Papa ab, der mit einem Lächeln am Spülstein stand:

»Du, da sind massenhaft Apfelsinen. Nimm eine.«

»Ich bin nicht so scharf drauf.«

»Komm schon, nimm eine, sie sind supergut. Sieh mal!«

Papa hielt eine Apfelsine hoch und drückte, wie wenn man einen Bizeps testet.

»Ganz reif!«

Da dachte ich, jetzt soll er sich mal vorsehen.

»Nein danke. Ich habe nämlich noch einen Funken Stolz im Leib.«

Papas Gesicht verdunkelte sich, und seine beiden Augenbrauen wurden fast zu einer einzigen langen. Seine Kiefer preßten sich aufeinander, und in beiden Schläfen fing es an zu pochen. Ich erinnere mich, daß ich dachte:

Jetzt kommt es, jetzt gerät sogar Papa aus dem Gleichgewicht. Wir starrten einander vielleicht fünf Sekunden an, die sich wie fünf Minuten anfühlten. Dann drehte er sich zur Spüle und fing an, Wasser einzulassen. Nichts war von seinem Zorn zu merken, statt dessen war er wie extra vorsichtig mit den Schalen und den Gläsern. Aber die ganze Zeit sah ich seine Kiefergelenke arbeiten. Es war wie kleine Extramuskeln auf jeder Seite vom Kinn, die zeigten, daß wir eigentlich fast Totalstreit hatten. Trotzdem erledigte Papa den Abwasch, ruhig wie der krasseste Chirurg spülte er das Besteck und spritzte Spülmittel ins Wasser. Ich ging in mein Zimmer, und den Rest des Abends lastete die Stille schwer.

Heute morgen hatten wir die zweite Essens-Ratssitzung, und das war okay, denn ich wußte, daß ich im selben Zimmer wie Marit sitzen würde. Diesmal war es auch besser, denn sie haben Saft und Frühstücksbrote spendiert. Leider setzte sich Marit auf einen Platz, wo es etwas schwer war, einander zu sehen. Aber ich sah doch, daß sie mich schüchtern, aber liebevoll angesehen hat, als sie gerade reinkam.

Die Kantinentante hatte einen kleinen Holzhammer bekommen, und den schlug sie auf den Tisch, um das Treffen zu eröffnen. Sofie aus der Achten wurde dazu gezwungen, Protokoll zu führen, und der erste Punkt war der Vandalismus. Offensichtlich hatte irgendein Gedankensultan zwei Saftpakete explodieren lassen, und die eine Maschine mußte vielleicht repariert werden. Wer hatte was gehört?

»Wir wissen, daß so was früher oder später immer raus kommt. Wenn jemand hier ist, der was weiß, dann kann er das genauso gut jetzt sagen. Also raus damit.«

Keiner kapierte, daß die Saftexplosion mit dem Muttersprachenunterricht zu tun hatte, und ich saß mit steinernem Gesicht da, bis ich Alex' Blick spürte. Da ließ ich für eine Sekunde die Maske kurz runter, aber dann direkt zurück zum Steingesicht. Die einzige, die was zu sagen hatte, war Linn, die fand, daß die Saftmaschinen sowieso ausgetauscht werden sollten, weil die jedesmal Furzgeräusche machten, wenn man sich Saft einfüllt.

Dann gingen wir zum nächsten Punkt: die Brotfrage (wieder). Knäcke oder weiches Brot oder dreieckiges oder was? Herta sagte, keiner in ihrer Klasse wolle noch das gewöhnliche Knäckebrot haben. Jemand anders sagte, dunkles weiches ist besser als helles weiches, und Ahmed sagte, seine Klasse fände, daß es mindestens einmal in der Woche Fischstäbchen geben sollte. Die ganze Zeit versuchte Sofie alles mitzuschreiben und rief, alle müssen langsamer reden. Die Kantinentante haute auf den Tisch und sagte, sie sollten sich ans Thema halten, doch bald wurden mehrere Diskussionen gleichzeitig geführt. In der Ecke organisierten ein paar aus der Achten eine eigene Abstimmung, die ergab, daß Labskaus und Tomatensuppe verboten gehören. Gleichzeitig rief Peter, die Neonröhren im Speisesaal sind schlecht für die Augen, und Anders sagte, Herta wolle eigentlich jeden Tag nur Wurst auf dem Speiseplan haben.

Ich glaube, keiner wußte richtig, ob Anders nun mit Hertas Namen ulkte oder ob sie eine Tuss ist, die scharf drauf ist, und es deswegen einfach ein voll witziger Kommentar war, und die Jungs außer Alex lachten, und Herta rief, Anders sollte jeden Wochentag Wurst in den Hintern gesteckt kriegen, und Alex hielt Anders fest, während die Kantinentante mit dem Hammer runde Dellen in den Tisch haute. Sofie schrieb so schnell wie eine Wahnsinnige und war kurz vorm Heulen.

So ging das Treffen ungefähr noch 45 Minuten weiter. Marit und ich saßen still da, und es fühlte sich gut an, weil ich weiß, es ist für Mädchen wichtig, daß man viel gemeinsam hat, damit die Beziehung funktioniert. Das

Treffen führte zu nichts, aber kurz vor Schluß erzählte die Kantinentante von den Ergebnissen der anderen Gruppen. Sie sagte, der Bibliotheks-Rat hätte beschlossen, daß man *Darling* abonnieren soll und der Mobbing-Rat hätte beschlossen, seinen Namen in »Antimobbing-Rat« zu ändern.

»Da seht ihr, wie es mit der Schülerdemokratie funktioniert«, sagte die Chef-Kantinentante und wedelte mit dem Holzhammer. »Und vergeßt bitte nicht, daß heute politischer Thementag ist. In der Mittagspause könnt ihr …«

Alle begriffen, daß das Treffen beendet war und fingen an, mit Papier zu rascheln und von ihren Plätzen aufzustehen. Alex sah mich an (als ob das wieder mein Fehler wäre, daß wir zu nichts gekommen waren).

In der Mittagspause ging ich am A-Eingang vorbei und spähte von oben auf der Treppe zu den Politikern runter. Ich hatte ja gedacht, daß alle graue Anzüge und Schlipse anhaben und wie Banker aussehen würden, aber sie sahen fast wie gewöhnliche Leute aus. Tierisch viele Schüler und Lehrer kreisten um die Tische, um Fragen zu stellen und Prospekte mitzunehmen, aber vor allem, um Süßigkeiten und vielleicht auch Kugelschreiber zu schnorren.

In der Ecke bei der Treppe stand ein Politiker hinter einem Tisch mit massenhaft roten Buttons und rotem Papier mit Sätzen wie »Nein zu marktorientierten Mieten!« und »Schafft die Zensur ab – Internet für alle!«. Der Politiker hatte einen dünnen Pferdeschwanz und ein pickeliges Gesicht und stand gerade da und redete mit der Mulattentusse, die als neue Musiklehrerin für Svante kommt. Er hatte keine Pfefferminzbonbons oder Marsminis auf seinem Tisch und na klar kamen deshalb weniger Leute.

Ich unterbrach sie mal nett: Klopfte dem Politiker auf die Schulter und fragte, was sie für Pläne haben, um den Einwanderern aus der Klemme zu helfen. Natürlich begriff er nichts, sondern fing an, über Arbeitslosigkeit und Rassentrennung zu quatschen.

Ich seufzte und erzählte von dem Parabolstreit. Aber ich vergaß, daß er Politiker ist, und na klar lachte er:

»Nennst du das eine Katastrophe? Daß ihr die Parabolschüsseln runternehmen müßt? Ich denke vielmehr, daß es für die Integration gut sein kann, wenn …«

Und dann ging es zu schnell, und wie immer war es sein Lachen, und vor allem, als die Musiklehrerin das auch noch nachmachen wollte und alle drum herum es vielleicht gehört haben. Ich faßte an die Tischkante, und eigentlich wollte ich mich vor allem festhalten und das Gleichgewicht halten, vielleicht ein bißchen wackeln. Aber dann fiel der Tisch zufällig um, und rote Buttons und rote Kleber und Papier und Prospekte fielen auf den Boden, und der Pferdeschwanztyp war drauf und dran, das Gleichgewicht zu verlieren. Und wie ich gerade die Beine in die Hand nehmen und zum Spind laufen will, da dachte ich, der Tisch sah aus wie ein getötetes Tier, wie er da lag mit den Beinen in die Luft und darunter das rote Tuch eingeklemmt.

Nach der Pause ging ich und dann ging ich einfach weiter und weiter und wie ich schreibe und schreibe meist darüber und ich, weil ich muß beschäftigt aussehen, hallo und – und immer so weiter ein wenig gesagt wie keiner – merke aber doch, weil alles so ist wie alles, obwohl keiner weiß, daß es weiter ist –

Entschuldige den komischen Text, aber gerade kam Papa rein und hat gestört. Er hatte den Wettschein zu einer kleinen Rolle gerollt und rief: »Jetzt kommt's drauf an, wenn Aston Villa verliert, dann können wir mit den Hundertkronenscheinen einfach so machen.« Papa tat so, als würde er rauchen, und blies die Ringe an die Decke. Ich schrieb weiter, um zu zeigen, daß ich mit den Hausaufgaben beschäftigt war, aber Papa blieb trotzdem. Er setzte sich auf das Bett, lehnte den Kopf an die Wand und schaute das Foto von König Hassan II. an.

Und in diesem Moment jetzt sitzt er immer noch da. Er schläft. Er riecht nach Parfüm und etwas mehr, und jeder Atemzug, den er nimmt, ist deutlich zu hören. Vorher lallte er eine Menge Zeug:

»Ich weiß, was sie über die Sprache sagen ... aber du mußt begreifen, daß das Schwedische am wichtigsten ist ... sieh mich an ... ich weiß, was passiert, wenn man die Sprache nicht beherrscht ...«

Ich ignorierte ihn, aber sein Mund machte trotzdem weiter. »Wenn du nicht perfekt Schwedisch sprichst, wirst du wie Nourdine oder dieser Cousin von Samir ... du wirst ein richtiger Gangster und Verbrecher werden ... du wirst außen vor sein, wie der Torwart in Glasgow, der in jedem Spiel einfach nur auf der Bank sitzt ... hm, so ist das ... ich glaube, dieser Finne hat noch kein einziges Spiel in Glasgow gehabt ... sitzt nur auf der Bank und wartet und wartet ... und wartet. Aber so ist das im Leben ... das habe ich gelernt. Manchmal wird man gebraucht, und manchmal ist man übrig ... und wartet ...«

Dann wurde er endlich still, und jetzt sitzt er da angelehnt, und das Kinn ist ihm auf den Brustkorb gesunken. In der einen Hand liegt der zusammengerollte

Wettcoupon, und ungefähr jeder dritte Atemzug ist ein Schnarchen. Richtig lange sitzt er jetzt schon so. Gleich werde ich aufhören zu schreiben und ihm ins Bett helfen. Gleich.

Jetzt.

Ich habe Papa versprochen, die Faschingsbrillen mit Schnurrbart auszuzeichnen, aber erst muß ich eine Pause machen, um zu erzählen, was gestern passiert ist.

Am Nachmittag war ich alleine hinter der Kasse für ein paar Stunden, weil Papa vom Laden abgehauen ist, um mit Samir Business zu reden. Offenbar hat seine Exfrau es sich anders überlegt und gesagt, es ist okay, daß die Töchter Samir treffen, vorausgesetzt, er schafft ehrliche Kohle ran und fährt mit ihnen in den Sommerurlaub. Im Moment ist Samir etwas schlecht drauf und knapp bei Kasse, weshalb Papa ihm vielleicht mit einem kleinen Kredit aushelfen wird, hauptsächlich als Dank für Samirs Hilfe für Nourdine. Im Ausgleich dafür hat Samir anständige Zinsen versprochen und alte Filme umsonst, die Papa in seinem Laden verkaufen kann. So funktioniert das bei uns – eine Hand wäscht die andere, und am Ende profitieren alle davon.

Drinnen im Laden war alles ruhig. Ein paar Kinder kauften Pfeifenlutscher, und dann kaufte eine Rentnerin drei gleiche Topflappen. Sie war voll geschwätzig und erzählte von ihrem Enkel, der im Regenwald in Brasilien herumreist und die Indianer überredet, die Bäume in Ruhe zu lassen.

Erst war es interessant, aber dann wurde es langweilig. Trotzdem ließ ich sie weiterquatschen, denn ich hatte das Gemeinschaftskundebuch und konnte lesen, wenn ich nur ab und zu »Hm« sagte, damit sie glaubt, ich höre zu. Nach zirka zehn Minuten Selbstgespräch sagte sie tschüß, und natürlich hat sie die Topflappen auf dem Tresen vergessen, also ging ich hinterher und legte sie in den Korb von ihrem Rollator.

Es war vielleicht eine halbe Stunde vergangen, als eine Frau reinkam, und anstatt sich die Sachen anzukucken, ging sie direkt auf die Kasse zu.

»Hallo. Wie lange wollen Sie eigentlich noch dieses Fahrrad da draußen stehen lassen?«

Obwohl sie schon etwas alt war und um die Augen faltig, sah ich, daß sie als jüngere Frau schön gewesen sein mußte. Kohlrabenschwarzes Haar in Wellen und teure Schminke, und unter einem beigen Mantel hatte sie so ein Kostüm, wie es die Tussen in amerikanischen Anwaltsserien anhaben.

»Ich habe gerade unten im Altersheim eine Verwandte besucht. Sie sitzt im Rollstuhl, und sie hat erzählt, es sei sehr schwierig, auf dem Bürgersteig an Ihrem Reklamefahrrad vorbeizukommen, das da steht. Sie wissen ja wohl, daß Sie für ein solches Schild eine Genehmigung brauchen, oder?«

Ich dachte, sie versucht es zu verbergen, aber es war doch an einigen Wörtern und dem Tonfall erkennbar. Ich dachte, sie ist Libanesin, vielleicht Jordanierin, könnte aber auch Iranerin sein (allerdings war das weniger wahrscheinlich).

»Natürlich, selbstverständlich haben wir eine Genehmigung«, sagte ich. »Mein Vater hat alle Papiere, jetzt ist er gerade nicht da, aber vielleicht kommt er später, kommen Sie später, und sprechen Sie mit Otman. Da werden Sie sehen, daß wir uns ans Gesetz halten.«

Ihr Gesicht verwandelte sich von wütend sein zu neugierig kucken, und dann dachte sie lange nach, ehe sie wieder redete (jetzt sprach sie Arabisch).

»Otman sagen Sie. Aber nicht Otman El Boustani, oder? Heißen Sie El Boustani mit Nachnamen?«

Und sofort wurde ich mißtrauisch und dachte, sie würde doch die Genehmigung checken. Trotzdem nickte ich, und da war sie so fröhlich wie nur möglich. Sie rannte um den Tresen, um mich anständig mit Wangenküßchen und allem zu begrüßen, und gleichzeitig erzählte sie, daß sie eine alte Freundin meiner Eltern ist und eine Zeitlang waren wir in Skäris Nachbarn gewesen.

»Aber erinnerst du dich nicht an mich? Nadja? Du warst wohl so sechs oder sieben Jahre alt, als wir uns kennengelernt haben. Du warst so süß, ich erinnere mich, daß du diese Dinger geliebt hast, wie heißen sie noch? Kekse, Schokoladenkekse, immer, wenn wir uns getroffen haben, kaufte Otman Kekse für dich, die du unter dem Tisch im Café gegessen hast. Erinnerst du dich nicht daran? Wenn du keine Kekse bekamst, dann wurde nichts aus dem Treffen!«

Sie lachte und tätschelte mir die Wange.

»Und meinen Sohn, erinnerst du dich an ihn? Er ist wohl ein paar Jahre älter als du. Ihr habt ja die ganze Zeit gestritten, ihr beiden. Andauernd kam jemand weinend an. ›Buhuu, Fadi hat mir mein Legomännchen geklaut‹ und dann eine Minute später: ›Buhuu, Halim hat meinen Playmomantel weggenommen.‹ Haha, ihr wart wie zwei Brüder …«

Komischerweise war da überhaupt keine Erinnerung an sie oder den Sohn. Trotzdem sagte ich, ich würde mich erinnern, und da war Nadja noch glücklicher.

»Das habe ich mir gedacht! Wir müssen uns irgendwann alle mal treffen – Fadi ist gerade aus Berlin nach Hause gekommen und würde sich sicher riesig freuen, dich zu sehen.«

Dann war es, als würde ihr Lächeln erstarren und sah dann aus wie aufgemalt. Sie fragte etwas leise, wie es Papa denn so ginge.

Ich sagte, Papa ginge es gut, und erzählte, er sei immer noch beim Kampf dabei und hätte neue Organisationen für Palästina und auch gegen den Integrationsplan demonstriert. Nadja sah fröhlicher aus, und ich machte weiter, erzählte, Papa ist dabei, ein Buch zu schreiben, das alles über Sharon offenlegen wird, und dazu rutschte mir noch raus, er kennt auch noch schwedische Politiker, die versprochen haben, den krassen Boykott gegen Jaffa-Apfelsinen durchzusetzen, als Rache für all die Massaker in der Westbank.

Sie glaubte alles und sah voll imponiert aus.

»Otman war schon immer ein Kämpfer«, sagte sie, und ich verspürte Stolz und hörte in meinem Innern das Echo. ›Schon immer ein Kämpfer‹.

Dann schaute sie auf die Uhr und hatte es eilig. Sie ließ die Visitenkarte von ihrem Versicherungsbüro auf dem Tresen und sagte, Papa solle so bald wie möglich anrufen.

»Ich bin selbst an einer Menge Projekte beteiligt, und wir würden Otmans Hilfe wirklich gebrauchen können. Morgen demonstrieren wir in der Stadt. Sag Otman, er soll vorbeikommen. Alle vermissen ihn.«

Ein wenig tut es mir leid, daß ich gesagt habe, Papa würde so viel machen. Jetzt wird das etwas komisch, wenn er anruft und sie begreift, daß Papa wie verändert ist.

Heute vor dem Abendessen habe ich mich mit Papa im Laden getroffen. Wir haben die Pokemon-Maschine reingetragen, das Licht ausgemacht, die Kasse versteckt, und ich habe einen neuen Filzstift in die Tasche geschmuggelt. Dann haben wir abgeschlossen, alles ausgemacht und gingen einen Großeinkauf machen. Wir kauften alle die schweren Sachen, die man nur manchmal kauft, und dazu habe ich ihn überredet, daß wir eine neue Eissorte mit Schokolade- und Marshmallowgeschmack ausprobieren.

Nach dem Einkaufen sind wir zum Solstrålen gegangen, um einen Film zu leihen. Ehe wir dort waren, sagte Papa, ich sollte nichts von dem Kredit sagen, denn sicher würde sich Samir etwas schämen wegen so was. Als wir durch die Tür gingen, piepte das elektrische Signal, aber Samir sah nicht von seiner Zeitung auf. Er hatte die Badelatschen ausgezogen und die Füße auf den Hocker neben dem Tresen gelegt. Unter dem einen Fuß sah es aus wie braune Warzen mit abgelöster Haut.

»Samir, mein guter Kollege und Freund. Wie gehen die Geschäfte? Habt Ihr heute auch viele Kunden gehabt? Gepriesen sei Allah für das Regenwetter, nicht wahr?«

Samir brummte eine Begrüßung.

»Und was kannst du heute an einem wunderbaren Abend wie diesem aus deinem ausgesuchten Angebot empfehlen?«

Nach einem Tag mit schwedischen Kunden muß Papa

zu Anfang immer etwas feierlich reden. Samir legte die Zeitung weg und stieß den tiefsten Seufzer aus. Unter den Augen hatte er schwarze Säcke, und obwohl das Uniformhemd mit den Transferlogos frisch gewaschen war, konnte man sehen, daß es ein paar Nummern zu klein war und spannte. Samir schaute die Filme durch, die gerade zurückgebracht worden waren.

»Hier hast du einen Klassiker. ›Stop! Oder meine Mami schießt‹. Stallone.«

Papa nahm die Schachtel und verglich sie mit dem französischen Film, den er auf dem Actionregal gefunden hatte.

»Ansonsten dachte ich gerade an den hier, hast du den schon gesehen? ›While we are falling‹? ›La Haine‹? Oder hast du diesen ›Matrix‹ vielleicht? Den hat Nourdine empfohlen.«

Samir saß zurückgelehnt und kratzte sich den Sack als Antwort.

»Nein, also gut. Wir nehmen diesen hier. Einen ›La Haine‹, bitte.«

Samir lud uns zu dem Film ein und schenkte uns noch dazu eine Rolle Pringles. Auf dem Weg nach Hause war ich derjenige, der die schwersten Tüten trug, und ich habe es korrekt ohne Hilfe geschafft.

»Wie lief es denn mit dem Kredit?« fragte ich Papa. »Habt ihr einen Deal gemacht?«

»Deal?«

»Mit dem Kredit? An Samir?«

»Kein Kommentar.«

Mein Alter lächelte wie der krasseste Politiker und fing statt dessen an, laut den Umschlag der Filmschachtel vorzulesen. Als wir am Stuket vorbeikamen, kam er durcheinander, denn Nourdine saß drinnen und donnerte an die Scheibe, daß es nur so schepperte. Papa lächelte, aber nur mit den Lippen, und gleichzeitig versprach er, eine Woche lang alleine zu spülen, wenn ich mit reinkam.

»Bitte, das mußt du machen. Sonst komme ich hier nie wieder weg.«

Ich kam mit, und es war schön, die Tüten abzustellen und den Durst zu löschen. Nourdine saß vor einem fast leeren Glas und einem Aschenbecher, der wie ein Vulkan dampfte. Seine Jeansjacke war dunkler als die abgewetzte Jeans, und irgend etwas an Nourdines Gesicht sagte, daß nicht alles okay war, vielleicht war es auch das Unrasierte. Als die Bedienung zwei Bier und eine Cola brachte, fragte Nourdine mit spitzer Stimme: »Bist du nicht mit Kerstin unterwegs?« Papa kippte nur das Bier, ohne zu antworten.

Nourdine machte sich eine neue Zigarette an und paffte wie ein Drache. Dann erzählte er, daß er beim Restaurant rausgeflogen war. »Also, nicht wirklich rausgeflogen, sie haben eigentlich gesagt, ich darf bleiben, wenn ich mit dem ›Spektakel‹ aufhöre. Aber ich habe nicht vor, einfach dazustehen und wie jeder Idiot Flugblätter zu verteilen. Ich habe schließlich von Ost bis West Theatersäle gefüllt! Ingmar Bergman hat mir die Hand geschüttelt!«

Sofort hörte man an Nourdines Stimmlage, daß es jetzt Zeit für etwas Theater war. Er hielt die rechte Hand raus, als wollte er prüfen, ob es regnet, und dann rief er ein Zitat auf englisch, daß das Leben eines der schwersten ist und daß das Warten lange dauert und daß Gott doch freundlicher sein könnte.

Papa trank schnell sein Bier, und nach etwas Trösten sagte er, wir müßten jetzt gehen, denn sonst würden das Essen und das Eis schlecht werden. Ein paarmal versuchte

Papa, Nourdine zu überreden mitzukommen, aber Nourdine weigerte sich. Er stützte den Arm auf Papas Schulter, um gerade zu stehen und sagte auf adelsenglisch, daß er und Papa vielleicht nicht dafür gemacht sind, dieselben Wege zu gehen, und daß nichts im Leben sicher ist.

Da hatte Papa keine Lust mehr, nahm eine Tüte und ging zur Tür. Nourdine verschwand an die Bar, um der Bedienung, die aussah wie eine Kindergärtnerin, die ich in Skäris gehabt hatte, etwas vorzutragen. Auf dem Heimweg sagte Papa, er würde sich langsam Sorgen um Nourdine machen.

Anstatt den Film anzuschauen, füllte Papa Bestellscheine aus und surfte durch die Bestellkataloge von den Läden, die diese tanzenden Plastikblumen mit Sonnenbrillen und E-Gitarren herstellen. Eine Zeitlang beobachtete ich ihn von meinem Zimmer aus. Manchmal legte er den Stift weg und sah geradeaus in die Luft, und da war es, als würde er die Zeit vergessen. Die längste Zeit, die er so regungslos saß, waren drei Minuten. Er sah zu irgend etwas hin, das nicht im Raum war, und dann zuckte er zusammen, als hätte ihn jemand geweckt. Er nahm die Brille ab, hauchte auf die Gläser und putzte sie gründlich. Dann senkte er wieder den Kopf über die Kataloge.

3

Nichts wird dem Kampf
Stöcke zwischen die Beine werfen

In den letzten Wochen habe ich ganz viel über Allah und das Schicksal und das Leben und so weiter philosophiert. Vor allem nach dem Restaurantbesuch mit Papa habe ich versucht, eine Theorie zu finden, wie alles zusammenhängt. Es gibt viele Sachen, die nicht richtig mit Allah zusammengehen wollen. Am schwersten ist es zu begreifen, wie alle Sachen in der Welt so lose und unsicher zusammenhängen können. Zum Beispiel, wenn man sich entscheidet, eine Straße zu gehen, passieren bestimmte Sachen, aber wenn man einen anderen Weg gewählt hätte und in den Park gegangen wäre, dann kommt vielleicht die schärfste Tuss und will Frisbee mit einem spielen. Oder wenn der Flug von Malmö nicht voll gewesen wäre, dann hätte Samir nicht den Zug genommen und wäre nicht zwischen die Kumpel geraten, die er von früher kannte, die ihn dann in den Laden mit Silberbesteck gelockt haben, und dann wäre er nicht ins Gefängnis gekommen, und dann hätte er jetzt noch das Restaurant, die Geliebte und die Familie. Wenn alles nur Zufall ist, wie mächtig ist dann Allah?

Aber okay, wir sagen mal, Allah ist derjenige, der den Zufall im Zaum hält, und auf die Art kontrolliert er das Schicksal aller. Aber wenn das so ist, warum läßt er dann Kinder in Palästina erschießen und zwingt die Neger in Afrika dazu zu verhungern, und schubst die Menschen so rum, daß sie in Erdbebenspalten oder Vulkane fallen?

Warum läßt er Nourdine ohne eine richtige Theaterrolle rumlaufen, wo man doch genau sieht, daß er bald die Kontrolle verlieren und nie wiederfinden wird? Vielleicht können wir uns darauf einigen, daß Allah entweder total unmächtig ist oder ein Gott ohne Herz.

Wahrscheinlich war es die Überdosis an Philosophiegedanken, die mir heute nacht die übelsten Träume verabreicht hat. Es fing damit an, daß ich Sandalen anhatte, und schon das ist komisch, denn Sandalen sind genauso schwul wie Labellos und Friseure. Es passierten auch noch lauter andere komische Sachen, unter anderem traf ich zwei sprechende Wildenten, die Domino spielten. Aber das Wichtigste kam danach: Die Wildenten fingen an, darüber zu streiten, wer von ihnen die härteste Ente war, und eine holte einen Morgenstern unter dem Flügel raus, und da ließ mich eine andere Ente mit meinen Sandalen davon schweben. Wir machten uns auf zu den Göttern, die auf einer Wolke saßen und Discovery kuckten. Wir begrüßten einander, und sie boten uns Popcorn an und waren total cool. Als dann die Ente und ich zu unserer eigenen Wolke weitergeflogen waren, erzählte sie, daß es eigentlich nicht nur einen Gott gibt, sondern mindestens fünf. Vier von ihnen sind genau so, wie man meint, daß Götter sein müssen, also mit langem weißem Bart sitzen sie da und hängen auf der Wolke ab und sehen alles und hören alles. Ihr wichtigster Job ist es, die Menschen an Ort und Stelle zu halten, sie im Zaum zu halten, damit sie begreifen, daß sie nicht genauso gut sind wie die Götter. Das ist ihr Ziel – daß die Menschen nicht glauben, denn dann werden wir blöder und schwächer und unsere eigene Macht geht irgendwann gegen Null (oder auf minus). Deshalb schicken diese Götter ein paar Erdbeben und Orkane, und deshalb lassen sie die Leute so richtig übel innen drin leiden. Aber dann gibt es noch den fünften Gott. Der gehört zu den anderen nicht so richtig dazu, und ganz oft reden sie hinter seinem Rücken Scheiße über ihn (aber das ist ihm natürlich völlig egal). Das Komische mit dem fünften Gott ist, daß er Zigarren raucht, plus, hat er so eine rote Clownsnase (ich glaube, um die anderen aufzuziehen). Rotnase streitet die ganze Zeit mit den anderen, denn seine Aufgabe ist der der anderen völlig entgegengesetzt: Er will, daß die Menschen begreifen, daß sie die Mächtigsten sind. Deshalb macht er die ganze Zeit mit dem Schicksal der Menschen rum, und zwar so, daß man meint, der Zufall würde einem helfen. So kann man dann anfangen zu denken: »Vielleicht ist es doch nicht alles so schlecht, vielleicht ist nicht alles Mist, denn der Zufall scheint ja auf meiner Seite zu sein.« Aber das Problem sind natürlich die anderen Götter, die die Menschen runterdrücken und Todesfälle schicken und vor allem den Müttern unheilbare Krankheiten, damit die Menschen am Ende aufhören zu glauben und denken, alles ist Mist und Scheiß.

Die Wildente sagte, der Kampf würde die ganze Zeit weitergehen, und manchmal würde Rotnase es schaffen, ein paar Ereignisse reinzuschmuggeln, zum Beispiel könne man sehen, daß er derjenige war, der Dalanda in den Sommerferien geschickt hat, damit sie mit mir redet und ich mal alles über den Kampf lerne. Und dann hat er Marit und mich in den Essens-Rat gesetzt, weil er mir die Macht der Liebe zeigen wollte. Und jetzt hat er Nadja in den Laden gekriegt, damit ich wirklich kapiere, daß Papa ein Kämpfer gewesen ist.

Am Morgen wachte ich auf, und mir war ganz schwindelig. Das Surren hörte schnell auf, und ich dachte, daß das doch ein schöner Traum war. Ich glaube, daß die anderen Götter bei Papa voll erfolgreich sind, denn momentan scheint sein Glaube fast auf minus zu sein. Aber ich denke doch, daß Rotnase nicht so einfach zu schlagen ist.

Vielleicht bin ich der einzige in der ganzen Welt, der nicht falsch spielt. Heute ging das Gerücht durch die Schule, daß Nicole die letzten Wochen gefehlt hat, weil sie versucht hat, sich mit Tabletten das Leben zu nehmen. Sie wäre wohl fast gestorben, wenn ihre Eltern auf dem Weg ins Sommerhaus nicht fast ein Reh überfahren hätten und noch gerade rechtzeitig nach Hause gekommen sind, um sie zum Nachbarn zu schaffen, der Arzt ist und ihr geholfen hat, die Tabletten auszuspucken.

Alle, die das Gerücht gehört haben, flippten aus, und ein paar Bräute versuchten fast anzufangen zu weinen (muß zugeben, daß Marit eine von ihnen war.) Die Jungs waren alle außer Mårten wenigstens etwas weniger falsch, und wir spielten deshalb wie immer am Nachmittag Billard. Das Komische ist ja, daß es meistens die Mädchen sind, die mit Nicole streiten und auf den Klos schreiben, daß sie eine Hure ist und häßlich wie ein Mitesser.

Ich weiß noch, wie ich in der Siebten in die neue Schule kam, natürlich war ich innen drin völlig fertig, weil ich aus Skäris wegmußte, und natürlich hatte ich da auch nicht so viele Freunde gehabt, aber es war doch was anderes, denn da war es einfach normaler gewesen, daß ich allein war. Alle hatten begriffen, daß ich etwas schüchtern war und mich nicht gerne draußen kloppen wollte. Ab und zu sagten sie vielleicht, ich bin blöde, aber sie sagten das doch mit einem gewissen Respekt in der Stimme, denn sie wußten, daß ich gleichzeitig ziemlich stark in der Schule war und Zensuren über Durchschnitt hatte und keine Versetzungsgefährdung. Aber ich weiß noch, ich kam in der Siebten hierher und es gab sofort Krach, vor allem, weil ich das ganze Falsche nicht ertragen konnte. Ich merkte, da war was, das mir im Hals stecken blieb, und dann gab es Krach, und dann war es zu spät, um noch mal neu anzufangen. Ich erinnere mich vor allem an Sebastian und die anderen Arschlöcher, die mich verfolgten und manchmal versuchten, mir den Kopf ins Klo zu drücken und noch andere Sachen, einfach weil sie fanden, ich habe eine zu große Schnauze.

Ich erinnere mich, daß keiner was gesehen hat, ich erinnere mich, daß keiner was getan hat, aber ich erinnere mich auch, daß die einzige, die mit mir redete, Nicole war. Sie hat über voll komische Sachen geredet, wie Engel und Sternzeichen und eine bekloppte Punkband, aber sie hat geredet. Und ich weiß noch ein andermal mitten in der Siebten, als ich dran war, für die ganze Klasse Kekse zur Versammlungsstunde mitzubringen, und natürlich vertraute mir Carinfotze nicht und fragte, ob ich Hilfe beim Backen brauchte. Ich sagte glatt nein, und ich glaube, schon da hat sie angefangen, mich zu hassen. Papa hat mir geholfen, und an einem Nachmittag machten wir klebrige Baclavas, und jeder in der Klasse kriegte eines, und alle sagte, sie seien extrem gut und exotisch. Und ich saß die ganze Zeit zufrieden da und dachte daran, wie ich am Tag davor den Rotz in die Blumensprayflasche gefüllt und dann die Kekse eingesprüht hatte. Das kam als Rotzwolke raus, und die Feuchtigkeit wurde eingesogen, und jetzt saßen sie alle da und aßen meinen Rotz, und das war ein voll geiles Gefühl. Aber in einen der Kartons hatte ich die

Kekse gelegt, die nicht rotzbesprüht waren, und obwohl sie häßlich war, weiß ich noch, daß Nicole so einen kriegte, denn irgendwie fand ich nicht, daß sie so beschissen war, wie sie aussah. Außer Nicole kriegten nur Anna und Jessica gute Kekse, denn am Anfang war ich an ihnen ein bißchen interessiert.

Nach der Schule saß ich in der Küche und überlegte, was man tun könnte, um Nourdine zu helfen. Da kam ich plötzlich auf die krasseste Idee. Schnell räumte ich meinen Lunch weg, zog die Schuhe an und ging in den Flur. Draußen im Treppenhaus ging ich auf die Bengt-Magnusson-Tür, horchte am Briefschlitz, und obwohl es so klang, als ob keiner zu Hause ist, klingelte ich. Etwas weiter oben warf jemand eine Tüte in den Müllschlucker, es klonkte und klirrte, und ich erinnerte mich daran, wie ich und Juan einmal Klingelstreiche im ganzen Treppenhaus gemacht haben, mit dem Fahrstuhl ganz nach oben und dann runterrennen und an allen Türen klingeln (außer an denen, hinter denen Hunde wohnten). Dann war wieder alles still. Ich startete noch einen Versuch, drückte die Klingel und wartete. Ich stellte mir vor, wie Bengt aufmachen würde, erstaunt würde er mit einer Schürze vorm Bauch dastehen, mit der voll rostigen Stimme wie immer, und er würde total freundlich sein und sagen, komm rein, und mich zu Tee und Keksen einladen. Und nachdem ich von Nourdine erzählt und erklärt habe, daß man Theaterrollen nur mit Kontakten bekommt, dann würde er lange nachdenken, langsam einen Schluck Tee nehmen, und dann würde er sagen, er muß mal ein paar Anrufe tätigen. Ich würde da sitzen bleiben, an einer Kekskante knabbern, und dann würde er zurückkommen und erzählen, daß er seine Kontakte beim Fernsehen angerufen hat. Vielleicht hätte er Bergman oder Agneta Sjödin oder sonst irgend jemanden angerufen.

»Mach dir keine Sorgen. Innerhalb der nächsten zwei Wochen wird Nourdine einen Job als Schauspieler haben.«

Das würde er sagen. Und ich würde ihm für die Hilfe danken, aber Bengt würde nur sagen:

»Ich habe zu danken. Wir haben lange nach einem wie Nourdine gesucht.«

Aber es machte keiner auf. Und ich dachte, vielleicht stand Bengt da und glotzte durch den Spion und lachte sich einen. Deshalb klappte ich den Briefschlitz hoch und schaute mal nach, aber alles, was zu sehen war, war ein Flurteppich, ein paar Werbebroschüren und ein Stück Holzfußboden. Es zog durch den Schlitz, und es kam warme Luft raus, die nach Rauch roch, wie Nourdine.

Ich ließ den Briefschlitz fallen, trat von der Tür zurück, holte max Schwung und plazierte den härtesten Flugkick direkt auf den Briefschlitz. Das Namensschild wurde verbogen und löste sich an der Ecke ein wenig. Schnell ging ich zu uns zurück und schloß die Tür mit dem Riegel, damit es so aussah, als ob niemand zu Hause ist.

Heute in Schwedisch sollten wir freie Lesestunde haben, und ich hatte kein Buch, deshalb sagte Björkman, ich darf mir was aus seinem Regal aussuchen. Erst wollte ich protestieren, als ich sah, daß es da keinen arabischen Schriftsteller gab, aber dann merkte ich, daß die mit einem Buch aus dem Unterricht rausgehen durften, und deshalb nahm ich einfach das, was Björkman mir hinhielt.

»Ich glaube, das hier könnte dir gefallen«, sagte er und kratzte sich zufrieden den Bart.

Als ich in Richtung Schulhof verschwand, entdeckte ich, daß das Buch die krasse rosa Schwulenfarbe hatte, und da wurde ich etwas nervös, denn vielleicht dachte Björkman, daß ich schwul bin. Aber zum Glück klang der Buchtitel nicht so nach Schwulenbuch: »Wie man in Österlen Papayas anbaut – 19 Schriftsteller über kulturelle Identität.« Auf der Rückseite stand: »Psst! Du da! Ja, genau, du ... dieses Buch handelt von uns. Von uns, die wir aus einem anderen Land nach Schweden gekommen sind, als wir noch klein waren, von uns, die hier von eingewanderten Eltern geboren wurden.«

Ich dachte, das mußte doch das Zeichen von dem rotnasigen Gott sein, daß ich das Buch lesen sollte. Und weil von den anderen keiner auf dem Hof war, war es mir egal, daß es blöde aussah, wenn ich mich am Sandkasten auf eine der Schaukeln setze. Das Buch hatte voll viele Teile, und vor jedem war ein extra Bild von dem Autor, und na klar kamen fast alle aus Europa und kein einziger war Araber!

Ein Typ hieß Måns und sah aus wie der klassische Schwede. In der Beschreibung stand, daß er einen schwedischen Vater und eine norwegische Mutter hatte. Und das hat Måns in dem Buch geschrieben (ich habe den richtigen Text als Beweis eingeklebt).

> So weit ich mich – ohne Therapie – zurückerinnern kann, habe ich gewußt, daß ich halb Norweger bin. Ich bin Halbnorweger und nicht Halbschwede, weil ich in Schweden wohne. Es war nicht wichtig, Schwedisch zu sein, denn das war selbstverständlich, weil ja so viele andere es waren. Norwegen ist nicht weit weg, weder sprachlich noch religiös, kulturell oder geographisch, aber es ist ein anderes Land.

Etwas später erzählt Måns von seinen Freunden, und da wird es wirklich der totale Witz.

> Wir hatten gemeinsame Interessen und sprachen dieselbe Sprache, und wir waren alle Halbirgendwas. Das war nichts, worüber wir sonderlich oft redeten, aber vielleicht war es so, daß die gleiche Erfahrung des Andersseins dieselben Spuren in uns hinterlassen hatte. Ich glaube jedenfalls, daß das mit der Art und Weise, wie man der Umwelt begegnet, zu tun haben kann. Sich früh daran gewöhnt zu haben, verschiedenen Sprachen und Lebensstilen zu begegnen, macht es uns möglich, daß wir eher bereit und willens sind, unsere Vorurteile zu korrigieren. Mit einem Elternteil aus einem anderen Land aufzuwachsen bewirkt außerdem, daß man die ganze Kindheit lang daran erinnert wird, daß

man anders ist, selbst wenn man sich nicht stark von seiner Umgebung unterscheidet. »Deine Mama ist Norwegerin, oder?«

Während ich las, spürte ich das Chaos wie einen Preßlufthammer durch den ganzen Körper pochen, die Muskeln spannten sich an, und die Augen wurden total trocken, denn man kann vergessen zu zwinkern, wenn man so wütend über Måns den Norweger wird, der glaubt, mehr zu wissen, aber in Wirklichkeit nicht das kleinste bißchen weiß. Mehrere Male dachte ich, das ist gut, das ist die krasseste Ironie, denn das kann nicht ernst gemeint sein, aber am Ende begriff ich, daß Måns ganz ehrlich war. Ich habe sofort seine Seiten rausgerissen und dann bei Goran im Kiosk Streichhölzer erbettelt.

Unten an der Schranke habe ich die Lage gepeilt, und dann habe ich losgelegt. Zuerst hat es nicht geklappt: Die rosa Buchfarbe ist nur ein wenig braun geworden, und an paar Stellen etwas schwarz. Aber beim zweiten Mal benutzte ich alle Streichhölzer, die ich noch hatte, und es lief super. Weil fast kein Wind war, stieg der Rauch direkt auf, wie ein dunkler Strich. Das war ein gutes und etwas feierliches Gefühl, und irgendwas in mir wollte lostanzen, um den rauchenden Papierkorb herumhüpfen und etwas rufen, und sich gleichzeitig wie der fertigste Indianer auf den Mund schlagen. Aber ich tat es nicht und stand da, bis der Rauch und das Knistern vom Feuer vorbei waren.

Dann hörte ich jemanden aus der Richtung vom Kiosk kommen. Aber statt Curre war das Alex, der seine Kontrolettirunde drehte. Er benutzte seine müde Stimme, gewürzt mit etwas Enttäuschung.

»Halim. You know the drill. Zurück auf das Schulgelände.«

Er winkte mich zur Schule, und ich folgte ihm schnell, damit er nicht in den Papierkorb schaute. Als er mir den Rücken zukehrte, drückte ich die rausgerissenen Seiten etwas tiefer in die Jeanstasche.

»Ist das denn so toll? Die ganze Zeit immer das Gegenteil zu machen?«

Natürlich antwortete ich nicht, sondern wirbelte nur mit meinen Sohlen Kiesstaub auf.

»Ich kapiere nicht, warum du ausgerechnet hier herumhängst. Ist das nur, weil du das nicht darfst?«

»Ich wette, du weißt nicht, wer das Kellerstudio da hinten hat.«

»Das Studio? Nein, das weiß ich nicht. Aber es ist mir auch egal.«

»Das ist ein scheißberühmter Bassist, der Morris heißt und der unter anderem mit den coolsten Künstlern zusammen gespielt hat. Einmal hat er mit Abba und Bob Marley gespielt. Und Magnus Uggla.«

»Sicher, sicher. Er ist mächtig scheißberühmt. Jetzt leg mal einen Zahn zu, sonst kommen wir zu spät.«

»Er soll auf jeden Fall mehr Platten verkauft haben als die Magdatunte.«

Axel fuhr herum, und es war ein wenig so, als hätte man gesagt, seine Mutter würde nach Alkohol riechen und in Bert Karlsson verliebt sein.

»Verdammt, was weißt du schon davon?«

»Du hast gesagt, sie würde der neue Petter werden, aber was ist denn passiert, Alter? Wo ist sie denn hin?«

»Die ist nur etwas verspätet. Ein paar Vertragsschwierigkeiten. Die Platte kommt schon irgendwann.«

»Irgendwann? Vorher hast du doch gesagt, sie sei fertig, und jetzt weißt du nicht mal ...«

»Das reicht jetzt! Hörst du? Beeil dich.«

Ich begriff, daß ich da einen wunden Punkt erwischt hatte und ließ das Thema fallen.

Kann nur kurz schreiben. In der Mittagspause heute hing ich im Pausenraum rum, weil Hristo nirgendwo zu sehen war. Marit saß mit Anna und Jessica auf dem Sofa, und als Stefan mit ihnen redete, stand ich ganz in der Nähe, aber total auf den Billardtisch konzentriert, so daß sie nicht merkten, daß ich zuhörte. Stefan erzählte, daß er und David jetzt am Donnerstag ein Riesenfest planten, denn am Freitag können wir ausschlafen und Davids Eltern sind verreist. Das Fest ist einmal, weil David Geburtstag hat, aber auch um die Herbstferien zu feiern und die Stimmung nach dem Nicolegerücht aufzubessern. Ich finde es ja komisch, ein Fest zu machen, wenn jemand versucht hat, sich umzubringen (auch wenn fast alle glauben, daß sie voll durchgeknallt ist). Ich habe so lange zugehört, bis Stefan die Adresse gesagt hatte, und Marit schaute lange zu mir, ehe sie in den Unterricht ging. Endlich merke ich, daß es an der Zeit ist.

Klar, ich will nicht lügen, innen drin war ich nervös. Habe frühzeitig angefangen, mich vorzubereiten, geduscht, etwas mehr Fahrenheit aufgesprüht und Papas Hemden ausprobiert. Die meisten waren zu klein, aber ein lockeres aus weichem lila Seidenstoff mit Silberknöpfen funktionierte in der Größe.

Dann stand ich ganz lange vorm Spiegel im Badezimmer. Ich kämmte die Haare nach hinten, bis sie wie ein kohlrabenschwarzer, glänzender Helm um den Kopf lagen. Dann noch etwas mehr Parfüm, die Kappe zu Hause lassen, Papas feine braune Schuhe mit Quasten ausleihen und dann stolz zu Papa sagen: »Ich verschwinde«. Papa strahlte, als hätte er beim Pferderennen gewonnen. Er sagte, ich sehe gut aus, und erinnerte mich daran, die Tüte mit dem Geschenk nicht zu vergessen.

Ich lief runter zur U-Bahn, an der Sperre vorbei und dann nach Slussen. Ich war zu früh, und deshalb ging ich in der Nähe der Götgatan herum und dachte, wie cool das wäre, wenn man jemanden treffen würde, egal, wen. Die würden fragen »He, Typ, was geht ab, Mann! Bist ja voll aufgemotzt«, und ganz ruhig würde ich nur fett grinsen und sagen »Privatfete, alles klar?«, und die würden kapieren, und dann würde ich weitergehen mit der Tüte in der rechten Hand und dem Kopf im Nacken.

Als es endlich acht Uhr war, klingelte ich bei David. Obwohl ich genau wußte, daß es die richtige Uhrzeit war, machte er mit nacktem Oberkörper die Tür auf und sah etwas erstaunt aus. Ich antwortete damit, daß ich das Noblessepaket aus der Tüte zog, und David kapierte direkt, daß ich an Privatfeten gewöhnt war und wies mir den Weg in den Flur.

Als ich neu in der Schule war und Davids Gammelklamotten gesehen hatte, dachte ich gleich, daß er so einer war, der Probleme mit dem Geschmack hatte. Er geht oft mit zerrissenen Jeans zur Schule und seine Haare, ich schwör, als ich die zum ersten Mal gesehen habe, dachte ich, die sehen aus wie ein Vogelnest. Und trotzdem lag die Wohnung seiner Eltern an einer Straße, die Mosebacke heißt und war fettestmöglich schick. Sie konnten über das ganze Wasser unterhalb von Slussen sehen, und in der Küche hatten sie eine Bar wie in Fresh Prince. In der Küche standen auch Schalen mit massenhaft Sorten Chips und Popcorn und teuren Bonbons und Erdnüssen und Salzstangen. Auch Bowle gab es, also nahm ich ein kleines Glas und wartete auf die anderen. Seltsamerweise waren die Möbel in der Wohnung eher im Bauernstil, und obwohl Davids Eltern jede Menge Kohle haben mußten, hatten sie keine quietschenden Ledersofas oder luxuriösen Spiegelwände oder nicht mal einen Jacuzzi.

Die anderen Gäste kamen nach und nach so gegen neun, und es war schön, dem Schweigen zu entkommen, das zwischen David und mir die meiste Zeit herrschte. Am Anfang des Abends hing ich in der Küche rum, denn da war die Musik leiser, und man konnte verstehen, was die Leute sagten. Alle redeten davon, wie schwer es war, das richtige Gymnasium oder andere weiterführende Schulen auszuwählen. Aber trotzdem wußten alle, daß sie nach Söder wollten und niemals nach Åsö. Dann redeten sie von neuen Filmen, während Mårten versuchte, über Bücher zu reden und sagte, seine Lieblingsautoren sind Kafka und Siddharta. Ich antwortete, ich mag am liebsten Nagib Machfus, und na klar knackte ich Mårten wie 'ne zerbrechliche Eierschale, weil er keine Ahnung von Nagib hatte. Wußte nicht mal, daß Nagib einen eigenen Nobelpreis bekommen hatte! Trotzdem hielt Mårten voll die längste Rede darüber, wie gerne er Schriftsteller werden will und vielleicht kann er im Antiquariat von seiner Mutter ein Betriebspraktikum machen.

Mårten ist so einer, der glaubt, man wird Schriftsteller, wenn man nur Zigaretten rollt (die immer wieder ausgehen) und ein Piercing hat und eine schiefe Frisur und polnische Södereltern. Dann, na klar, gibt er an, er hätte alle Schriftsteller und ihre Mütter gelesen, plus, er ist der beste Kumpel von Björkman. Aber ich schwör, es gibt noch was anderes, was man dazu braucht, anderes, was Mårten fehlt (und was ich habe).

Jessica und Anna kamen gegen elf und hatten Marit dabei. Ich spürte, wie mein Herz anfing zu klopfen, und tat alles, um die Coolheit zu bewahren. Man merkte, daß das Fest jetzt eigentlich erst anfing. Marit hatte enge Jeans und ein Hemd, das den Nabel zeigte und massenhaft blauen Lidschatten. Die Locken hatte sie in zwei lange Zöpfe eingefangen, und die Pickel waren von einer dicken Lage Puder verdeckt. Sofort waren massenhaft von den Gammelmädchen total neidisch, weil ihre Schönheit über alles und alle strahlte. Suchte sofort ihren Blick, aber es war nicht wie sonst, sie war etwas verändert, anstatt sexy zu kucken, ignorierte sie mich die meiste Zeit. Ich dachte, das ist das typische mädchenhafte Schüchternheitsspielchen und beschloß, daß ich meinen Move später am Abend machen würde.

Bald schon waren alle besoffen, und das Wohnzimmer wurde zur Tanzfläche. Anna saß die ganze Zeit in der Küche und heulte, weil sie sagte, sie würde nie aufs Söder-Gymnasium kommen, und sagte, sie hätte auch schon an Selbstmord gedacht. Als sie fertig geheult hatte, sagte sie, wir sind die einzigen, die sie verstehen und alle anderen auf der Welt hassen sie (auch ihre große Schwester). Ich versuchte zu sagen, daß das nicht stimmt und bot ein bißchen Noblesse an, aber Anna fing nur wieder an zu heulen und sagte, ihre Mutter und ihr Vater würden sich vielleicht scheiden lassen, und ihre Oma ist letzten Herbst gestorben.

Etwas später nahm mich Mårten beiseite und sagte, ich soll mich nicht zu sehr um Annas Gerede kümmern, denn offensichtlich zog sie auf jeder Privatfete dieselbe Show ab.

Drinnen im Wohnzimmer hatten sie das Licht ausgemacht, und eine Menge Schattenkörper zuckten zum Takt der Musik. Die Gesichter glänzten vom Schweiß, und überall auf dem Fußboden waren zertretene Chips und verschüttetes Bier. Massenhaft Leute, die in den Pausen nie rauchen, dampften die Zigaretten weg wie die krassesten Loks. Sogar Faud und Fadi teilten sich ein kleines Päckchen Marlboro und hofften, dann würden alle vergessen, daß sie eigentlich Streber sind mit Auszeichnung in Mathe. Karro stand auf dem Sessel und tanzte wie die Negermädchen bei Ricki Lake mit den Armen vor sich, als würde sie in einer riesigen Schüssel rühren. Sibille machte mit Anders auf einem der Sofas den Boudietanz, und Kristoffer wollte, daß ich den Wein direkt aus seiner Flasche probiere.

Marit saß in der Sofaecke und redete mit Stefan. Ich ging hin, trank vorsichtig von der Bowle und wiederholte das ein paarmal, Kontrolle behalten, nicht zu viel Bowle, sonst wirst du wie die Schwedentypen, die tanzen und kotzen, und dann ist der Zug abgefahren.

Kristoffer war das perfekte Beispiel. Anstelle von cool und etwas schüchtern den Mädchen gegenüber, grölte er plötzlich Refrains und kippte den Rotwein im Bücherregal um. Dann versuchte er, Jessica an die Titten zu grabschen, aber sie wurde wütend, und statt dessen legte er Latin Kings auf und torkelte auf der Tanzfläche herum. Als er mich im Sofa sitzen sah, grölte er: »*Misch sie auf! Halim, MISCH SIE AUF, MISCH SIE AUF*.«

Da merkte ich, daß neben mir irgend etwas nicht stimmte. Als ich hinsah, sah ich, daß Stefan sich über Marit hergemacht hatte. Er hatte sie zu sich gedreht, und jetzt zwang er ihre Lippen dazu, sich zu öffnen, und schlabberte so lange, bis sich die Zungen trafen, und Marit war fest in seinem Griff, und obwohl es dunkel war, sah ich, wie Stefan seine Hände auf Marits Titten legte und fest zudrückte, und er preßte sie noch dichter an sich und ihre Münder waren immer noch weit aufgerissen, als würden sie schreien, aber statt dessen küßten sie sich voll auf Zunge wie in Pornofilmen. Ich stand auf, um ihr zu helfen, von ihm loszukommen, aber keiner von beiden wollte hören. Stefan hielt sie ganz fest, und obwohl ich ihn vielleicht vier oder fünfmal auf die Schulter haute, nahm er seine Hände nicht weg.

»Mann, kannste dir vielleicht ein eigenes Mädchen suchen, oder was?« war das letzte, was er lallte, ehe er den Kopf wieder wegdrehte und weiterküßte.

Damit er begreifen sollte, daß er nie mehr die Mädchen

vom Gedankensultan beleidigen darf, trat ich zurück, lud den Horsekick und zielte auf seine Rippen.

Obwohl ich den Tritt mit Strümpfen ausführte, sackte er in sich zusammen und jaulte wie eine kleine Tunte, und direkt danach servierte ich ihm eine Schlagserie mit sieben, acht Kombinationen und schloß mit Uppercut und Spucken ab. Alle kamen mit nüchternen Gesichtern angerannt, und einer schaltete die Deckenbeleuchtung ein. Karro rief, ich wäre durchgeknallt, und Marit sagte, verdammter Psycho, aber das war, weil sie immer noch unter Schock stand. Anstatt sich bei mir zu bedanken! David sagte, ich sollte jetzt gehen, und obwohl ich schon auf dem Weg war, nahm mich Kristoffer in den Polizeigriff und schubste mich zur Treppe. Im Flur sind wir mit Mårten zusammengestoßen, der aus dem Klo kam und verpaßt hatte, wie ich Marits Ehre verteidigt habe. Er sah irgendwie traurig aus und antwortete nicht, als ich tschüß sagte.

Auf der Straße waren kleine bucklige Steine anstatt Asphalt, und in einem Fenster saß eine schwarze Katze und starrte mich an, vielleicht aus Porzellan. Unten in der U-Bahn stand ich lange auf dem Bahnsteig, vielleicht zwanzig Minuten, und jedesmal, wenn ein neuer Zug Richtung Söder einfuhr, sammelte ich in meinem Blick den schlimmsten Haß, steckte die rechte Hand in die Innentasche der Jacke und starrte den Zugführer an. Wenn der Zug langsamer wurde, tat ich so, als würde ich die Hand aus der Tasche ziehen, nur um die Angst in ihren Augen zu sehen, wie sie glaubten, ich hätte da eine Pistole im Halfter. Ich wechselte zwischen der grünen und der roten U-Bahnlinie hin und her, um maximal viele Züge einzufangen, und jedesmal, wenn sich jemand erschrak, tat das innen drin ein bißchen gut. Gegen zwölf kam der Kopf zurück, und die Bowle verschwand aus dem Körper. Ich überlegte, auf das Fest zurückzugehen und Marit eine letzte Chance zu geben, alles zu bereuen. Aber dann beschloß ich, daß sie alle Brücken abgebrochen hatte und fuhr nach Hause. Papa schlief, und das war ein Glück, denn ich weiß nicht, wie gut ich gelogen hätte.

Heute war der letzte Freitag vor den Herbstferien. Weil wir ausschlafen durften, entschieden sich viele von denen, die auf dem Fest gewesen waren, dafür, den Vormittagsunterricht zu schwänzen. Keiner sagte etwas über meinen Streit mit Stefan, und es war schön, nichts weiter erklären zu müssen. In der Mittagspause ging ich in den Pausenraum, und da war überraschenderweise Hristo, der seit langer Zeit mal wieder die Schule besuchte. Er saß auf der Rückenlehne des Sofas und kratzte sich seinen blonden Ziegenbart und redete mit David und Stefan und ein paar anderen. Als sie merkten, daß ich reinkam, sahen sie alle hoch und starrten mich an. Hristo legte eine Verrücktenfratze auf und zog langsam die Hand über den Hals. Kristoffer glotzte auch, und ich glaube, er war es, der zu lachen anfing, als ich mich umdrehte und schnell zur Schule zurückging. Auch wenn Schweden blöde sind, können sie doch manchmal ganz stark sein, wenn sie in Gruppen arbeiten.

Mit Marit an meiner Seite war die ganze Hristobedrohung unwichtig, weil ich nicht ganz alleine war. Aber heute gab es massenhaft Gezitter im ganzen Körper, was ich jahrelang nicht gehabt hatte. Die Stirn wurde sozusagen von innen kalt, und ich fühlte mich allein gelassen und vergessen und massenhaft anderes zur gleichen Zeit. Im Kopf schwirrten ein im Stich gelassener Papa und Mamaerinnerungen und Falschtussen und vielleicht Streßgefahr, und ein paarmal mußte ich mich daran erinnern, daß nur Tussen und Schwule und kleine Kinder heulen.

Das Gefühl war den ganzen Tag in mir, bis ich nach Hause kam und mich mit dem Kopf unter der Decke aufs Bett legte. Plötzlich hatte ich die stärkste Fata Morgana, und in ein paar lichten Sekunden sah ich mich selbst in der Zukunft als lebendige Person (klingt komisch – trotzdem die Wahrheit). Ich saß mit grauen Haaren und dickem Bauch in klassischer arabischer Kleidung in einem elektrischen Schaukelstuhl in einem riesigen Wohnzimmer. Vom Kinn wuchs ein fast dreißig Zentimeter langer Bart, und an den Füßen hatte ich Schnabelpantoffeln in rotestem Samt. Mit dicker Brille auf der Nase saß ich und blätterte in meinem Notizbuch. Das Muster auf dem vorderen Umschlag hatte seinen Goldglanz verloren, und die Seiten knisterten und staubten, aber die Worte und die Handschrift waren noch ganz genau so zu sehen, wie ich sie hingeschrieben hatte.

Im Fernseher lief ein Kaminfeuervideo von einer DVD, auf dem Boden vor dem Fernsehapparat lag ein Eisbärenfell, und an der Wand hingen echte Papyrusstücke in Goldrahmen. Meine zuverlässige arabische Frau war die ehemalige Miss Schweden und ungefähr tausendmal schöner als Marit. Sie saß auf dem Sofa und strickte und sah ein wenig aus wie Mama, als sie jung war.

Der zukünftige Halim sah vom Notizbuch auf und schaute mich geradewegs mit dem allergelassensten Pharaogesicht an. Seine Stimme hallte wie die von toten Meistern in Kung-Fu-Filmen. »Laß nicht zu, daß sie dich zerbrechen«, sagte er. »Dich zerbrechen, dich zerbrechen«, sagte das Echo.

Als ich unter der Decke wieder zum Leben erwachte,

spürte ich, daß meine Kräfte zurückgekehrt waren. Die Erkenntnis hatte sich im Kopf festgesetzt, und jetzt kann ich weitergehen als der echte Gedankensultan, der ich geworden bin. Der nächste Schritt ist, Kohle zu beschaffen für eine Hristoverteidigung, und nach den Ferien schwöre ich, werde ich ihnen allen entgegentreten! Nichts wird dem Kampf Stöcke zwischen die Beine werfen (und schon gar nicht solche Streßmacher wie Hristo oder Schwedenidioten wie Stefan).

Ich denke überhaupt nicht an Marit, denn Mädchen sind Fotzen und Feiglinge, und das habe ich die ganze Zeit gewußt. Außerdem haben sie nicht den Mut, große Taten zu vollbringen. Heute war der erste richtige Ferientag, aber trotzdem mußte ich noch in der Schule vorbei und das Erdkundebuch aus dem Spind holen. Als ich mit dem Buch im Rucksack auf dem Weg nach draußen war, kochten meine arabischen Gene eine perfekte Kohlestrategie aus.

Ich rannte zum Lehrerzimmer und hing am Fenster herum, bis eine Grundschullehrerin rauskam. Schnell wie der Blitz packte ich die Tür und schlich rein. An den Wänden hingen Bilder mit Bauernfesten, wie sie früher waren, und Pferdefamilien in Sonnenuntergängen. Das Kopiergerät summte, und weiter drinnen motzten ein paar Mittelstufenlehrer über die Stundenplanmacherin und sagten, sie gehörte weg. Der Tisch mit Kuchen und Kaffeemaschine und vielen Tellern und Zuckerstückchen in einem kleinen Korb stand einsam in der Ecke. In den Herbstferien haben alle Schüler frei, aber die Lehrer haben Planungssitzungen und hocken in Konferenzen, aber die meiste Zeit trinken sie natürlich Kaffee. Trotzdem hat keiner gemerkt, daß sich der Gedankensultan reingeschlichen hatte und jetzt die Dosen leerte, in denen das Geld für die Klassenfahrten der 6d und der 9c war.

Alles lief wie geplant, bis ich bemerkte, daß die Dosen

nicht mehrere hundert, sondern insgesamt nur siebzehn Kronen enthielten. Ich ging sofort zu Plan B über und griff mir die große Schüssel mit Schokoladenkeksen und sauste schnell in den Flur.

»Ich scheiße auf die 6d«, dachte ich, während ich die Treppen herunterhüpfte. Der einzige, den ich in der ganzen Zeit traf, war Curre, der cool drauf ist und niemals petzen würde. Er stand mit dem Kopf auf dem Mobstiel und starrte an die Wand. Ich balancierte die Schüssel vor ihm und klopfte ihm auf die Schulter, und es leuchtete in seinem Gesicht, als er aufwachte und die Kekse sah.

»Na klar, Curre, hier. Du kriegst einen Keks, wenn du nicht vergißt, daß du mir bald mal bei einer Sache helfen sollst, okay? Hier, nimm noch einen.«

Während er kaute, sagte er:

»... leckerst, richtig leckerst ... na klar bin ich dabei ... es ist, wie Plura immer sagte ... es ist das A und O in dieser Branche ... daß man für alte Kollegen da ist ...«

Er redete weiter irgendwelchen Idiotenkram, und ich unterbrach ihn mit einem Kommentar, den zu sagen sich fett soft anfühlte.

»... darfst du nicht vergessen ... A und O ...«

»Du ... Ich muß los, denn ich habe eine Verabredung mit *dem Kampf*.«

Eigentlich war der Kommentar etwas lügnerisch, aber es fühlte sich trotzdem total cool an, es zu sagen, und Curre starrte mir beeindruckt nach. Als ich über den Schulhof zu der alten Raucherecke rannte, sah ich ihn am Flurfenster stehen und winken.

Mit der Schüssel im Arm klopfte ich erst mal an Morris' Fenster, denn ich weiß, daß er ein Doppelkinn hat und Luxusbaßgitarren und massenhaft mehr Kohle, als man glaubt, wenn man seine ausgeblichenen Jeans sieht. Er war nicht da, obwohl die Apparate liefen, das Mischpult blinkte, die Synthesizer leuchteten und auf dem Computer ein ziemlich pornohafter Bildschirmschoner lief. Während ich noch da stand und die schöne Strandbrünette anschaute, wurde mir klar, daß ich Morris in diesem Semester noch gar nicht gesehen hatte.

Mit halbem Ständer flitzte ich über die Straße und in den Hof, wo alle, die bei Ljungqvists und Matcentralen Mittag gegessen hatten, jetzt mit ihrem Kaffee in Papptassen dastanden. Weil ich weiß, wie die denken, wendete ich den tuntigsten Schwedenidiotenton an:

»Ein kleiner Beitrag zur Klassenfahrt der 9d? Zehn Kronen für einen Keks.«

Wahrscheinlich ist bei denen im Mittagessen ein Nachtisch enthalten, aber trotzdem entschieden sich einige Tussen dafür, den Geldbeutel rauszuholen, vor allem als ich so tat, als würde ich zittern, tat ich ihnen etwas leid, und sie gaben mir Geld. Eine Frau hatte das schönste Gesicht, obwohl sie schon vielleicht dreißig war. Langes braunes Haar, lila Schal mit kleinen Goldfäden drin und gar nicht mal so eine große Nase, wie ich anfangs gedacht hatte. Sie redete mit einem Typen in langem Mantel mit kleiner runder Brille, der dem Sänger von den Beatles etwas ähnlich sah. Auf ihren Zwanziger wollte sie kein Wechselgeld, und sie sagte auch »Mein Gott, du zitterst ja« und streichelte mir die Schulter.

Sofort spürte ich, wie mir warm wurde im Bauch, und um die Frau loszuwerden, lief ich weiter. Ich dachte, nur ein Nachfahre des Hannibal kann sich so einen unerhörten Plan ausdenken. Die Winterluft ließ die Glasschüssel kalt werden, und es eiste voll durch meine Handschuhe (obwohl sie Thinsulate haben). Schon bald brauchte ich das Zittern nicht mehr zu faken. Alle waren soft, außer einem Glatzentyp mit Kappe, der sagte, das nächste Mal sollte ich Servietten mitbringen zum Austeilen.

Fast alle Kekse waren verkauft, als ein Bulle in Form einer Kellnertunte kam. Kurze Weste und schwarze Fliege auf weißem Hemd, und eigentlich hatte er Rauchpause, konnte es aber nicht ertragen, wenn Gedankensultane Kohle mit seinen Mittagsgästen machten.

»Entschuldige mal, aber was machst du hier eigentlich? Das geht aber nicht. Das hier ist … sozusagen privates Gelände.«

Ehe ich antworten konnte, sprang mir die Tuss, die zehn Kronen Trinkgeld gegeben hatte, zur Seite.

»Aber hören Sie mal, er verkauft doch nur ein paar Kekse für seine Klassenfahrt. Das muß doch okay sein. Was kann Ihnen das schon schaden?«

Dann half der Glatzentyp mit der Kappe von der anderen Seite des Ladens und rief, ich sei ein Vorbote des Freien Marktes und freier Preisgestaltung, und da gab der Kellner auf, weil ihm schon klar war, daß auch ein schöner Kellner nicht mit dem Markt streiten kann.

»Ist okay. Wenn du dich nur in Zukunft fern hältst. Wir können hier nicht einen Haufen Schüler rumspringen haben. Okay?«

»O ja, natürlich. Ich bin neu in der Schule und wollte sozusagen etwas zusätzlich zur Klassenkasse beitragen. Aber wenn das so ist, dann bitte ich um Entschuldigung.«

Um wegzukommen, lieh ich mir den schmierigsten Tonfall von Alex aus, und der Typ ließ mich ohne Anzeige oder Androhung von Gefängnis gehen. Auf dem Weg nach draußen rechnete ich nach und kam auf 160. Beim Kiosk ließ ich die Schüssel mit den letzten festgefrorenen Schokoladenkeksen in den Papierkorb fallen und stopfte die Kohle in die Innentasche.

Es ist Dienstagabend, und der zweite Ferientag ist rum. In der heimlichen Schublade liegen zwei starke Sachen nebeneinander. Die eine Sache ist schwer und groß und bedrohlich, und die andere ist ein kleines bißchen und nicht mit einer PIN gesichert. Es ist gut, daß ich viel Zeit habe, denn jetzt werde ich von dem Tag mit dem unglaublichen Glück erzählen.

Erst fuhr ich an der Schule vorbei und fand Curre vor den Werkräumen. Als er mich sah, lächelte er und winkte. Ich fing sofort an, ihn zu überreden, daß er mir einen großen Gefallen schuldig war, und jetzt wäre die Zeit gekommen:

»Wenn du hier fertig bist, fahren wir gleich in die Stadt. Du mußt mir zehn Minuten helfen, und ich schwör, dann sind wir quitt.«

Irgendwie schien es unnötig, ihm zu erklären, daß man achtzehn Jahre alt sein muß, um im *Teknikmagasinet* Softair-Gewehre kaufen zu dürfen. Trotzdem hatte ich Angst, daß es Curre schwerfallen würde, auch so einen vereinfachten Plan zu begreifen. Er dachte ein paar Sekunden nach, und dann antwortete er mit lauter Stimme:

»Klar, ich bin um zwei fertig ... Treffen wir uns dann? Auf dem Schulhof? Hier draußen auf dem Schulhof?«

Das ging fast zu einfach, und anfangs war ich etwas mißtrauisch. Aber dann dachte ich, daß es doch ganz normal ist, daß man erst fett Pech hat, und dann fett

Glück, wenn man wieder in sein richtiges Schicksal zurückfindet.

Curre kam zehn Minuten vor zwei raus, und wir gingen zusammen zur U-Bahn. Wir hatten nichts, worüber wir hätten reden können, und deshalb schwiegen wir. An den Sperren wollte Curre eine Karte ziehen, aber ich habe ihm statt dessen gezeigt, wie man drüber springt. Ich zog die Sperre etwas zurück und schlüpfte dann durch. Erst dachte ich, es könnte ein Problem geben, weil er so dick ist, aber es ging so gerade eben. Die Innenseite von Curres Negerlippen leuchtete rosa, als er den ganzen Weg auf der Rolltreppe nach unten lachte.

»Was ist denn so witzig?« fragte ich ein paarmal. Doch Curre antwortete nicht, sondern lachte nur noch mehr. Ich dachte, was für ein Psychofall er doch war und daß das hier wirklich schiefgehen konnte, Hauptsache, er spielt normal, wenn er zur Kasse kommt.

Die U-Bahn kam fast sofort, und als die Türen gerade zugingen, kam eine schicke Braut angerannt. Weil sie drauf und dran war, dic Bahn zu verpassen, zeigte ich Curre, wie man sich in die Türen stellt. Im Unterschied zu den Schwedenidioten muß man als Kanake die Türen für rennende Kätzchen aufhalten. Curre fing wieder an zu lachen, und wir halfen gemeinsam, die Türen zu blockieren, damit die Braut mitkommen konnte. Ich sah, daß es dieselbe Tuss war, die mir Trinkgeld und Unterstützung gegeben hatte, als ich die Kekse vertickt hatte. Sie erkannte mich auch wieder, und es war fast, als wollte sie mich zum Dank umarmen:

»Nein, erst verkaufst du Kekse, und jetzt hältst du die Bahn an. Mein Held!«

Ich spürte, daß es Schwierigkeiten geben konnte, weil

sie abartig nett war und sich außerdem mit Absicht in dasselbe Viererabteil setzte, das ich für Curre und mich ausgewählt hatte (obwohl es noch andere freie Abteile gab). Sie fing an zu fragen, wie es in der Schule läuft und wohin wir denn auf Klassenfahrt gehen. Curres Blick war weit weg, und er wagte es nicht, die Tuss anzuschauen. Er saß mit dem Mund halb offen da, sah völlig bescheuert aus und murmelte manchmal leise vor sich hin. Kaum zu glauben, daß er vierzig Jahre alt ist. Ich selbst wußte nicht so recht, ob ich auf ihre Fragen antworten oder sie einfach wie Alex behandeln sollte.

Auf jeden Fall habe ich mal erzählt, daß wir die Klassenfahrt nach Sandhamnen unternehmen und daß es superlustig wird. Dann (weil sie nur nicht glauben sollte, daß ich ihr antwortete, weil ich scharf auf sie war), sagte ich, mein Mädchen würde auch mit auf die Reise gehen, und deshalb würde es noch mal extra lustig werden, denn es wäre eine Art Spezialreise für uns, denn dann wären wir genau ein Jahr zusammen. Sie heißt Marit und ist das schönste Mädchen auf der Welt, also nichts für ungut, Sie sind auch schön und so, aber Marit, die ist, die ist … und dann gingen mir sozusagen die Worte aus, aber die Braut, die mir in der Bahn genau gegenüber saß, lächelte trotzdem weiter.

»Gott, wie schön das klingt. Seid ihr glücklich zusammen?«

Und weil Curres Blick ganz weit weg war und es noch ein paar Stationen bis zur Stadt waren, erklärte ich ihr, wie glücklich wir waren. Ich erzählte, wie wir auf einem Fest in der Achten zusammengekommen waren und daß sie eigentlich mit einem anderen Idioten zusammen war, dann aber begriffen hatte, daß sie nicht länger falsch spielen konnte. Sie hatte ihm alles gesagt, und am selben Abend noch sind wir von dem Fest weg auf einen Spaziergang einen Hügel an der Mosebackegatan rauf, und von dort sieht man über das ganze Wasser vor Slussen, und dann haben wir uns geküßt und, ja, Sie wissen schon, dann waren wir zusammen. Die Braut war voll reingefallen und sah mich mit fast feuchten Augen an, und dann sagte sie wieder: »Gott, wie schön.«

Das fand ich auch. Dann klingelte das Handy der Braut, und während sie redete, dachte ich, daß es schön wäre, heute abend zu Marit nach Hause zu fahren, und wir würden in ihrem Zimmer sein, und die Eltern sind natürlich wieder im Sommerhaus, und ich habe teure Süßigkeiten gekauft, nicht die harten Plombenzieher für 3,90, sondern die luxuriösesten von 7-Eleven. Sie sagt, daß ich gute Bonbons ausgesucht habe, und dann sehen wir uns einen romantischen Film an, den sie ausgeliehen hat. Obwohl ich den Film eigentlich mag, sage ich, daß er mies und mädchenhaft ist, und da lacht sie und sagt »Typisch Jungs«. Und wir versuchen, den Film zu Ende zu sehen, und wir schaffen es doch nicht, weil ich sie sanft im Nacken küsse und so nah wie möglich an ihr dranliege. Am Ende atmet sie so schwer, daß wir den Film ausmachen müssen und R. Kelly oder irgendeine andere softe Fickmusik auflegen, und die ganze Zeit dreht sich alles sanft innen drin, und außen ist es so warm, wie es nur geht, wie auf der obersten Bank in der Sauna.

Die Braut legte auf und lächelte. Als die U-Bahn vom Mariatorg abfuhr, fing sie an zu erzählen, daß sie Produzentin bei einer kleinen freien Theatergruppe war, die ihre Räume in der Nähe der Högalidsschule hatte. Offensichtlich hatten sie für alle sechsten Klassen Schultheater gespielt, aber das war ein paar Jahre her, deshalb hatte ich es nicht gesehen. Ich unterbrach sie mitten im Satz:

»Ich schwör, heute ist Ihr Glückstag.«

»Wie meinst du das?«

»Ihr Glückstag. Heute. Nämlich, ich kenne einen Typen, der Nourdine heißt, und der ist der absolut stärkste Schauspieler in Schweden, und kürzlich hat er mit einem scheißbekannten Theatertypen zusammengearbeitet, der Bergman heißt.«

»Ach so?«

»Aber jetzt, gerade jetzt hat er nichts und ist frei! Geben Sie zu, der wäre doch perfekt für Ihre Theatergruppe.«

Das Lächeln der Tusse wirkte etwas gezwungen.

»Ja, ach, ich weiß nicht. Ich bin ja Produzentin, deshalb habe ich nicht so viel … Und die Schauspieler, die dabei sind, arbeiten ja schon viele Jahre zusammen … Es ist nicht so einfach für mich, jemanden reinzunehmen, der nicht …«

Dann schwiegen wir beide. In meinem Kopf sah ich Nourdine mit rotgeäderten Augen und unrasiert, nachdem er rausgeschmissen worden war. Mit der einen Hand stützt er sich auf Papas Schulter, und die Stimme, die Zitate vorträgt, ist dunkel und gebrochen. Na klar spielte diese Tuss falsch wie alle anderen, und plötzlich entdeckte ich, daß sie eigentlich ultimativ häßlich war mit einer Nase wie die krasseste Gurke und Titten, die bis auf die Sitze runterhingen.

Sie sah verschämt aus dem Fenster, während die Bahn von der Brücke bei Slussen runter nach Gamla Stan reinfuhr. Curre summte eine kleine Melodie, um das Schweigen zu brechen, und das Handy der Tuss lag ganz oben in der Handtasche. Die Bahn fuhr langsam in den Bahnhof ein, die Tusse schämte sich, das Handy lag ganz oben, und als sich ein Alter vorbeidrängte, ging alles wie im Reflex. Als ich mich hinterher umschaute, war der einzige, der was gesehen hatte, Curre, der schon wieder so aussah, als würde er vor Lachen explodieren.

Als wir aus Gamla Stan rausfuhren, kam die Tusse aus der Denkpause zurück:

»Aber du ... ich kann auf jeden Fall mal seine Nummer mitnehmen. Also, von deinem Kumpel. Dann kann ich anrufen, wenn es mal aktuell wäre, daß ...«

Ihre Finger fingen an, in der Handtasche zu wühlen, und das wurde jetzt gefährlich, deshalb stand ich schnell auf und schob Curre durch die Türen.

»Tut mir leid, Alte, Chance verpaßt. Zu spät.«

Wir stiegen am Hauptbahnhof aus, ehe sie antworten konnte. Den ganzen Weg zur Platte am Sergelstorg rauf lachte Curre und redete laut.

»Das war mir eine Teufelsgeschichte ... echt schnell auf Draht ... du hast dir das einfach so geschnappt ... wow ... wenn Plura das gesehen hätte, also ... mit einem Plektrum sollte ...«

»Hör mal, Junge, damit wir quitt sind, rutsch du jetzt mal in den Laden, zeigst nur auf dieses Bild im Katalog, und dann gibst du dem Typen das Geld. Kapiert? Du weißt, wo die Musik spielt?«

Curre hörte, daß ich »Musik« sagte, und da war er sofort ernst. Nach einer kleinen Denkpause nickte er.

»Rein ... zeige ... Geld ... kein Problem, das kriege ich hin. Aber dann sind wir quitt, ja?«

»Klar, dann sind wir quitt, dann sind wir quitt.«

Ich gab Curre die Kohle, ging mit ihm rein und hielt

mich aber im Hintergrund. Die Schlange war nur kurz, und alles lief wie am Schnürchen. Curre kriegte eine Krone Wechselgeld, und draußen auf der Straße sagte ich zu ihm, die könne er behalten als Danke für seine Hilfe. Dann trennten wir uns dort an der Platte. Eigentlich merkte ich schon, daß Curre gern noch weiter mit mir rumgehangen hätte, aber ich sagte, ich hätte wichtige Sachen zu erledigen.

Zu Hause machte ich den Karton auf, und meine Hände zitterten ein wenig dabei. Sobald ich sie das erste Mal gespannt hatte und den ersten Schuß ins Kissen gesetzt hatte, spürte ich die Ruhe. Ich stand vor dem Badezimmerspiegel mit der Fezmütze auf dem Kopf und der Pistole in der rechten Hand, das Handy in der Tasche. Das war ein neuer Halim, mächtiger denn je zuvor. Bulgaren und Schwedenidioten können kommen, Halim ist bereit.

Jetzt ist es Mittwochnacht. Weil Ferien sind, hatte ich Zeit genug, das richtige Material zu suchen. In der Putzkammer liegt, abgesehen von der Parabolantenne, jede Menge alter Schrott. Erst habe ich es mit einem Holzstück versucht, aber dann habe ich begriffen, daß das dem Druck nicht standhalten würde. Dann habe ich ein Stück Hartplastik gefunden, das vielleicht von der alten Deckenleuchte stammte. Ich sägte und feilte, bis das Stück rund wurde, und dann preßte ich es mit Hilfe einer Zange zwischen die Pistolenfeder und das Plastikhalfter. Das war voll anstrengend, und ich brauchte ungefähr fünf Versuche, bis es klappte. Dann mußte man nur noch die Pistole Stück für Stück zusammensetzen und den Stahlbolzen reindrücken, der den Lauf festhält. Auch wenn die Pistole hinterher von außen eigentlich genauso aussah wie vorher, war es doch, als verspürte ich eine neue Kraft in der Hand, die alles viel wirklicher machte.

Dann war es Zeit für einen Test: Wenn ich sie spannen wollte, mußte ich maximal zupacken, und dann schaffte ich es exakt, das Oberteil vom Lauf so nach vorne zu schieben, daß die Kugel hochkommen konnte. Ich stand da mitten in meinem Zimmer mit der Pistole im Anschlag, entsichert, und da kam es wieder: das Machtgefühl.

Und als ich gerade vorm Spiegel stand und Mafia spielte, piepste das Handy in der Tasche. Erst dachte ich, es wäre der Akku, der leer ist, oder vielleicht die Mitteilung, daß die SIM-Karte gesperrt ist. Aber statt dessen war es eine SMS von »Johan F mob«. Und das stand drin:

> Willkommen zur Generalprobe von Maria Stuart in der Regie von Ingmar Bergman. Es spielen u.a. Pernilla August, Lena Endre, Mikael Persbrandt. Große Bühne, Dramaten. Morgen 14 h mfG Johan

Ich war nicht einmal mehr erstaunt. Es war ja direkt zu erwarten gewesen, daß der rotnasige Gott noch mehr Überraschungen auf Lager hatte. Deshalb hatte er mich die Tuss in der U-Bahn treffen lassen, und deshalb hatte er mich ihr Handy klauen lassen, und deshalb wollte er mich jetzt ins Theater zu einem Bergmanstück schicken. Erst dachte ich, das ist doch klar, daß ich zur Generalprobe gehe (falls du keine Ahnung von Theater hast: Generalprobe = wenn man ein Stück, kurz bevor es fertig ist, für umsonst spielt, um herauszukriegen, was das Publikum gern geändert hätte). Aber dann fing ich an nachzudenken: Vielleicht ist das ja eine Finte. Vielleicht schickt die Braut eine SMS, damit ich komme, und dann steht sie da mit der Polizei in den Kulissen und läßt mich festnehmen? Im Moment habe ich noch nicht entschieden, ob ich hingehe.

Nach dem Abendessen schmuggelte ich die Pistole unter den Gürtel, und dann sagte ich zu meinem Alten, daß wieder ein Fest sei, rannte aus der Wohnung und fing an, die Hornsgatan runterzugehen, jede Faser des Körpers angespannt. Erst ging ich zu McDonald's, kaufte Apple Pie und Donuts, saß rum, malte Zeichen auf die Toilettenspiegel und schaute zwei Geschwistern zu, die in der Ballecke spielten. An einem Tisch weiter weg saßen ein paar Schwedenheinis mit Bandyschlägern und frisch geduschten Frisuren. Sie schauten mich dermaßen an, daß man sofort merkte, daß sie Tunten waren. Trotzdem entschied ich mich dafür, das Handy rauszuziehen und ein Gespräch zu faken. Ich saß ungefähr eine Minute lang da und redete, und zum Beispiel sagte ich voll laut: »Nein, ich komme hinterher zu dir, bitch. Erst will ich mit den Kumpels rumhängen, wir gehen ins Restaurant und dann zu Stures. Aber vielleicht rufe ich dich hinterher an. Vielleicht, habe ich gesagt, du Hure.«

Dann legte ich auf, und auch wenn die Schwedenheinis sich nicht trauten zu kucken, weiß ich doch, daß sie voll Respekt vor mir hatten. Ich wollte nur, daß sie begriffen, daß ich alles unter Kontrolle hatte, und deshalb rief ich »Bräute« und schüttelte gleichzeitig den Kopf. Da trauten sich die Jungs zu kucken, und sie nickten auch und begriffen alles genau.

Dann ging ich wieder in die Kälte raus. Es windete voll, und zwischendurch bereute ich, daß ich anstelle des Fezturbans die Kappe aufgesetzt hatte. Ich lief ein wenig auf Söder rum, die Götgatan rauf, auf der anderen Seite wieder runter. Ein paar besoffene Hammarbyfans grölten, und ich merkte sofort, wie mein Körper reagierte. Ich denke, wenn das irgendwelche Kumpel von Hristo sind, die Streit suchen, dann ist das ihre eigene Schuld. Ich hoffte fast, daß sie was anfingen. Ein besoffener Schwedenidiot in grün-weißem Halstuch gibt ein paar Kommentare ab, die den Gedankensultan dazu bringen, sich langsam umzudrehen. Halims Zorn schießt wie Blitze aus seinen Augen, und eine halbe Sekunde später packt Halim die Waffe, zieht sie und schießt dem Schweden zwischen die Augen. Er soll nicht sterben, aber wenigstens bluten und es bereuen und nie mehr mit dem falschen Kanaken Streit anfangen.

Es war fast ein bißchen schade, daß keiner was machte, und nicht einmal in der U-Bahn glotzte mich jemand doof an. Aber überall waren die besoffensten Schweden, und alles stank nach Bräuteparfüm und verschüttetem Bier. Ich verspürte maximalen Ekel, als ich die aufgedonnerten Huren und ihre abgefüllten Freunde sah. Ein Typ saß schon mit dem Kopf zwischen den Knien da und war definitiv zu voll, um noch laufen zu können. Barbaren, dachte ich bei mir und stieg am Hauptbahnhof aus.

Unten beim McDonald's auf der Vasagatan hing ich herum, ohne etwas zu kaufen, denn die Kohle war alle. Statt dessen las ich die Werbung auf dem Tablett, spielte Snake, bis ich einen neuen Highscore hatte, bestellte Wasser, blätterte durch das fast volle Adreßbuch der Braut, las ihre alten SMS und dachte darüber nach, ob ich nun zu dem Bergmanstück gehen sollte oder nicht. Die ganze Zeit spürte ich die geraden Rillen des Pistolengriffs am Bauch.

Es war spät, als ich nach Hause ging, und vor dem Restaurant standen voll viele Ausländer rum, die schwarz Taxifahrten anboten. Hinten bei 7-Eleven stand ein abgewrackter gelber Bulli. Um das Auto hingen massenhaft Ausländer rum und pfiffen den Tussen hinterher, und plötzlich sah ich, daß einer von ihnen Alonzo war. Er hatte die Haare sorgfältig glattgebürstet und den Bart zu einem kleinen Strich auf dem Kinn rasiert. Unter der Lederjacke trug er einen roten Stretchpullover, und an den Füßen hatte er schwarze Newrocks mit Stahlkappen und dicker Sohle. Trotzdem mußte er noch den Rücken ordentlich gerade halten, damit er nicht kürzer als das Latinomädchen war, das gerade bei ihm angehalten hatte.

»Sho len«, rief ich von der U-Bahntreppe aus.

Alonzo stand voll konzentriert da und hörte nicht.

»Ey, Alonzo!« rief ich etwas lauter. »Was ist Sache?«

»Redest du mit mir?«

Alonzo kniff die Augen zusammen, als würde er im härtesten Gegenwind Rad fahren. Ich begriff, daß er mit dem Kätzchen mit den massenhaft Zöpfen beschäftigt war und Angst hatte, daß ich stören könnte. Man stelle sich vor, die Tuss würde mich sehen und dann daran erinnert werden, wie klein Chilenen im Vergleich zu arabischen Vollblütern sind.

»Du, ist alles klar«, rief ich. »Hab schon kapiert. Paß auf dich auf. Und grüß Juan!«

»Klar, Kumpel«, antwortete Alonzo. »Und von wem?« Und das war natürlich ein Witz, um die Tusse zum Lachen zu bringen. Ich ging weiter zur U-Bahn und fuhr wieder schwarz nach Hause, Richtung Zinken.

Auf dem Plan der U-Bahn sah das Dramaten gar nicht so groß aus, aber als ich hinkam, begriff ich, daß es das krasseste Luxustheater ist. Es liegt mitten in der Stadt (in der Nähe vom McDonald's an der Hamngatan), und von außen sieht es ein bißchen aus wie ein Museum oder ein Königspalast (erst dachte ich, ich hätte mich verlaufen, aber dann sah ich die goldene Schrift an der Wand).

Weder die Tuss noch irgendwelche Bullen waren zu sehen, und deshalb schlich ich schnell die weiße Marmortreppe rauf und ging rein. Das ganze Foyer war voller Menschen, und alle waren ungefähr Rentner oder nur wenig jünger. Die Tanten hatten Kleider aus Luxusstoffen an, und die Alten trugen Anzüge oder Jacketts, aus deren Brusttaschen kleine Taschentücher herausschauten. Fast alle hatten schrumplige Rosinengesichter. Klar gab es auch etwas jüngere Menschen, aber das Seltsame war, daß sie auch wie Alte aussahen, vielleicht waren es die Kleider, vielleicht waren es die Augen, weiß nicht genau.

An der Kasse sagte ich, ich hätte eine SMS von Johan F. bekommen, und da checkte die Braut die Liste und gab mir eine Karte. Nichts einfacher als das! Im Theater selbst sah es aus wie im Kino, aber vielleicht hundertmal mehr luxuriös. An der Decke und an anderen Stellen waren Goldverzierungen, und in der Nähe der Bühne gab es einen kleinen Goldbalkon für VIP-Gäste. Unten probierte ein großes Orchester mit eigenem Dirigenten die

Instrumente aus, ehe das Stück anfing. Ein anderer Unterschied war, daß im Kino viele mit Popcorn und Süßigkeiten dasitzen, aber das macht man im Luxustheater nicht. Ein paar Leute schauten etwas schief und fragten sich, was ich mit der Süßigkeitentüte hier machte, aber da konnte ich unter dem Pullover den geriffelten Pistolengriff fühlen und wurde wieder ruhig.

Bald ging das Licht aus und der Stoff wurde hochgezogen. Das Stück handelte in der Hauptsache von zwei Tussen, die um die Macht kämpften. Die eine war gemein und hatte die andere ins Gefängnis geworfen. Ich dachte bei mir, Nourdine ist ein starker Schauspieler, aber wenn er die Königintuss spielen sollte, dann würde das (sogar für ihn) bedeuten, an seine Grenzen zu geraten. Dann kam ein Typ auf die Bühne, der Leicester hieß. Er schleimte fett um die gemeine Königin herum, aber eigentlich wollte er der netten helfen. Ich fand sofort, daß Leicester irgendwie doch Nourdine etwas ähnlich sah. Derselbe Körper, dasselbe Alter, dasselbe dünne Haar.

Den Rest des Stückes gab es ziemlich viel langweiliges Gerede und minimale Action. Manchmal, wenn etwas passierte, was etwas Miniwitz hatte, dann brach das ganze Theaterpublikum in den vollen Lachanfall aus. Die hatten den seltsamsten Humor überhaupt. Das war ungefähr wie damals, als ich die Kinowerbung für den neuen Film ›Jalla Jalla‹ gesehen habe und das Publikum bei fett idiotischen Stellen ewig lachte (zum Beispiel, als die Familie gewöhnliches Arabisch redete).

Aber der Film war trotzdem irgendwie lustig, aber die Handlung in dem Stück war blöde und echt langweilig. Das war auch die Schuld der Schauspieler, denn ihre Stimmen und Körper waren total unnatürlich und max voll mit Falschheit. Es ist schwer zu beschreiben, wie sie geredet haben, denn man begegnet nie im Leben jemandem, der so redet wie diese Schauspieler. Vor allem der Typ, der den Leicester spielte, redete mit den größten Mundbewegungen, und es kam fast die ganze Zeit Spucke raus, und Arme und Beine waren in voll komischen Verrenkungen. Alles fühlte sich wie Nichtleben und Lüge an, und ich dachte bei mir, Bergman braucht meine Hilfe. Nourdine als Leicester würde vielleicht etwas mit Akzent sprechen, aber trotzdem das ganze Theater vielleicht hundert Mal besser machen. Klar, ich finde manchmal auch, daß Nourdine etwas übertrieben ist, wenn er redet, aber das ist wirklich Peanuts verglichen mit dem Idioten, der den Leicester spielte.

Das Theater ging weiter, und eine Zeitlang spielte ich den Interessierten, aber als die Süßigkeiten alle waren, wurde es mir langweilig. Nach dem ersten Akt (= Teil des Stückes) bunkerte ich ein paar Infos über das Theater, dann malte ich auf eine der Toiletten Zeichen, und dann ging ich raus. Alle anderen Leute vom Publikum standen im Foyer oder auf der Marmortreppe und warteten auf den nächsten Abschnitt. Eine Tante war voll gerührt und hatte Schminke um die Augen, als ob sie geheult hätte. Auf dem Papier über das Stück stand, daß der Schwuli, der den Leicester gespielt hatte, Mikael Persbrandt hieß. Während ich in der Stadt rumgroovte, dachte ich, daß Bergman eine Schwulentussi ist, der überhaupt nicht begreift, was gutes Theater bedeutet. Wenn man Menschen auf die Bühne setzt, die falsches Zeug reden und sich wie Puppen an Fäden bewegen, dann ist ja klar, daß das Stück ewig langweilig wird und das Publikum schon vor der Pause einschläft.

Dann kam ich auf die krasseste Idee der Geschichte: Was nun, wenn Micke unglücklicherweise nicht mehr im Theater den Leicester würde spielen können. Klar würden die nach einem neuen Schauspieler suchen und neues Vorsprechen machen. Und wenn dann Nourdine in der Sekunde einen Brief an Bergman schicken und sagen würde, daß er den Estragon königlich gespielt hatte, und ihm erklärt, daß er ein alter Kumpel aus Paris war, Bergman würde dann leicht eins und eins zusammenzählen, und endlich kapierte ich den Plan des rotnasigen Gottes.

Trotzdem habe ich noch Trouble, denn der Mickearsch ist ziemlich fleischig. Nicht so leicht in die Enge zu treiben, und selbst wenn ich von hinten komme, ist das doch gefährlich. Als ersten Schritt mußte ich mehr von ihm wissen, ihn etwas beschatten, und deshalb ging ich später noch mal zum Theater zurück. Der zweite Akt war vorbei, und es hinkten immer noch irgendwelche Leute vom Publikum auf der Treppe herum. Ich selbst hing etwas weiter hinten auf der Fußgängerzone ab, saß dann auf einer Bank, die in der Nähe des Bühneneingangs stand, und tat so, als würde ich die Metrozeitung lesen. Vielleicht eine halbe Stunde später kamen die Schauspieler heraus, und der Micketyp ging mit den anderen zusammen weg.

Ich achtete darauf, Abstand zu halten und checkte ihn ab, sah seine Stärke und dachte wieder, das kann Schwierigkeiten geben. In Wirklichkeit war er größer als auf der Bühne, und klar war ich in den letzten Jahren auch schwergewichtiger geworden, aber trotzdem. Ich fing an zu überlegen, ob man vielleicht ganz vernünftig mit ihm reden kann und anstelle ihn zu bedrohen ihm sagt, daß er eine kleine Pause im Theater nehmen muß, um Nourdine eine Chance zu geben. Vielleicht könnten sie sich die Rolle ja auch teilen.

Ich folgte der Schauspielergruppe in Richtung Stureplan. Als sie ein Restaurant betraten, tat ich so, als ginge ich weiter zum Svampen. Da wartete ich ein paar Minuten und beobachtete die Schauspieler durch das Fenster. Dann fakte ich ein Gespräch mit dem Handy und verließ das Svampen, während ich die Braut anmotzte, weil sie zu spät kam. Erst tat ich nur so, als geniale Tarnung, aber bald wurde es immer mehr echt. Den ganzen Weg zur U-Bahn und dann die Rolltreppe hinunter schrie ich sie an, daß sie eine Fotze und eine Hure ist. »Nie mehr im Leben kriegst du die Chance, mit mir ins Kino zu gehen«, und »es hat überhaupt keinen Sinn, jetzt zu weinen, denn es ist sowieso alles zu spät, Hure«, und als ich auflegte, dachte ich immer noch, daß sie eine feige Nutte ist und daß sie heute abend auf keinen Fall gefickt wird, und wenn sie auf Knien darum bettelt.

Am Freitag und am Samstag hatte Bergman noch mal Generalproben, und an beiden Tagen hing ich am Bühneneingang vom Dramaten herum und wartete auf die Schauspieler. Die ganze Zeit hatte ich gehofft, daß der Mickearsch mal alleine kommen würde. Am Freitag verschwand die ganze Schauspielertruppe in zwei Taxis, und am Samstag kamen alle anderen in einer Gruppe raus, aber der Mickearsch und die nette Königintuss fehlten. Trotzdem ließ ich locker und verlor die Hoffnung nicht.

Heute dann war Sonntag und der letzte Ferientag. Papa war im Laden, und deshalb konnte ich alles in Ruhe vorbereiten. Nach einem sättigenden Frühstücksmittagessen versteckte ich die Pistole in der Jeans und setzte die Fezmütze auf (in der Nacht war der erste Schnee gefallen). Während ich auf den Fahrstuhl wartete, sah ich aus dem Augenwinkel, daß an der Bengt-Magnusson-Tür irgend etwas anders war. Oberhalb des Briefschlitzes saß ein neues Klebeschild in Form einer Wolke, auf dem ein Name stand: Jonas Khemiri. Ich begriff, daß Jonas Bengts neuer Schwulenkumpel sein mußte, denn jeder weiß ja, daß alle, die im Fernsehen arbeiten, genauso schwul sind wie Ballettänzer. Seltsamerweise klingt Khemiri ja fast ein wenig arabisch.

Während ich vor dem Bühneneingang wartete, las ich die Zeitung, und mit perfektem Timing entdeckte ich einen kleinen eingeschmuggelten Artikel. Dort stand, daß die UN noch mehr Importverbote gegen den Irak erlassen hat, die den Hunger maximal machen, und offenbar waren schon Millionen von Kindern gestorben, weil die Gesetze jede Menge Medizin und Essen verbieten. In Afghanistan bringen dieselben Verordnungen auch den schlimmsten Totalhunger (meist unter Frauen und Babys). Noch ein Beweis für den Plan der USA-Politiker, die Araber auszurotten, unser Öl zu klauen und dann alles Land den Juden zu geben. Ich merkte, wie die Wut in mir hochkam und die Luft sich wie beim Gewitter auflud.

Als ich die Zeitung ausgelesen hatte, ging ich vor unbeleuchteten Schaufenstern auf und ab, um zu sehen, wie stark ich in der Fezmütze aussah. Ich fand, ich war wie ein Nachkomme des Sultans Saladin, der Jerusalem von den Christen zurückerobert hatte und sowohl für totalen Mut als auch für jede Menge Klugheit bekannt war. Ich war ganz lange auf und ab gegangen, als die Schauspieler endlich auf die Straße kamen, und ich stand wie immer bereit. Ich beobachtete sie aus der Entfernung, während die Schauspieler redeten und rauchten, und dann merkte ich, daß ich die Geduld verlor. Die Pistole scheuerte an meinem Bauch, und Rotnase war bei mir und sagte mit seiner dunklen Araberstimme: »Ruhig, ruhig, ich werde dafür sorgen, daß der Idiot mit dir allein ist, und dann kannst du anfangen, das Schicksal in die Hand zu nehmen.« Wie auf Bestellung fing Micke mit den anderen Streit an. Er rief laut wie ein richtiger Schauspieler, und als er in Maxtempo von den anderen wegging, zeigte er ihnen vorher noch den Stinkefinger. Ich hatte es die ganze Zeit gewußt.

Er dampfte direkt auf mich zu, in der größten braunen Pelzmütze und schwarzen Militärstiefeln und sah wütend zu Boden, und alles war kalt, aber trotzdem warm. Er stampfte durch den Schnee wie eine zornige Lok und ging eine kleine Straße zum Stureplan runter. Das süße Schauspielermädchen, das die böse Königin gespielt hatte, rief beunruhigt hinter ihm her, aber Micke rannte nur weiter. Gleich dahinter kam der härteste Gedankensultan geschlichen. Halim glitt vorwärts, geräuschlos wie ein Fisch. Er dachte Konzentration, er dachte Ruhe, er spürte den Pistolengriff und ging etwas schneller. Micke rauchte, und ich spürte den Zigarettengeruch, der Abstand wurde kleiner, und ich merkte, daß er Probleme mit dem Gleichgewicht hatte, und manchmal rutschte er ein wenig aus, und jetzt waren es nur noch ein paar Meter, ich sah, daß er hinten auf der Mütze einen Schminkfleck hatte, und die Hand lag an der Pistole. Ich atmete bewußt, damit die Stimme auch funktionieren sollte, denn jetzt war es so weit. Mitten auf der Straße blieb er plötzlich wie angewurzelt stehen. Vielleicht hatte er mich gehört, vielleicht hatte er es mit der Angst zu tun bekommen. Kein Mensch war in der Nähe, und weil er unter der Straßenlaterne stand, sah ich, daß sein Nacken breit und behaart war. Plötzlich fuhr er herum und starrte mich direkt an. Um seine Augen waren die schwärzesten Schminkringe, und obwohl wir fast gleich groß waren, hatte ich plötzlich das Gefühl, zu schrumpfen. Ich blieb auch stehen, und ein paar Sekunden lang standen wir da auf der stillen Straße, und die Zeit wurde ganz langsam. Ich hatte die Hand unter der Jacke, bereit, die Pistole herauszuholen, ein Schritt vor, dann ziehen, zielen, und ... Und als ich das gerade tun wollte, fing er an zu lachen.

Seine Zähne waren voll gelb mit fett Essensresten drin. Er heulte wie eine Hyäne in der Savanne, und ich dachte, der Arsch hier muß geknackt werden, dieser Schwanzlecker soll auf die Knie, und ich hatte die Hand an der Pistole, und alles war total angespannt, und dann sagte er:

»Ja bitte? Und womit kann ich dienen?«

Er verbeugte sich wie künstlich, und seine Stimme war dunkel und wurde in der kleinen Gasse zu einem Echo. Es war, als würde der Mut auf Minusniveau sinken, und ich hatte keine gute Antwort parat. Winterluft wurde mir unter die Jacke geblasen, und ich machte einen Versuch.

»Ey, Typ, das bist doch du, der in dem Bergmantheater spielt, oder? Was? Gib es zu.«

Es dauerte lange, bis er antwortete, und als er es tat, war es, als würde er mich auf den Arm nehmen.

»Wenn du von der Rolle als Leeiceeeeeester in Schillers Maaaaria Stuuuuuuart redest. Dann ist die Antwort: JA! UND?!«

Das letzte schrie er richtig, und um die Augen waren Schminkringe und auf dem Kopf die Pelzmütze, die schief saß, und obwohl ich dachte, dieser Typ ist der linkeste Judenwohnungsbauer oder der mieseste USA-Politiker, spürte ich, wie die Hand die Pistole losließ.

»Okay.«

Ich weiß nicht, was passierte, die Feigheit regierte plötzlich die Hand, und der Mickearsch sah mich nur an, und vielleicht lächelte er ein wenig. Dann machte er auf dem Absatz kehrt und überquerte die Straße.

Doch da erwachte der Körper, die rechte Hand zog die Pistole heraus, und das Laden, das sonst eher schwierig war, war jetzt ganz leicht. Ich hob die Waffe, zielte, und dann drückte ich ab. Die Kugel traf ihn ins Bein, und das Schußgeräusch wurde zum Echo, und das Blut schoß auf den Boden. Er fiel wie in Zeitlupe. Er brüllte und schrie, und wenn ich dann zu ihm hinging, würde er hochsehen, mir in die Augen schauen und sagen: »Okay, ich kapier schon, ich verlasse das Theater. Jetzt, gleich morgen, ich werde nie wieder Leicester spielen!«

Aber statt dessen stand ich immer noch da auf der Straße, während er weiterging, die Pelzmütze zurechtrückte, ein wenig auf dem Schnee ausrutschte und dann in einem kleinen Restaurant verschwand. Die Pistole saß wie festgeklebt im Gürtel, und die Hand, die sie hatte herausziehen, anlegen und abdrücken sollen, fühlte sich verdammt steif an. Ganz lange stand ich noch da unter der Straßenlaterne und stampfte im Schneematsch rum. Dann stopfte ich die Fezmütze in die Jackentasche und ging, um den Fahrstuhl am Östermalmstorg mit Sternen und Monden zu bemalen. Trotzdem war nur eine totale Leere innen drin, und ich sah die enttäuschten Augen und hörte die tiefen Seufzer des zukünftigen Halim.

4

Geduld ist ein schöner Name

Früher war Halim weich, aber jetzt hat die Härte Besitz von ihm ergriffen. Obwohl die Einsamkeit manchmal zurückkehrt, wird außen nichts zu sehen sein, und deshalb gibt es kein Risiko, daß es Ärger gibt, und sie werden es nie kapieren, außerdem, nur Fotzen und Schwulentussen brauchen Pistolen, um den Harten zu spielen. Deshalb ließ Halim die Pistole zu Hause und rührte sich nicht in der Frühstückspause, als Hristo mit Kumpeln im Billardzimmer Streit anfangen wollte. Vielleicht griff sich Hristo den Queue, als ich dran war, vielleicht hat er sich geweigert, ihn loszulassen, vielleicht kicherten seine Braut und alle anderen, und vielleicht sagte er auch irgendwas mit dem Ziel, Streit anzufangen, und vielleicht sagte er sogar mehrmals Motherfucker, aber wenn er es gesagt hat, dann kann ich es nicht gehört haben, denn nachdem ich die Schläge und Tritte kassiert hatte, ohne zurückzuschlagen, habe ich schnell *mute* gedrückt und bin weitergegangen in Richtung Flur, Spind, Klos, damit keiner niemals etwas sieht.

Dann beim Mittag wollten die Götter, daß alles Fiese maximiert wird, denn das Klopfen in den Schläfen war immer noch da, und die anderen Jungs in der Klasse gingen auf Abstand, und ich hörte Stefan sagen, Marit kann den Chrom von einer Zündkerze saugen, und gleichzeitig stieß er David in die Seite und das Lachen von allen und vielleicht laute Pfiffe und ich wollte die Karriere als Philosoph aufgeben und zurück zum Vandalismus, mich gegen den Tisch werfen, Kinnhaken austeilen, einen neuen Horsekick gegen Stefans Gesicht und nicht aufhören, bis ich ihn ins Krankenhaus an den Tropf gebracht hatte. Er sollte schlimmere Schläge kriegen als der Schiedsrichter beim St.-Erikscup in der Achten, denn Stefan ist die Totalhure mit lächerlichen Grübchen, und seine Synthesizerband ist schlechter als Abba, und ich erinnere mich, daß er einmal Tischtennis gegen ein paar aus der Fünften gespielt hat und nicht mal ins Finale gekommen ist. Nach dem Mittag Sport mit Brennball und klar, Kumpel, du weißt, ich mache sie alle fertig im Ballsport, auch die Zahnärzte von ihren Kusinen. Ich war alleine an der Spitze, und ohne weiter nachzudenken habe ich wie bescheuert den roten Ball geworfen, alle mußten die Seite wechseln, Gespenst werden, und die ganze Zeit blieb ich als einziger am Leben, totalknackte sie alle, und sie versuchten, sich mit Händen und Kopf zu schützen, denn da wird man nicht gebrannt, und der Ball ist aus dem weichsten Gummi, aber auch ein bißchen Gummi kriegt mehr Power, als man glaubt, und beim dritten Mal rief Stefan, he, kannst du mal aufhören, oder was? Aber ich war genauso taub, wie der St.-Eriksschiedsrichter blind war, und machte weiter, Treffer und noch ein Treffer und noch ein Treffer, und vielleicht beim fünften Mal kam das Nasenbluten mit fetten Tropfen auf die blöden Sneakers von Huren-Stefan. Er legte die Hände über die Nase, und irgend jemand holte Papier, und trotzdem sahen alle die voll krasse Rotzblase, die aussah wie eine Kaugummiblase. Er fing fast an zu weinen wie die fieseste Tuss, schniefte rum, und Micke, der Sportreferendar, der schon auf den Schwedischen Meisterschaften Frisbeegolf gespielt hat und ein bißchen ein Schwulenhasser ist, schickte die Tunte vom Spielfeld. Und als Sahnehäubchen gewann unsere Mannschaft dann auch noch zwei von drei Spielen (und das, obwohl wir die meisten Mädchen hatten).

Ich dachte, das Brennballspiel würde reichen, um im Gleichgewicht zu bleiben, aber dann kam nach dem Sport die Impfung für die Jungs, und alle sollten sich direkt nach der Dusche zwei Etagen höher in das Wartezimmer setzen, mit Nachduschschweiß und Innendrinwärme, und jemand redete davon, daß Annas Titten fast zu groß sind, und du mußtest Witzchen machen, was heißt hier zu groß, und Jessica ist hübscher, und die Schwester verteilt umsonst Kondome, und Stefan schob die Papiertücher noch weiter in die Nase und sagte, er muß mindestens zwanzig Präser holen, und dann kam Jörgen raus, und einer ging rein, einen weiterrutschen, und es war, als würde ein Erinnerungswind herauswehen, und ich weiß nicht, ob es eingebildet war oder nicht, aber das spielt auch gar keine Rolle, denn mit dem Geruch erinnert man sich, und der Krankenhausgeruch ist immer derselbe, und Halim erinnert sich stärker als die meisten, denkt, er hat alles im Griff, aber dann gibt es eine fette Gänsehaut, und dann sehe ich Mama auf dem Rücken liegen und es ist gerade eben Untersuchung gewesen und das Gesicht hat aufgehört zu funktionieren jeder kleinste Muskel hat sich davongemacht es bewegt sich nicht einmal mehr in Zuckungen alles ist still es tropft im Schlauch und ich erinnere mich ein grünes Tuch ist um das Bett und auf der anderen Seite schnarcht ein Alter und manchmal wacht eine Tante die in der anderen Ecke liegt auf und fragt wann ihr Sohn kommt um sie zu holen und ich sage es ist mitten in der Nacht schlaf weiter und die Alte hört nicht auf will wissen wer ich bin fragt wie spät es ist verlangt nach dem Frühstück aber ich sage es ist mitten in der Nacht und sie soll schlafen und dann sehe ich zu Mama und in ihre Augen ich verstehe daß sie ihre Hand auf meine legen will und mich beruhigen denn so was alles lernt man in Mamas Augen zu sehen nachdem alles das andere aufgehört hat zu funktionieren.

Ich saß im Wartezimmer der Schule und versuchte, alles im Griff zu behalten, aber dann ist es wieder da, die Luft und der Erinnerungswind, und noch einen Platz weiterrutschen, und sie sagen, das Sportgymnasium ist schickstens und was haben wir danach, und glaubt ihr, daß es einen Test geben wird, und der Geruch und das blauweiß gestreifte Gummiarmband, auf dem ihr Name in großen Buchstaben geschrieben stand, und ich erinnere mich, daß er zum ersten Mal nicht falsch geschrieben war. Dann kommt Papa zurück und sagt er hat nichts verstanden und deshalb soll ich mit auf den Flur kommen und der Arzt redet wieder mit Papa als wäre der ein Kind aber ich bin es doch der das Kind ist aber dann reden sie statt dessen mit mir wie mit einem Erwachsenen und erklären wie lange es noch dauern wird und Papa will daß ich übersetze erkläre aber ich kann nicht und sie reden über Uhrzeiten und Medizin. Es ist wie ein Runterzählen und als endlich damit Schluß ist erinnere ich mich daß wir im Wartezimmer geschlafen haben da läuft ein Fernseher mit Bildtext ganz weit hinten über dem Wasser ist Nebel aber die Sonne ist trotzdem dabei aufzugehen. Sie denken daß es keinen Sinn hat mit Papa zu reden deshalb wecken sie mich und dann sagen sie daß sie gegangen ist und ich begreife nicht gegangen wohin wieso gegangen aber dann streicheln sie mir den Arm und sagen es ist vorbei und da verstehe ich und alles wird verschwommen obwohl Papa aufwacht und mich umarmt und stärker ist als je zuvor. In mir drinnen geht alles total kaputt und dann stehen sie immer noch da und sagen es ist auf jeden Fall ganz friedlich gewesen und ich erinnere mich daß ich denke sie werden niemals etwas begreifen. Dann war es zu Ende und wir fuhren nach Hause und schon ein paar Tage später sagt Papa daß er umziehen will nach Zinken will die Erinnerungen zurücklassen will von dem Alten weg will aber die Erinnerungen sind immer noch da. Es ist nicht so leicht, von den Erinnerungen wegzugehen, denkt Halim, als er vor der Schule beim Gehölz steht und sich in die Hand schneuzt, sich Schnee ins Gesicht reibt und denkt, keiner wird etwas merken, keiner darf etwas merken, wenn man innen drin am allerweichsten ist.

Erst dachte ich, die alten Unruheträume kehren zurück, es war lange her, seit ich sie zum letzten Mal gehabt hatte, fast zwei Jahre. Dann schüttelte mich Papa mittendrin und sagte, ich hätte geschrien und gejammert und er hätte das schon im Treppenhaus gehört. Ich lag unter der karierten Decke, und der ganze Körper war total naß, und die Knie zitterten vor Schüttelfrost. Papa holte das Thermometer, und als er es wieder rausholte, sah ich an seinem Gesicht, daß keine Rede davon sein konnte, am nächsten Tag zur Schule zu gehen.

Jetzt bin ich seit zwei Tagen zu Hause, und das Schwanken ist immer noch im Körper. Papa hat den Laden besonders früh zugemacht, weil er sich Sorgen macht, und nun hat er eine klumpige Hühnersuppe zum Mittag gekocht. Zweimal am Tag reibt er mich mit Wick Vaporub ein, und der Pfefferminzgeruch von der Salbe und die Wärme im Brustkorb sagen, daß ich bald auf dem Weg der Besserung sein werde.

Gestern gegen sechs Uhr machte das Fieber endlich die erste Pause, und ich konnte ohne viel Schwindel zum Sofa kriechen. Bevor Jeopardy anfing, fragte Papa wieder, ob jemand angerufen hat. Ich konnte nicht sicher nein sagen, denn das Telefonklingeln ist nur schwer zu hören, wenn die Fieberträume voll stark sind.

Zum Abendessen gab es Yahnet ba'ar, und obwohl das Fleisch zart war, konnte ich nur knapp zwei Bissen runterkriegen. Papa saß sorgenvoll da: »Jetzt komm, etwas mehr Tomate kannst du doch wohl ... Hier, Aubergine, Aubergine ist gut gegen alle Krankheiten.«

Dann, als Papa auf dem Klo war, klingelte das Telefon, und erst hörte ich überhaupt nicht, daß das Kerstin war. Es klang, als hätte sie Magenschmerzen oder eine Erkältung.

»Hallo, Halim.«

»Hallo.«

»Du. Ich ... ich ... ist dein Vater da? Kann ich mal mit ihm reden?«

Ich lag immer noch im Wohnzimmer, und Papa nahm das Telefon mit in sein Zimmer. Ich dachte, alles geht weiter, alles wird gut werden, alles wird sich ordnen. Ich hörte Papa in unregelmäßigen Abständen brummen.

»Hm ... hm ... natürlich verstehe ich ... na klar verstehe ich ... hm ... keiner hat Schuld ... hm ...«

Obwohl ich die Decke fest um den Körper wickelte und die Soße viele Gewürze enthalten hatte, war der Frost immer noch in mir drin, und schon bald fingen die Zähne wieder an zu klappern.

Papa legte auf und ging schnell aufs Klo zurück. Nach vielleicht fünf Minuten kam er wieder raus. Erst dachte ich, alles ist gut und nichts komisch. Aber eigentlich sah ich schon das Rote in seinen glänzenden Augen. Er goß sich einen Whiskey ein und saß schweigend da. Am Ende murmelte er, Kerstin läßt grüßen. Dann fragte er, ob ich »Wer wird Millionär« anschauen will, denn das hatte er aufgenommen. Ich sagte, daß ich das will, aber kurz danach klappte ich wieder zusammen, und jetzt kann ich nicht mehr schreiben.

Voll verrückter Traum. Ich erinnere mich zuerst an etwas von einem Dschungel mit Indianern und Affen und dann die Autoskooter. Papa steht daneben und ißt Zuckerwatte, und ich stoße mit fett vielen Autos zusammen, und ich erinnere mich nicht an die Leute, die drin sitzen. Dann wird es mehr zum Zirkus mit Kindern, die Stofftiere gewonnen haben und Angst vor den Clowns haben und ein Esel, der auf den Hinterbeinen herumwandert und superhöflich ist, den Hut lüftet und den Schlips zurechtrückt und einen Doktor fragt, ob er Tango tanzen will. Dann fängt die Luft an zu riechen wie in der alten Wohnung, und es wird schwarz, bis das Licht angeht, und ich sitze im Publikum, nicht weit von der Bühne entfernt, und David Letterman kommt raus, obwohl das idiotisch ist, denn er ist nur einen Meter groß, und zu seinem Jackett trägt er Shorts. Er sagt etwas, an das ich mich nicht erinnere, und dann sitzen Mama und Papa auf der Bühne, und Papa ist ganz in Rot gekleidet (auch die Schuhe), aber Mama hat ein Paillettenkleid an und gelockte Haare, und sie lacht über die Witze, und Papa schaut sich nervös um. Mama sagt auf amerikanisch, es ist nicht sonderlich schwer gewesen, den Film »That's What Acting is All About« zu drehen. Und sie sagt dasselbe paarmal und lächelt dem Publikum zu, und Letterman faßt sich ans Ohr und sagt, er hat von der Zentrale einen Alarm reinbekommen, und die Show muß jetzt beendet werden, und das Publikum fängt an zu buhen, der Feueralarm geht los, einige fangen an zu meckern und rufen, daß sie jetzt rauskommen müssen, und jemand wirft Tomaten auf die Bühne, der Alarm klingelt immer noch, und auf der Bühne herrscht ein wenig Panik, und Mama ist weg, aber Papa sitzt immer noch allein da in den roten Kleidern, und ich kann nichts dafür, aber ich finde, daß er etwas tuntig aussieht.

Dann wachte ich auf und war nicht sicher, ob das ein Traum war oder nicht, aber ich nahm trotzdem die Decke als Schutz und ging zur Tür, um zu schauen.

Draußen im Flur klingelte es an der Tür, und ich schlich vorsichtig ran und spähte durch den Spion. Im Treppenhaus stand Alex. Das war total strange, und ich konnte meinen Augen nicht richtig trauen, schaute wieder, und na klar, das war er in seiner zu großen Hilfigerjacke und den Baggy-Pants. Er seufzte, als ob er genau wußte, daß ich ihn anstarrte, und wollte, daß ich begriff, daß er enttäuscht war. In dem komischen runden Guckloch sah ich, daß er gerade dabei war, wieder zu klingeln, aber mittendrin unterbrochen wurde, denn aus dem Fahrstuhl kam ein wahnsinnsgroßer Typ. Der war vielleicht zwei Meter lang mit einer zu kurzen Jacke und einem Gesicht, das aussah wie von einem Mädchen. Um den Hals hatte er ein fransiges Halstuch, und er trug drei bis vier Einkaufstüten, die er, wie man sah, kaum tragen konnte. Alex und der Typ schauten sich an und nickten kurz, als würden sie sich kennen. Der Typ holte den Schlüssel aus der Jackentasche, und ich hatte schon fast das Gefühl, als würde er sich jetzt an Alex vorbeidrängeln und unsere Tür aufmachen. Aber dann sah ich, daß er auf Bengts Tür zuging, aufschloß und die Tüten in den Flur schob. Alex stand immer noch da und schaute dem Typen nach. Es wirkte ein wenig so, als würde er ihn von früher kennen, konnte das Gesicht aber nicht einordnen. Aber vielleicht war er auch beeindruckt, daß wir neben einem bekannten Fernsehtypen und seinem Schwulenfreund wohnen.

Anstatt noch mal zu klingeln, ging Alex zum Fahrstuhl. Ich blieb so lange stehen, bis ich das Fahrstuhllicht verschwinden sah, und da kam der Fieberschwindel maximal zurück, denn der Körper ist immer noch schwach.

Heute wachte ich mittags auf, es war Sonntag, und ich fühlte mich endlich gesund. Das Fieber war verschwunden und die Kopfschmerzen auch fast. Als ich aufstand und versuchte, rumzugehen, war der Körper so wie immer, aber doch anders. Es war ein bißchen, wie wenn man eine neue Zahnbürste bekommen hat und der Mund sich noch nicht daran gewöhnt hat.

Papa und Nourdine saßen im Wohnzimmer, und Papa sah etwas fertig aus. Nourdine flüsterte mir zu, Papa wäre voll in Sorge gewesen wegen mir und hätte nicht schlafen können, weil ich die ganzen Nächte lang alles mögliche verrückte Zeug gelallt hätte. Deshalb hätte Papa keine Zeit gehabt, das Geschirr zu spülen und all das, und die Wohnung war also totales Chaos. Die Spüle und der Küchentisch standen voll mit Flaschen und Tellerstapeln und Chipsdosen und noch mehr Flaschen und eingetrockneten Essensresten und Weinkorken und leeren Dosen. Über den Zitronen in der Obstschale surrten Schwärme von Fruchtfliegen. Vielleicht hatte sich Papa durch meine Krankheit auch an andere Krankheiten erinnert, und da begreift man doch, daß es nicht leicht ist, einzuschlafen. Nourdine ging zurück zu Papa ins Wohnzimmer, und ich hörte, wie er die Hände zusammenschlug und versuchte, uns aufzumuntern:

»Nein, wißt ihr was, jetzt raffen wir uns mal auf. Alles klar? Halim! Endlich wieder gesund und fit? Jetzt machen wir einen wunderbaren Winterspaziergang und besuchen Samir. Was meint ihr? Ein Videofilm und Nüßchen? Klingt das nicht verlockend?«

Papa nickte, ohne mich anzusehen.

Vielleicht kam es von der Krankheit oder dem dicken Schnee, weshalb sich dieser Sonntag so besonders anfühlte. Ich fror an den Ohren, und die Schuhe knarrten, als ich auf dem Pappschnee ging. Etwas weiter vorn hörte ich Papa und Nourdine reden, aber die Stimmen wurden vom Schnee verschluckt. Die Sonne schien stark in der klaren Winterluft, und es fühlte sich ein wenig so an, als hätte ich hundert Jahre geschlafen, wie im Märchen. Ich dachte, das einzige, was man im Leben braucht, ist das machen zu können: In der schönsten Wintersonne rumsoften und die Luft riechen. Das reicht. Das ist genug.

Papa und Nourdine waren zuerst da, und durch das Schaufenster sah ich, daß etwas nicht stimmte. Papa hatte die Faust gegen den Typ an der Kasse gehoben, und Nourdine stand daneben und versuchte ihn zu beruhigen. Papa war so außer sich, daß niemand merkte, daß ich in den Laden schlich und mich in die Ecke stellte.

»Wie lange hat er gearbeitet?« rief Papa. *»Drei Jahre, verdammt, drei Jahre sind wir dabei, und niemals vorher irgendwelche Probleme!«*

Hinter der Kasse stand eine bleiche Tunte mit blondem Schnurrbart, der Kaugummi kaute wie die krasseste Nutte. Er sagte:

»Es tut mir leid, Mister, aber das sind nun mal die Regeln. Ich weiß nicht, welche kleinen Spezialverabredungen Sie gehabt haben, aber Samir arbeitet nicht mehr hier, kapisco?«

»Drei Jahre und jetzt scheißen Sie da einfach drauf? Warum tun Sie das?« rief Papa wieder.

»Drei Jahre zuviel, wenn Sie mich fragen! Wir können es uns nicht leisten, Angestellte zu haben, die kommen und gehen, wie sie wollen. Das funktioniert so einfach nicht. Dieser Job erfordert schon ein wenig ...«

»Drei Jahre, reichen nicht drei Jahre?«

»Ruhig, beruhige dich, Otman«, sagte Nourdine auf arabisch.

»So, und jetzt sollten Sie mal langsam wieder auf den Teppich kommen. So ist es nun mal, und wenn Ihnen das nicht paßt, dann ist der Ausgang da vorn, husch, husch.«

Der Schwedenidiot zeigte auf die Tür und klang voll herablassend.

»Außerdem habe ich jetzt den Wachdienst gerufen, und die werden jeden Moment hier sein.«

Da verhielt sich Papa ein wenig wie auf dem Flohmarkt, wenn er so tat, als würde er von den Sachen weggehen, die er eigentlich haben wollte. Er sagte zu Nourdine, daß alles in Ordnung ist und daß er ihn jetzt loslassen kann. Nourdine ließ Papas Arm los und eilte zur Tür, ohne mich zu bemerken. Papa folgte ihm, aber dann rief der Schwedenidiot:

»Na, also, Marsch, du Pfannkuchen. Und tschüß.«

Als Papa hörte, daß er Pfannkuchen genannt wurde, rastete er total aus und rannte mit einem Brüllen wie ein fleischfressender Dinosaurier zurück zum Tresen. Der Schwulenschwede fuhr zurück, und das verstehe ich, denn Papas Augen glühten und die Zähne knirschten. Als Papa nicht rankam, um den Schweden zu würgen, zog er am Chipsregal und warf es mit einem krachenden Geräusch um. Nourdine war sofort da und fluchte auf arabisch und zog und riß gleichzeitig an Papa, um ihn auf die Straße zu kriegen. Obwohl Papa kleiner war, gab es den allerhärtesten Kampf. Immer wenn man gerade meinte, Nourdine hat die Oberhand gewonnen, zauberte Papa einen zusätzlichen Arm hervor, der Filmkassetten runterriß, oder ein drittes Bein, das die Dosen mit losen Bonbons umwarf.

Am Ende schaffte Nourdine es, und ich konnte sehen, wie mein Vater draußen auf dem Bürgersteig auf dem Eis ausrutschte und sich wie ein Kind auf die Erde setzte. Wieder mußte Nourdine ran und ihn auf die Füße zerren. Dann verschwanden sie im Laufschritt zu unserer Wohnung. Ich hatte das alles nur ganz verschwommen gesehen, und es war immer noch so, als hätte der Körper noch etwas Krankheit in sich und Fieber, das mich glauben ließ, daß das alles nur ein Traum war, einfach noch ein Alptraum, und ich würde gleich frierend und zitternd im Bett aufwachen. Aber ich begriff bald, daß es Wirklichkeit war. Der Laden sah aus wie nach einem Einbruch, überall lagen kaputte Chipstüten zwischen Videokassetten auf dem Boden herum, und eine Plastikdose mit Himbeerweingummi war auf der Seite gesprungen. Der Schwedenidiot stand voll ängstlich hinter der Kasse und hielt immer noch den Telefonhörer in der Hand.

»Hast du das gesehen? Hast du gesehen, was da passiert ist?« fragte er mich. »Was für ein unglaublicher Vollidiot.«

Ich antwortete nicht und wollte gerade gehen, als die Wachleute kamen. Sie waren erstaunt über das Chaos in dem Laden, doch man merkte, daß sie den Typen hinter der Kasse auch nicht mochten. Er fing sofort an zu motzen, weil sie so spät kamen, und gleichzeitig redete er mit einer voll kraß hellen Stimme und erzählte, der Laden sei von einem »Türken mit Türkenschnurrbart« überfallen worden.

»Was für eine gute Beschreibung«, sagte der eine Wachmann (er hatte voll die Ironie in der Stimme).

Die Wachleute lachten sich zu und halfen etwas mit, den Laden wieder aufzuräumen. Dann sagten sie zu dem Schweden, daß es besser wäre, wenn er keine Anzeige erstatten würde.

»Ich weiß, daß Sie neu hier sind, aber Sie werden sich schon noch ein wenig an die rauhen Umgangsformen hier gewöhnen müssen. Wand an Wand haben Sie hier ein Wohnheim, und da haben sie einen Haufen von Sozialfällen und Pennern und so.«

Ich schlich mich davon, ohne daß jemand es bemerkte. In den Jackentaschen hatte ich drei Doppel-Daim, zwei Twix, vier kleine Bonbonschachteln und vielleicht fünf bis sechs Tüten mit Colafläschchen. Als ich nach Hause kam, hatte Papa sich in seinem Zimmer eingeschlossen, und bis jetzt ist er immer noch nicht rausgekommen. Ich mache mir keine Sorgen, denn ich weiß, daß er einfach völlig fertig war nach dem vielen Schlafmangel und der Sorge und der Wut wegen dem Rassismus im Solstrålen.

Heute hatte ich richtig Lust, wieder die alten Routinen in Gang zu treten. War fast schön, in die Richtung von Papas Zimmer tschüß zu rufen und wieder zur Schule zu gehen.

Na klar suchte Alex Streit, weil ich ohne Krankmeldung weg gewesen war. Im Schwedischunterricht überredete er Björkman, ich brauche eine Extrastunde, und auf dem Weg zum Sonderzimmer sah man, wie er versuchte, möglichst tough zu wirken. Das eine Bein zog er hinter sich her, wie nach einem Oberschenkelhalsbruch, und wahrscheinlich bildete er sich ein, er sei der härteste Negerlehrer im schwärzesten US-Ghetto, der nun mit dem Troublemaker pur mal Klartext reden wird. Sobald wir in das Zimmer kamen, setzte er sich aufs Pult und fixierte mich: »Wo bist du am Montag hin? Was? Glaubst wohl, daß du von der Schule abhauen kannst, wann du willst, was? Ich dachte, wir hätten einen Deal, du und ich. Was war denn mit dem Biologietest?«

Als er keine Antwort bekam, ging er zu der entgegengesetzten Psychologie über.

»Ich verstehe dich nicht, verdammt. Warum kannst du nie machen, was man dir sagt? Hast du so einen Schiß vor einer kleinen Spritze, daß du schwänzen mußt? Die ganze Woche?«

Als ich ihn nur weiter ignorierte, hielt er eine lange Rede darüber, wie wichtig der Endspurt ist und daß man in den letzten Wochen nicht aufgeben darf, und dann ließ er mich versprechen, daß ich Björkman das Papaya-Buch zurückgebe, ehe das Schuljahr vorbei ist.

»Und als kleine Zusatzinfo kann ich dir sagen, daß ich mir ein Abschlußgeschenk für dich ausgedacht habe. Wenn du auf dem ganzen Weg jetzt kämpfst bis zum Ziel und in allen Hauptfächern eine Vier schaffst ... Es ist nichts Großes, aber immerhin ... Ich weiß, daß es dir Freude machen würde.«

»Okay, bist du jetzt fertig?«

Alex seufzte ganz tief.

»Nein, nicht ganz. Ich habe noch eine Frage. Wie kommst du mit dem Malen voran?«

»Was?«

»Das Malen? Das Kritzeln? Das Rumschmieren? Läuft es gut? In der letzten Zeit irgendwelche neuen Klos?«

»Ich weiß nicht, was du ...«

»Glaub bloß nicht, daß du mich ablinken kannst, Mann. Ich habe schon ungefähr im September kapiert, daß du das bist. Just for your information. Ich hatte bisher nur nicht die Zeit, dich auf frischer Tat zu ertappen.«

»Was redest du da für einen Scheiß ...«

»Ich habe anderes zu tun gehabt. Nur daß du's weißt.«

»Na klar, Typ, na klar.«

Alex dachte kurz nach, ehe er weiterredete.

»Weißt du, wieviel Geld dein Geschmiere uns gekostet hat? Hast du irgendeine Vorstellung davon? Weißt du, daß sie anfangen, darüber nachzudenken, mich rauszuschmeißen, weil sie sich mein Gehalt vielleicht nicht mehr leisten können?«

Die Stille tickte im Takt mit der Wanduhr, und eine Weile lang sagte niemand etwas. Alex starrte weiter mit wütenden Chinesenaugen und dieses eine Mal wich er meinem Blick nicht aus (obwohl natürlich ein paar Blinzler kamen).

Es war höchste Zeit, ihm mein maximiertes Wissen zu zeigen, damit er begriff, daß ich kein gewöhnlicher Streßmachkanake war. Ich fing meine Verteidigungsrede mit der Erklärung von Stern und Mond an, und dann ging ich durch die ganze Geschichte der Araber mit etwas Hannibal und massenhaft Philosophen, und dann etwas Integrationsplan und die Verbindung zur Kantine. Klar, Alex hörte vollstens beeindruckt zu. Aber dann kam ich zu den Juden und den Massenmedien, und da fing er an, ungeduldig den Schlüsselanhänger kreisen zu lassen und auf die Uhr zu sehen.

»Das ist Tatsache, Mann. Es gibt keine jüdischen Sportler. Du weißt warum? Willst du es wissen?«

»Ja. Guter Halim. Erzähle warum. Erleuchte mich, du Gelehrter.«

»Ja, natürlich. Mit Vergnügen. Weil man sich im Sport nicht mit Geld und Kontakten einschleichen kann! Und dasselbe gilt auch für die Judenvernichtung, denn eigentlich waren es überhaupt nicht nur Juden, die da starben, sondern auch eine Menge ...«

»Ey, what the fuck, man! Bist du noch ganz bei Trost? Oder machst du dich über mich lustig?«

Alex sah aus, als hätte ich ihm gesagt, daß ich Hundekacke als Haargel benutze.

»Wie kannst du einfach hier sitzen und solche Sachen sagen?«

»Ich schwör, Alex, das ist wie mit dem Essen in der Kantine – man muß anders denken, um das zu begreifen. Anstelle von ›ja, gerne Fischstäbchen‹ durchschaut man die Theorie und begreift, daß das nur eine neue Methode ist, uns zu integrieren.«

Alex schüttelte den Kopf, und gleichzeitig hatte ich das Gefühl, daß er innen drin lachte.

»Okay. Aber ... denkst du nicht, daß es bescheuert ist, daß du dich als einen ... was war es doch gleich, Gedankenpropheten bezeichnest? Okay, Gedankensultan. Aber gleichzeitig bist du doch einer von denen, die im Essens-Rat sitzen. Und auf den Versammlungen hast du nicht einmal gewagt, was zu sagen.«

Alex schien wirklich Streit zu suchen, und ich wollte ihm gerade die perfekte Erklärung liefern, als er mich unterbrach.

»Abgesehen davon sollte man sich daran erinnern, daß deine Art, die Sache zu verändern, ganz dem klassischen Einwandererstereotyp entspricht. Es ist verdammt noch mal so viel leichter, die Erwartungen der Leute zu erfüllen, als einfach darauf zu scheißen.«

Klar, ich hätte ihn mit den einfachsten Argumenten unter meiner Fußsohle zerdrücken können, aber statt dessen ließ ich ihn strahlen. Manchmal muß man ein wenig Mitgefühl mit den Schwachen auf der Erde zeigen.

Am Abend hatte ich vor, Papa zu fragen, ob er fand, daß ich das richtig gemacht hatte, aber er war immer noch in seinem Zimmer, und die Tür verschlossen. Die Wohnung ist genauso wie immer, nur etwas stiller.

Jetzt hat alles wieder angefangen, so zu laufen wie vorher. Heute in der Mittagspause habe ich zum ersten Mal seit langem hinten in der alten Rauchecke rumgehangen. Der Pappschnee ist zu Puder geworden, deshalb war kein Schneekrieg im Gange. Die Stahlschranke war zu kalt, um darauf zu sitzen, und statt dessen habe ich den Haustürschlüssel rausgeholt und »H+M=WAHR« weggekratzt (ich habe den Holzstamm vor langer Zeit beritzt, als wir beide, der Baum und ich, maximal weich waren). Als man keine Buchstaben mehr sehen konnte, ging ich zum Studio, um nach Morris zu schauen.

Meine Nase fror fast an der Glasscheibe an, als ich ganz nah ran ging, um reinzuschauen. Das kleine Zimmer war total leer, abgesehen von zwei Verlängerungskabeln, einer ausgetrunkenen Colaflasche und kleinen Staubhaufen. Erst dachte ich, jemand muß den perfekten Einstieg gemacht und Computer und Baßgitarren und Lautsprecher auf dem Flohmarkt verkauft haben. Aber dann begriff ich, daß nicht mal der geizigste Einbrecher das braune Ledersofa oder die Jazz- und Bluesbilder mitnehmen würde, die über dem Tisch hingen. Ich ging die Treppe runter und sah durch die Studiotür. An der Wand, wo das silberne Schild mit seinem Namen gehangen hatte, war jetzt ein ausgeblichenes Viereck. Aus dem Briefkasten quollen massenhaft Reklameblätter und Umschläge, und gerade hatte ich angefangen, die Briefe rauszuziehen, als ich merkte, wie die Wintersonne von jemandem verdunkelt wurde, der von oben zuschaute.

Das Herzrasen war unnötig, denn na klar war es kein Polizist oder Alex, sondern Curre, der die Verrücktenfresse auflegte und rief:

»Hallohallohallo!«

Er hatte das immergleiche Flanellhemd an, aber auf dem Kopf hatte er eine Mütze, die aussah wie die von Piloten mit noch mal Stoff über den Ohren. Ich erklärte, Morris hatte alles huckepack genommen und war nach New York gezogen, und irgend jemand mußte sich ja um die wichtige Post kümmern. Mit Vorsichtsfingern zog ich alle Umschläge raus, die festsaßen, und dann rannte ich die Treppe rauf mit der Post unter der Jacke und versteckte mich hinter den Büschen. Curre verfolgte mich, und ich ließ ihn. Damit er zu etwas nutze war, gab ich ihm einen Packen Briefe:

»Hier, Alter. Vorsichtig aufmachen. Alles Geld, das du findest, gibst du mir, klar?«

Curre fing brav an, mit seinen Wurstfingern Briefe aufzuschlitzen, und meist war es Langeweilerpost zum Beispiel von Skandia oder von der Steuer. Aber hier und da auch ein paar Einladungen zu Partys. Erst eine Galapremiere von »Das Leben ist ein Schlager« und dann eine Party für ein neues Lagerfeldparfüm im East und dann ein anderer Film, der »Alles über meine Mutter« hieß (voll provozierender Titel).

Dann lag da ein Umschlag vom Tigers, in dem sie mit einem großen Reggaefest am vergangenen Wochenende lockten. Ich gab die Einladung Curre, denn auf der Vorderseite war ein Bild von einem pornigen Negermädchen mit Schwanzlutschermund und Leopardenhemd und einem Hintern, der den von allen weißen Mädchen um Pferdelängen schlug.

»Hier hast du was, Kumpel. Das kannst du zum Wichsen benutzen.«

Curre ließ den Unterkiefer fallen, und ein paar leere Umschläge landeten im Schnee.

»Ojojojojoj. Was für eine Puppe. Was für eine Superpuppe, was, das ist allerdings eine echte Superpuppe ... Ein Puma ... eine Puppe ...«

Ich steckte alle anderen Einladungen in die Jackentasche, denn das ist ein voll harter Trick, wenn man Tussen trifft und all die VIP-Partys zeigen kann, auf denen man war. Curre stand immer noch hinter den Büschen, als ich zur Schule zurückging, und ich glaube wirklich, er versuchte, das Mädchen auf der Einladung zwischen den Beinen zu lecken (oder vielleicht schaute er auch nur ganz genau hin).

Als ich da stand und durch das Fenster vom Pausenraum nach Hristo Ausschau hielt, streckte Faud den Kopf aus dem Fenster und sagte, alles sei cool. Er machte Platz auf dem Sofa und lud mich zu was zu trinken ein und erzählte, daß er und ein paar andere fänden, Hristo hat die Grenze überschritten, als er im Billardzimmer den Streß anfing. Fadi und Nader (der in die Achte geht) nickten. Obwohl sie theoretisch eigentlich voll schwedisiert sind und im Computerraum im Netzwerk Doom spielen, fühlte es sich doch voll gut an, daß sie mich unterstützten. Dann spielten wir Tischtennis-Doppel, und durch meine Superdreher gewannen ich und Faud zwei Sätze hintereinander. Fadi sagte, meine Angaben seien total unhaltbar, und Nader sagte, er will das nächste Mal mit mir spielen.

Auf dem Weg zurück zur nächsten Stunde war es total cool, weil wir zusammen gingen, und plötzlich fühlte es sich an, als sind wir eine Jungsbande, die schon seit der Mittelstufe Kumpel sind, und Mütter haben, die tratschen, und Väter, die jedes Wochenende angeln.

Fadi erzählte eine lange Geschichte von zwei Tussen in seiner alten Klasse, die einmal in der Sechsten die DVD von »Die Gesellschaftsreise« von einem Typen ausgeliehen hatten, der vergessen hatte, daß danach ein P-Film angehängt war. Dann gingen die Tussen nach Hause und schauten den Film mit der ganzen Verwandtschaft, die in irgendeiner kirchlichen Sekte waren, und direkt nach dem Abspann kam der Pornofilm mit Deutschen, die Federmasken aufhatten und einander in alle Öffnungen fickten! Die Tussen gerieten in Panik, und wie sie gerade …

Tut mir leid. Bin da vorhin ein bißchen unterbrochen worden.

Als ich von der Schule nach Hause kam, ging ich davon aus, daß Papa im Laden ist, denn seine Tür war zu und alles war still. Ich habe mir etwas zu essen gemacht, eine Wiederholung von »Friends« geschaut und mich dann mit dem Schreibbuch hingesetzt. War fast fertig, als ich den Atem von jemandem spürte, und da merkte ich, daß Papa sich reingeschlichen hatte und über meine Schulter mitlas. Er trug einen Bademantel, einen kratzigeren Bart als sonst und hatte Striemen von den Kissen auf dem Gesicht. Er hatte wohl wieder den ganzen Tag verpaßten Schlaf nachgeholt und den Laden geschlossen gelassen. Ich versuchte zu erklären, daß ich meine Schwedisch-Hausaufgaben mache und gerade einen Übungsaufsatz schreibe, aber Papa starrte nur wie ein wütender Löwe im Käfig.

»Glaubst du, ich bin total dumm im Kopf?« fragte er mit zusammengebissenen Zähnen. »Warum schreibst du so? Warum, warum, warum?«

»Wie?« fragte ich und schmuggelte das Notizbuch heimlich in die Schublade.

»Jetzt hör verdammt noch mal auf, so dummes Zeug zu reden!« schrie Papa und hob die Faust. »Jetzt ist genug! GENUG!«

Papa versuchte die Schublade aufzureißen, aber ich

klemmte das Knie davor und weigerte mich, loszulassen.

»Was glaubst du eigentlich, was du da machst?«

»Was meinst du?«

Ich meinte das fast ganz ehrlich, als ich sagte, daß ich nichts kapiere. Papa merkte, daß er zu schwach war, die Schublade aufzukriegen und brüllte statt dessen nur noch lauter:

»Warum schreibst du so? *Voll fett schön, Idiot, Tuss*. Was? Wen kennst du denn, der so redet? Was glaubst du, warum wir weggezogen sind?«

Die Spucke flog in dicken Tropfen, und ich hatte plötzlich das Gefühl, als hätte Papa noch Wut von dem Videostreit übrig, die nicht rausgekommen war, und deshalb war er gezwungen, so zu sein. Am Ende zahlte ich ihm mit gleicher Münze zurück.

»Was willst du eigentlich? Willst du, daß ich Schwedensprache reden soll? Ich weiß wenigstens, wer ich bin und woher ich komme.«

»Mann, bist du denn vollkommen dumm im Kopf? Glaubst du, ich weiß nicht, daß du viel besser Schwedisch kannst als das da? Vor ein paar Jahren hast du perfekt gesprochen, und jetzt? *Ey, Schlampe, ficken, voll kraß, ey*. Spinnst du?«

»Ich bin auf jeden Fall kein Feigling. Ich habe jedenfalls den Kampf nicht vergessen ...«

»Den Kampf? Welchen Kampf? Es gibt keinen Kampf! Sieh mich an, Halim. Sieh mir in die Augen. Stell dir mal vor, was ich heute hätte, wenn ich anders gewählt hätte. Ein Semester. EIN verdammtes Semester hatte ich noch ausstehen, als der Putsch mißglückte. Was könnte ich alles machen? Du redest genauso wie deine Mutter –

möge sie in Frieden ruhen. ›Nein, wir können nicht aufhören, wir müssen weitermachen, wir können den Kampf nicht aufgeben.‹ Und als wir hier waren, war es genau dasselbe. ›Der Kampf muß weitergehen.‹ Und jetzt? Was passiert jetzt? Sieh mich an – ich sitze hier mit einem Laden voller Mist! Und Nourdine, sieh ihn an. Was glaubst du, hat er gewonnen? Was? Glaubst du, daß er irgendwann mal eine Hauptrolle bekommen wird? Niemals. Er hat in seinem Leben zwei Fehler gemacht – der eine war, den Libanon zu verlassen, und der andere, London zu verlassen. Und Samir? Einer der besten Köche Syriens, der reingelegt worden ist und den man jetzt mal wieder rausgeschmissen hat … Es geht nicht, Halim, es ist besser, wenn man das gleich lernt. Es gibt nur eine Art und Weise, wie man die Dinge hier in der Welt verändern kann. Eine einzige Art und Weise.«

Papa rieb Zeigefinger und Daumen vor meiner Nasenspitze gegeneinander.

»Kohle. Geld.«

Zum ersten Mal seit vielen Jahren hatte Papa den Demonstrationston drauf, aber er hatte sich aufs Glatteis begeben und versuchte darauf Fahrrad zu fahren. Ich servierte ein hartes Gegenargument.

»Was glaubst du, würde Mama sagen, wenn sie dich so hören würde?«

Papa seufzte und zog sein Taschentuch aus der Bademanteltasche. Während er nachdachte, putzte er mit zittrigen Händen die Brille. Dann kehrte die Wut zurück.

»Hm, okay, ich bin der Feigling«, rief Papa und ging in die Küche. »Aber man kann sich ja durchaus fragen, wer hier falsch ist! Du oder ich!«

Er knallte die Küchentür zu, und das Foto von König

Hassan fiel um. Dann fing Papa an, in dem Chaos in der Küche rumzufuhrwerken. Jetzt gerade hackt er wie wild einen Salat zum Abendessen, und es klingt, als ob ein verrückter Specht in der Küche arbeitet.

Mag jetzt nicht mehr schreiben. Jetzt nicht.

Es gab eine kleine Pause im Schreiben, vor allem deshalb, weil ich mich auf die Abschlußprüfungen konzentriert habe und nicht so viel Neues passiert ist. Papa scheint sich wieder beruhigt zu haben, und keiner von uns denkt an die etwas komischen Tage letzte Woche (eigentlich ist es natürlich, daß Väter es schwer haben, die Wut zu kontrollieren, wenn es lange her ist, daß sie wütend waren, und na klar kann die dann überlaufen und falsch landen, zum Beispiel bei den Söhnen). Heute war Samstag, und deshalb bin ich zum Laden gefahren, um Papa zu helfen, die Weihnachtsdekoration max schön zu machen, und gleichzeitig zu zeigen, daß ich ihm den Krach verziehen habe. Neben der Tür stand die Pokemon-Maschine mit dem gelben Stofftier, das surrte und rüttelte und sich hinter der Scheibe vor und zurück bewegte. Doch obwohl Nourdine die Maschine im Sommer repariert hat, ist das Tier schon wieder zu weit vorne. Jedesmal, wenn es sich der Scheibe nähert, bleibt es nicht genau davor stehen, sondern schlägt sich die Stirne am Glas an. Das sieht eigentlich richtig lustig aus, weil es die ganze Zeit mit den größten weißen Augen und der bekloppten Pokemon-Miene lächelt, und dann wieder voll an die Scheibe knallt.

Ich dachte, ich muß Papa dran erinnern, daß wir die Maschine aufmachen und das Tier zurücksetzen. Aber drinnen im Laden vergaß ich das wieder, denn Nourdine und Papa schienen voll fett sauer aufeinander.

Nourdine saß an der Kasse, und Papa hängte rote Girlanden an die Decke. Als ich reinkam, schwiegen sie ein paar Sekunden, aber dann redete Nourdine weiter, Papa zugewandt, der auf der Leiter stand. Erst dachte ich, es ging um das Übliche, um Pferdewetten oder so, vielleicht um die englische Liga. Aber obwohl sie schnell redeten, begriff ich doch, daß es um die neue Intifada ging. Nourdine sagte, Papa soll keinen Scheiß über Arafat reden, weil Arafat schließlich immer noch auf unserer Seite ist. Papa schnitt ein Stück rote Girlande ab und wedelte dann mit den Armen:

»Was heißt denn auf unserer Seite? Auf welcher sind wir denn? Arafat ist ein verdammter Pfuscher. Mit einem begabteren Befehlshaber hätten wir schon vor zwanzig Jahren ein eigenes Land gehabt. Wenn du wüßtest, wieviel Fehler er gemacht hat. Und von den anderen Anführern wollen wir mal gar nicht reden. Was für verdammte Idioten. I-DI-O-TEN.«

»Ich sage ja nicht, daß er keine Fehler gemacht hat. Aber es ist falsch, nur darauf zu schauen – denk doch nur an all die Verbrechen, die die Juden …«

»Nourdine, ich weiß das. Sieh mich an. Mir mußt du das nicht erzählen. Ich weiß es. Nur zu gut. Und genau deshalb bin ich ja so enttäuscht. Sollen wir uns auf deren Niveau begeben? Es gibt eine Zeit für Gewalt und eine Zeit für Verhandlungen.«

»Es hat ja keiner gesagt, daß …«

»Wir sind ja wohl intellektuelle Männer, du und ich. Oder? Da müssen wir auch beide Seiten kritisch betrachten. Und was brauchen wir denn eigentlich? Noch mehr Selbstmordattentäter? Oder noch mehr begabte Verhandlungsführer?«

Papa stand immer noch oben auf der Leiter, und die Stimme war max feierlich, und es war Demonstrationston angesagt, als hätte er das Megaphon in der Hand. Händeklatschen auf dem sonnigsten Platz, und obwohl ich nicht richtig kapierte, wem ich da zujubelte, fühlte ich die Gutheit bis in die Fingerspitzen. Papa redete wie ein moderner Prophet, da oben auf der wackeligen Leiter, die wir von dem Bauplatz hinten an der Tanke geklaut hatten. Nourdine versuchte ihn zu unterbrechen, aber logo ging das nicht mit einem Papa, der mal in Fahrt gekommen war.

»Und die Fundamentalisten ...«

»Glaubst du, daß es so einfach ist? Glaubst du, daß es eine einzige einfache Lösung gibt? Märtyrer ins Rennen schicken? Zivilisten töten? Da hast du aber die wahre Bedeutung des Dschihad nicht begriffen. Der Koran lehrt uns, daß es bei dem großen Dschihad um einen Kampf gegen das Böse in uns geht. Den inneren Kampf. Der kleine Dschihad soll der Kampf gegen Ungerechtigkeiten sein. Aber nichts von alledem hat mit Terrorangriffen gegen Kinder und Frauen zu tun!«

Sie redeten noch lange weiter, und obwohl ich nicht alles mitkriegte, fühlte es sich doch gut an, daß sie über Wichtigkeiten redeten. Ich half in der Zeit dabei, noch mehr Weihnachtsdekoration aufzuhängen. Ich sprayte neuen künstlichen Schnee ins Schaufenster, so daß man den Staub nicht mehr sah, und stellte ein paar kleine Wichtelmänner auf die Regale und den Tresen. Als ich fertig war, sah der Laden ein wenig aus wie ein Spielzeuggeschäft (aber auf eine gute Art). Dann kam gleich eine Oma rein und kaufte zwei rote Sparschweine. Sie sah Nourdine und Papa beunruhigt an, weil die beiden weiter laut stritten und sich überhaupt nicht darum scherten, daß sie reingekommen war.

»Eigentlich sind die beiden gute Freunde«, erklärte ich und lud die Oma zu einem Überraschungsei ein.

Dann holte ich noch mehr Weihnachtswaren aus dem Lager, und meist sind es dieselben wie im letzten Jahr. Zum Beispiel die roten Weihnachtskartenspiele und die roten Kerzenleuchter mit Wichtelmännern und Rentieren drauf. Dieses Jahr hat Papa extra viele Wichtelmännermasken bestellt. Als ich in den Laden zurückkam, gab es gerade eine Pause in der Diskussion. Papa zeichnete die Wichtelmännereierbecher mit einem Filzstift aus, und Nourdine rauchte eine neue Zigarette und sah schlecht gelaunt aus. Ich hatte das Gefühl, auch etwas zur Diskussion beisteuern zu wollen:

»Man muß auch immer an das alte arabische Sprichwort denken, daß die Intellektuellen hinkenden Kamelen sehr ähnlich sind. Weil sie nie eine Revolution anfangen werden, also deshalb.«

Dann lächelte ich Papa zu, der von der Kasse aufschaute.

»Was hast du gesagt, Halim?«

»Die Intellektuellen, daß sie den hinkenden …«

»Ich hab's gehört. Das ist Dalanda, die ihm das beigebracht hat. Erzähl mehr davon, welche anderen arabischen Sprichworte hat sie dir noch beigebracht?«

Ich wurde ein wenig stolz, daß er fragte, und deshalb zählte ich ein paar Beispiele auf.

»Wir haben ›Ein Mann ohne Sprache ist wie ein Kamel ohne Höcker – wertlos‹. Und dasselbe mit einem Mann ohne Geschichte. Und ›Ein Mann ohne Mut ist kein Mann.‹ Und dann ›Geh nicht über den Nil, um Wasser zu holen‹.«

»Ach ja, ach so. Sonst noch welche?«

Papa grinste schief.

»Ich erinnere mich nicht an alle, doch ›Feige Kamele haben Sehnsucht, mutige Kamele hauen ab‹.«

Und Papa und Nourdine fingen gleichzeitig an zu lachen. Erst dachte ich, es war ein freundliches Lachen, aber bald merkte ich, daß es spöttisch und kalt war.

»Du glaubst ja wohl alles, was diese alte Tante sagt, was?«

»Glaubst du, daß ein Sprichwort arabisch wird, nur weil man etwas Nil und ein paar Kamele reintut?«

Ich wußte nicht, wohin ich gehen sollte, ich wollte wegrennen, im Sturmschritt nach Hause eilen, um die roten Girlanden und die Wichtelmänner aus Plastik nicht mehr sehen und den Gestank von Nourdines blöder Zigarette nicht mehr riechen zu müssen, aber vor allem, um dem Lachen zu entkommen. Papa beruhigte sich wieder, und dann schaute er mich und Nourdine ein wenig böse an.

»Ich werde euch mal ein richtiges Zitat beibringen. Das stammt aus dem Koran, und das wird zwei Nationalisten wie euch wohl sehr gut gefallen. ›Der Weise will wissen, der Törichte will reden.‹ Denkt daran. Beide.«

»Wie kannst du nur alles glauben, was diese Tante erzählt?« fragte Nourdine hinter einer etwas freundlicheren Stimme versteckt.

Innen drin pochte es, und beißende Säure lag im Magen, und ich konzentrierte mich, um eine Antwort zu finden und cool zu sein, aber die Stimme klang trotzdem voll belegt, als sie schließlich raus kam.

»Woher sollte ich das denn wissen?«

Da wurde es still. Nourdine klopfte vorsichtig seine Asche ab, und manchmal quietschte Papas Filzstift auf einem Plastikschild. Beide sahen aus, als würden sie sich schämen.

Bald wird das Schuljahr seinem Ende zugehen, und die meisten Zensuren stehen schon fest, und sogar die Streber hören langsam auf, rumzuschleimen. Das ganze Wochenende lang war im Laden Totalchaos, weil die Rentner Geschenke kaufen mußten und In-letzter-Minute-Dekorierkram brauchten. Nach dem Abendessen am Sonntag nahm Papa Aspirin, aber er war zum ersten Mal seit langem wieder guter Laune. Als ich erzählte, daß ich wohl in allen Hauptfächern eine Vier bekommen werde, gratulierte er und versprach, daß wir den Abschluß im Restaurant feiern werden. Der Laden hatte fast einen neuen Verkaufsrekord erzielt, und jetzt legte er zufrieden die Füße auf den Stuhl neben sich und gähnte voll lange.

»*Oi, oi. Schönste Müdigkeit. Müdigkeit nach Langarbeit.*«

Er saß still da und ließ seinen Nacken knacken, während ich die Sachen zur Spüle trug und Wasser einließ. Dann redete er auf arabisch weiter:

»Ich erinnere mich noch an den Morgen, als du geboren wurdest. Da hatte ich Nachtschicht in der U-Bahn und war dreißig Stunden am Stück wach gewesen. Wenn nicht noch mehr. Trotzdem war ich nicht müde. Nicht im geringsten. Du lagst da drinnen im Bauch und hast Stunde um Stunde gewartet und dich geweigert, rauszukommen. Ich war nervös, so unglaublich nervös. Dann schließlich, um halb acht Uhr morgens, hast du dich dann entschieden, rauszukommen.«

Papa lächelte, wie wenn man an Picknick mit Schwertlilien im wärmsten Sommergras denkt.

»Ich weiß es noch wie heute. Ich stand da neben dem Krankenbett und zitterte am ganzen Körper. Ich sollte die Nabelschnur durchschneiden – ich weiß nicht, ob das immer noch gemacht wird, aber damals durfte man das auf jeden Fall – und du hast wie verrückt geschrien. Du warst so wütend. Stocksauer.«

Papas Blick war ganz weit weg, und ich fand, daß er mit diesem Blick ein bißchen wie Curre aussah.

»Dann fuhr ich nach Hause. Ich ließ Leyla da im Huddingekrankenhaus und fuhr mit Bus und U-Bahn nach Hause. Ich habe auch eingekauft, das weiß ich noch. Kaufte eine Abendzeitung und etwas Gemüse. Es war gerade Musikfestival gewesen. Ich kaufte Knoblauch und dann diese Minitomaten. Ich hatte den Eindruck, als sei das so ein Tag, an dem Allah gute Laune hat und alle einem zulächeln. Dann kam ich nach Hause und merkte, daß ich immer noch die blauen Schuhschützer vom Krankenhaus an den Füßen hatte.«

Papa lachte lange. Obwohl ich die Geschichte schon oft gehört hatte, lachte ich mit.

Dann aßen wir Eis mit Obststückchen vor dem Fernseher, und wie immer war es Bengt Magnusson, der »Wer wird Millionär« moderierte. Papa bat mich zu übersetzen, wenn er die Wörter nicht verstand. Nach der Sendung fragte ich Papa, ob er immer noch glaubt, daß Bengt wirklich unser Nachbar ist.

»Wenn das so ist, dann muß er schwul sein, denn jetzt klebt da ein Name von einem anderen Typen an der Tür.

Hast du das gesehen? Papa? Daß er mit einem Typ mit einem irgendwie arabisch klingenden Namen zusammenwohnt?«

Papa drückte die Stummtaste auf der Fernbedienung und dachte nach. Dann sagte er etwas, was eigentlich nicht wirklich die Antwort auf meine Frage war.

»Halim. Denkst du oft daran, was das bedeutet? El Halim?«

»Nein, ja, na ja. Nur manchmal.«

»Der Träumer. Der Träumende. Weißt du, was ich Leyla noch vorschlug, wie du heißen solltest? Mit zweitem Namen?«

»Nein, erzähl.«

Papa lächelte bei der Erinnerung daran.

»Halim el Saber. Saber, genau wie dein Großvater. Der geduldige Träumer. Aber Leyla wollte es nicht. Natürlich. Sie sagte, Doppelnamen wären nur etwas für schwedische Kinder und daß du nun wirklich nicht irgendein Karl-Fredrik oder Per-Alfred bist.«

»Vielleicht hatte sie ja recht?«

»Hm. Vielleicht hatte sie ja unrecht?«

»Hm.«

Wir schwiegen eine Weile. Dann fragte ich wieder:

»Aber glaubst du, daß er hier wohnt oder nicht? Bengt.«

»Ich weiß nicht, Halim. Ich weiß es wirklich nicht. So etwas ist schwer zu sagen. Außerdem ist das ja wohl ein ziemlich häufiger Name, oder? Bengt Magnusson.«

»Hm.«

Dann machte ich mich fertig, um ins Bett zu gehen, putzte die Zähne, zog meinen Schlafanzug an und sagte Tsbahallscher. Papa saß immer noch im Sessel. Er schaute auf den Bildschirm, obwohl der Ton immer noch ausgestellt war.

Ich wollte gerade einschlafen, als Papa in mein Zimmer gestürmt kam.

»Schläfst du? Nicht? Warte kurz.«

Als Papa das Deckenlicht anmachte, sah ich, daß er das alte Koranbuch in der Hand hielt. Ich rieb mir die Augen und zog heimlich die Schlafanzughose nach oben, damit er nicht glauben sollte, ich wäre dabei, mir einen runterzuholen. Papas Mund war nur noch ein Strich, als er die Seiten umblätterte. Der alte Koran ist voll abgenutzt, weil Papa ihn von seinem Papa bekommen hat, und das war vor langer Zeit, als man die Buchseiten noch gelber machte und raschelnd wie Laub. Papa setzte sich neben mich aufs Bett.

»Hier, Halim. Ich möchte, daß du eine Sache liest.«

»Aber ich wollte gerade ...«

»Jetzt komm schon. Los, ich helfe dir. Setz dich schon hin.«

»Aber ich kann das nicht so gut.«

Papa schaute mich lange an. Dann sagte er: »Ich helfe dir.«

Das Koranbuch war voll allerfeinster Buchstabenkunst, und der Text ist vielleicht tausendmal schwerer zu lesen als die Texte in Safas Arabischbuch. Im Koran sind alle Buchstaben verschnörkelt geschrieben, und die Vokale stehen natürlich auch nicht da. Deshalb mußte Papa mir ganz schön viel helfen. Eigentlich war er derjenige, der vorlas, und ich wiederholte nur.

»El saber ...«

»El saber ...«

»... mftah al farage.«

»... mftah al farage.«

»Verstehst du? El saber – die Geduld, mftah – der Schlüssel und al farage?«

»Das Glück.«

»Genau. Denk daran, Halim. El saber. Geduld ist ein schöner Name. Man muß akzeptieren, daß manche Teile des Lebens aus Warten bestehen.«

Ich nickte, um zu zeigen, daß ich verstand. Als Papa rausgegangen war, versuchte ich, mit dem Wichsen weiterzumachen und stellte mir vor, ich würde von vier süßen Thailänderinnen diverse Blowjobs kriegen.

Was soll ich sagen? Letzte Woche vor Schulende, und Halim denkt immer und immer wieder über dieselbe Frage nach: Wieviel kann man von der Welt begreifen, ehe man zu viel begreift und dann auf der Gottseite landet und vielleicht vergißt, daß man neulich noch ein normaler Mensch war? Ich habe die Überschrift von der Zeitung gesehen und, na klar, ich konnte das nicht glauben. Ich dachte, das muß ein Witz oder Einbildung sein. Aber Tatsachen sind doch Tatsachen. Die Zeitung liegt vor mir, und keiner kann über das streiten, was wirklich passiert ist. Wahrscheinlich wollen die Götter direkt eine Belohnung austeilen, weil ich mein richtiges Schicksal gefunden habe und endlich begriffen haben, daß ich nicht nur Gedankensultan sein soll, sondern gleichzeitig der Verhandlungsmeister der Araber (der in ein paar Jahren die Krise im Nahen Osten mit eigenen Halimabsprachen lösen wird). Ich hoffe nur, die Götter flippen nicht aus, weil ich sie ertappt habe (und dann auch noch über sie geschrieben habe).

Alles begann in der Nachmittagspause, als ich mit Faud und Fadi zum Kiosk bin. Die ganze Zeit versuchte ich, ihren Erzählungen über die Eliteserie zuzuhören, um die Nervosität zu dämpfen, aber ich muß zugeben, das war schwer. Auf dem Rückweg trafen wir Curre, der seinen Putzwagen rausgefahren und mit dem einen Rad im Sandkasten geparkt hatte. In den Händen hielt er die verknitterte Einladung zum Reggaefest ins Tigers, und als er mich sah, hellte sich sein Gesicht auf.

»Kumpel«, rief er mit Kreischstimme, und schon ehe er bei uns war, roch man die Alkoholfahne.

Ich schämte mich ein klein wenig, denn die anderen in der Gruppe würden jetzt vielleicht denken, daß Curre und ich die besten Freunde sind.

»Hallo, Fetti«, antwortete ich. »Was hast du mit der Einladung gemacht? Als Wichsfutter benutzt, oder was?«

Faud und Fadi lachten, und ich merkte, daß es funktionierte. Curre war verwirrt und bekam seinen starren Blick. Er bog das Bild von dem Pornomädel in Leopardenklamotten hin und her, und das Papier war schon aufgeweicht und an den Ecken auseinander gefleddert.

»Jetzt los, Typ«, machte ich weiter. »Hau ab. Du stinkst.«

Meine neuen besten Freunde lachten noch mal, und wir turnten in Richtung Schule. Als wir gerade reingingen, hörten wir Curre »Tschühüß«, rufen, aber na klar habe ich das ignoriert.

Nach der Pause war es endlich an der Zeit, mal zu zeigen, was eine Harke ist, und Papas Stimme war wie ein Radio im Kopf, und sowie die Kantinentante die Konferenz anhämmerte, ergriff ich das Wort. Erst benutzte ich die normale Sprache, und dann, damit keiner es falsch verstehen würde, tat ich etwas Schwedenton dazu. Ich schlug vor, daß man eine Menüwoche machen sollte, in der es nicht nur Schwedenessen gab, sondern statt dessen Essen aus anderen Ländern. Alle fanden meinen Vorschlag kraßgeil, nur die Kantinentanten nicht, die sagten, sie hätten doch schon Chorizo und orientalische Currypfanne. Ich erklärte, der Speiseplan müsse wenigstens getreu dem Islam halal sein und Chakchouka und Lammfleisch drauf haben und Merguez und Falafel und Couscous plus Arrisa in getrennten Schüsseln (für die Leute, die bereit sind, das zu riskieren). Alle Schüler waren dafür, und Sibille sagte, sie hätte ein paarmal Libanesisch gegessen und es jedesmal total geliebt. Nur einer aus der Siebten war dagegen und sagte, es würde echt schwer sein, das Essen nur aus Zutaten zu kochen, die BIO seien. Das war allen scheißegal, und sie fanden, er sei eine Umwelttunte.

Bei der Abstimmung stimmten alle außer dem Schwedensiebener für meinen Vorschlag. Sogar Alex hob die Hand, obwohl er eigentlich gar kein Stimmrecht hat, weil er zu den Lehrern dazuzählt. Das war ein supertolles Gefühl, vor allem, als die Kantinentante seufzte und sagte, wir würden dann auf unserem nächsten Treffen im Frühjahr den internationalen Speiseplan besprechen.

Nach dem Treffen war die Schule aus, und ich schwebte wie auf Wolken nach Hause, mit zwitschernden Vögeln um mich rum und freundlicher Abenddämmerung, und es war fast so, als würden die Füße einem fliegenden Teppich folgen, der immer den nächsten Schritt ganz weich machte. Dann fiel mein Blick auf das Titelblatt, und ich schwör, ich rieb mir die Augen wie die bekloppteste Comicfigur.

Das *Aftonbladet* schrieb mit den fettesten schwarzen Buchstaben: STAR VOM DRAMATEN VOR INKNEIPE BLUTIG GESCHLAGEN. Zitternd und voll gespannt kaufte ich die Zeitung, aber schon ehe ich die richtige Seite aufgeschlagen hatte, wußte ich es, irgendwo auf dem Grund meiner Seele, das schwör ich, hatte ich das Zeichen gesehen und wußte, was kommen würde. Der

Journalist hatte den Artikel auf zwei Seiten nebeneinander gesetzt, und unter der Fettüberschrift waren Bilder, die einmal ein Absperrband in Vergrößerung vor einer gräulichen Landschaft zeigten, und dann zwei Mädels als Zeugen, die Mützen aufhatten und unter Schock standen (eine hatte weiße Cowboystiefel mit Fransen an und die Jeans in die Stiefel reingestopft, als glaubte sie, sie lebt in der Prärie). Auf der anderen Seite war ein Bild mit drei Türstehern, die im Schneesturm standen und nach dem Rechten sahen, und unten in der Ecke war eine kleine Karte, die zeigte, wo auf der Kungsgatan das alles passiert war.

Artikel sind etwas anderes als kurze Meldungen, und auch wenn ich die Seiten zweimal falten würde, würden sie doch nicht ganz ins Schreibbuch passen. Aber eigentlich, warum soll ich Artikel einkleben, die nicht geschmuggelt sind, wenn die Sätze immer noch im Kopf festkleben? Jetzt muß ich nicht einmal in der Zeitung blättern, um mich zu erinnern, was da stand, wie der Dramatenschauspieler vor der In-Kneipe grob mißhandelt und zusammengeschlagen wurde, bis er bewußtlos war, und daß er jetzt im St. Göran liegt. Offensichtlich war der Schauspieler voll besoffen gewesen und von den Türstehern rausgeworfen worden, und auf der Straße hatte schon ein Idiot bereitgestanden, vielleicht, um ein bißchen Rache loszuwerden. Schläge wurden ausgetauscht, und der Schauspieler fiel auf den Bürgersteig und hatte eine Platzwunde am Kopf. Keiner wagte zu helfen, und der Angreifer haute in aller Ruhe ab. Der Journalist schrieb, der Schauspieler gehört zu den bekanntesten in Schweden und hat einige große Rollen gespielt, sowohl im Theater als auch im Film, und ich dachte, gewiß, mein Guter, du mußt nichts mehr sagen, wir begreifen schon, wir begreifen schon! Ansonsten sagte er, der Schauspieler hat Anzeige erstattet, und eine Tuss, die Ann-Christine Jernberg heißt und die Pressefrau vom Dramaten ist, sagte, es besteht die Gefahr, daß dieser Vorfall die kommenden Vorstellungen beeinträchtigen wird (als ob wir das nicht längst begriffen hätten).

Aber dann am Ende vom Artikel kam etwas, das nicht einmal ich mit meinem Wissen um die Mächte des Schicksals erwartet hätte. Nach einem Interview mit den Türstehern, schrieb der Journalist noch, daß die In-Kneipe »Tiger« heißt, und obwohl die Türsteher und die anderen Zeugen massenhaft Infos gegeben hatten, tappt die Polizei voll im dunkeln und hat immer noch keinen Verdächtigen, der auf die Beschreibung paßt. »Der Täter wird als ein sehr kräftig gebauter Mann mit afrikanischem Aussehen beschrieben.«

Ich habe den Satz immer und immer wieder gelesen, und ich konnte es kaum glauben, denn irgendwie war doch alles im Leben perfekt logisch, aber dann auch wieder war alles der volle Wahnsinn, und gleichzeitig war es, als würde der mächtigste Plan hinter allem stehen, und gleichzeitig war es, als würde der totale Zufall hier machen, was er will, und alles war sicher, und alles war unsicher, und das einzige, was ich in dem Moment wußte, war, daß Nourdine jetzt eine Chance hatte, und ich würde dafür sorgen, daß er die nicht verpaßt.

Ich rief ihn sofort an, als ich von der Schule nach Hause kam, und obwohl er gerade beim Kaffee saß und sein Handy miserabel ist mit dem kaputten Display und dem wackligen Akku, begriff er doch, daß eine Veränderung in der Luft lag. Ich sagte, er soll schnell einen Lebenslauf mit Foto und allem fertig machen, denn ich hätte jetzt Kontakte und Insiderinformationen, die wußten, wie er eine große Rolle in einem bekannten Theater kriegen würde. Nourdine fragte nicht warum oder wie, statt dessen hellte sich seine Stimme auf, als er versprach, er würde alle Papiere bis morgen fertig machen. Er hat schon eine große Sammlung alter Autogrammfotos, die er mit in den Umschlag tun kann.

Bevor wir auflegten, dankte mir Nourdine von ganzem Herzen, obwohl ich noch mal sagte, daß es nicht hundertpro sicher sei, daß er die Rolle kriegt, sondern nur fünfundneunzig. Trotzdem war es, als würde schon die Hoffnung ausreichen, um ihn glücklich zu machen. Vielleicht ist es ja immer so.

Heute war Donnerstag und der letzte normale Schultag. Ich und Papa hatten gerade fertig zu Abend gegessen, als Nourdine an der Tür läutete. Ich öffnete, und er stürzte mit frisch rasiertem Gesicht und neu aufgesprühtem Parfüm in den Flur. Unter der knarrenden Lederjacke hatte er ein schönes, rosagestreiftes Hemd, und er grüßte feierlich. Dann schob er mir mit einem heimlichen Augenzwinkern den Umschlag rüber und rief Papa zu, die Pistazien, die er heute abend dabei hätte, sind besser als das Leben. Dann forderte er ihn zum Schachduell.

»Heute abend ist es soweit. Das entscheidende Match. Wer gewinnt? Wer verliert? Heraus mit den Figuren, mein Herr! En garde! Jetzt wird es ernst! In der roten Ecke, der ewige Überraschende: NOURDINE! Und in der anderen Ecke, der feige, lieber-unentschieden-als-verloren: OTMAN!«

Papa umarmte Nourdine und sagte freundlich:

»Du wirst es nie lernen. Wenn du heute Abend auch nur eine einzige Partie gewinnst, dann werde ich ... ja ... was soll ich dann tun? Such es dir selbst aus!«

»Du wirst ... Was meinst du, Halim? Gib mir ein paar Ideen.«

»Den Schnurrbart abrasieren!«

»Okay, wenn ich gewinne, dann mußt du ... Nee, doch nicht. Die Haare. Das ist noch besser. Wenn ich eine Partie gewinne, dann mußt du dir den Schädel rasieren! Oder du wirst … muß noch mal überlegen … na ja, ich kann das ja auch entscheiden, wenn ich alle meine Siege errungen habe.«

Während Papa und ich spülten, stellte Nourdine das Schachbrett auf. Dann fragte Papa, ob die Klasse denn kein Abschlußfest macht. Man konnte seinem Blick ansehen, daß ihm die Antwort wichtig war. Da ich sowieso vorgehabt hatte, abzuhauen, sagte ich, logo, ich würde aufs Fest gehen. Aber ich erklärte dann auch, daß ich etwas später hingehe, denn nur Tunten kommen pünktlich zu Privatfeten. Papa lachte und sah glücklich zu Nourdine rüber.

Als ich die Wohnung verließ, war es fast zehn Uhr, und Papa hatte schon zwei Spiele gewonnen. Nourdine stieß lange, nicht kinderfreie Flüche aus, kaute auf Pistazienschalen, bis sie knackten, und wenn Papa nicht hinsah, aschte er in den Blumentopf (hauptsächlich aus Rache). Ich hatte den Umschlag unter meine Jacke geschmuggelt und schaute alles durch, als ich in der U-Bahn in Richtung Stadtmitte saß. Als letzte Seite Nourdines schicker Lebenslauf mit der Liste von Schauspielschulen und Stücken. Dann das schwarzweiße Foto, auf dem Nourdines Augen glitzern, das Muttermal glänzt und man nicht den kleinsten Ansatz zur Glatze sehen kann. Als erste Seite der kurze Brief, in dem ich schreibe, daß ich die Generalprobe von Maria Stuart gesehen hatte und mir sofort klar war, daß Nourdine perfekt für die Rolle des Leicester wäre. Ich schreibe auch, daß Nourdine und Bergman sich in Paris kennengelernt hatten, als Nourdine den Estragon spielte, auf englisch und in der schärfsten arabischen Inszenierung. Na klar war der Brief im schönsten Schwedisch geschrieben, damit keiner auf die Idee kam, daß ich Nourdine näher kenne. Als Absender hatte ich Håkan Kjellman hingeschrieben, weil das dem Brief zusätzliches Gewicht verlieh. Schon seltsam, wie anders alles wird, wenn man nur ein wenig den Namen wechselt.

Noch einmal durchlesen, und dann leckte ich den Umschlag an und klebte ihn zu. Auf die Vorderseite hatte ich bereits geschrieben: »DRAMATEN, Ingmar Bergman, Nybroplan 2, 102 41 Stockholm.«

Bei Nacht sah das Dramaten noch mehr wie ein Märchenschloß aus. Breite Marmortreppe und glänzende Goldstatuen und Lampen, die die weiße Farbe des Hauses in der Winternacht wie eine Fata Morgana leuchten ließ.

Hinter dem Tresen am Bühneneingang saß ein Wachmann mit freundlichen Augen und einer Menge grauer Haare. Er drückte auf den Türöffner, und ich erklärte, ich bin geschickt worden, um Ingmar Bergman eine Bewerbung zu bringen, und glücklicherweise kannte der Wachmann den auch.

»Bergman, sagst du? Ja, eigentlich können wir solche Sachen nicht entgegennehmen ... Aber wenn er darum gebeten hat, dann machen wir mal eine kleine Ausnahme. Laß es nur hier, ich werde dafür sorgen, daß es auf seinen Tisch kommt.«

Der Wachmann war voll freundlich, und ich bedankte mich höflich. Doch als ich gerade wieder draußen stand, wo der Schnee über die Straße wehte, hatte ich plötzlich das Gefühl, reingelegt worden zu sein. Es war, als hätte mir jemand einen Streich gespielt, und ich wäre in die Falle gegangen. Jede Sekunde konnte die versteckte Kamera rauskommen, und man würde mir ein Mikrofon vorhalten und fragen, warum ich eigentlich so leicht reinzulegen war, daß ich an Rotnasen und Artikel glaubte, wenn doch alles nur ein großer Zufall sei. Geduld, Geduld, sagte ich zu mir selbst, alles wird gut werden.

Ich kaufte Muffins und Tee bei 7-Eleven und hing dann rum und dachte, wie eklig doch normaler Tee ist im Gegensatz zu Pfefferminztee, und fragte mich, welche Sorte Blumen man am besten für jemanden kauft, der am Dramaten seine Premiere hat. Als ich den zweiten Muffin aufgegessen hatte und es schon so spät war, daß eine normale Privatfete zu Ende sein konnte, ging ich zitternd zur U-Bahn.

Papa war im Sessel eingeschlafen, sein Kopf war nach hinten gekippt, und er schnarchte gleichmäßig. Auf dem Tisch standen zwei leere Gläser, eine Plastikschale mit Chipskrümeln und ein voller Aschenbecher. Papa war mit der karierten Decke zugedeckt und sah in dem blauen Licht vom Fernseher ein wenig mumienhaft aus. Nourdine hatte, bevor er gegangen war, das Fenster aufgemacht, um den Zigarettenqualm abziehen zu lassen, und deshalb bliesen von draußen Minusgrade rein.

Im Fernseher lief Werbung, und während ich nach der Fernbedienung suchte, merkte ich, daß irgendwas besonders war an dem Mädchen, das mit leiser Stimme die neue Shampoosorte anpries. Sie redete arabisch. Mit dem schönsten Dialekt sagte sie, keine der anderen Sorten würde so ein gutes Volumen geben und die Haare von der Wurzel her stärken. Dann lächelte sie, und ihr Haar glänzte und schwang in Zeitlupe herum. Ich war ein wenig wie verzaubert, als schon die nächste Werbung anfing. Ein Araberpapa mit seiner Familie in einem sonnigen Garten erzählte von einer neuen Papierserviette, die einfach für alles perfekt ist: Schneuzen, Schuhepolieren und Fensterputzen. Eine Stimme aus dem Off sagte, die Taschentücher gibt es jetzt auch mit Zitronenduft, und sie sind besonders saugfähig.

Ich verfolgte neugierig die Kabel vom Fernseher zum Balkon, und da saß die Parabolschüssel ganz innen auf dem Geländer festgeschraubt! Es war ein bißchen, als würde man einen Kumpel aus der Grundschule treffen, den man eigentlich mag, aber trotzdem seit Jahren nicht gesehen hat. Zusätzlich zu den Schrauben hatten Papa und Nourdine alte Skibindungen und einen langen Spanngurt zu Hilfe genommen, den ich von der Ladefläche unseres Autos kannte. Als ich die Fernbedienung gefunden und den Fernseher ausgeschaltet hatte, putzte ich mir mit dem glücklichsten Bauchgefühl die Zähne.

Jetzt ist es ein Uhr, und ich werde versuchen zu schlafen.

Wieder da. Bald wird das Notizbuch vollgeschrieben sein. Ich wachte nach einem etwas schweißtreibenden Traum gegen fünf Uhr morgens auf. Es ging um irgend etwas mit fliegenden Konservendosen und zwei miteinander streitenden siamesischen Zwillingen. Auch wenn Papas Schnarchen vom Wohnzimmer verstummt war, konnte ich doch nicht wieder einschlafen. Statt dessen holte ich noch mal das Notizbuch hervor, und die vergangene Stunde habe ich nun damit verbracht, vor und zurück zu blättern und den Herbst im Rückspiegel zu betrachten. Stolz und Freude wirbeln im Bauch herum, und obwohl ich immer mehr der schüchterne Typ war, bringt mich das fast zum Angeben.

Welcher andere Gedankensultan ist vom kleinen Streßmachertypen zum stärksten Verhandler geworden und hat die schwedischen Schulen dazu gebracht zu begreifen, daß es keine gute Idee ist, die Muttersprache zu verbieten, denn als Antwort darauf kriegen sie vollgemalte Toiletten und müssen ein halal Al-mazat-Menü ausschenken? Welcher andere kann in seinem Schreibbuch schon im ersten Herbst berichten, daß er Kumpels Rollen am Dramaten verschafft hat UND Poppertypen klargemacht hat, daß sie nicht die falschen Mädels ficken sollen? Wer hat Väter daran erinnert, daß sie im Grunde stolze Kämpfer sind, die nie mehr bei irgendwelchen Schwedenidioten schleimen sollten? Und wer hat Papayabücher verbrannt, geschmuggelte Artikel gesammelt, Parabolantennen beschafft, andere Kanaken über den Integrationsplan informiert, ständig Philosophien geschrieben und gleichzeitig am laufenden Band Politiker geknackt?

Die Antwort ist einfach: Wenn nicht Halim, dann KEINER!

Jetzt werde ich mir ein kleines Frühstück machen und dann zur Schulabschlußfeier gehen.

Erst langweiligste Rektorenrede, dann Zeugnisvergabe in Carins Klassenzimmer. Obwohl ich es vorher fast sicher wußte, hatte ich doch ein Flattern in der Brust, als ich sah, daß es in allen Fächern eine Vier geworden war (außer in Biologie, aber da kriege ich sie später, wenn ich nur im Frühjahr noch eine kleine Arbeit schreibe).

Nach der Versammlung im Klassenzimmer rannten alle Schüler auf den Schulhof, wo die klarste Sonne schien und die Turnschuhe auf dem Schnee knirschten. Ich stand mit Faud und Fadi zusammen, die auf Nadar warteten und ihre massenhaften Auszeichnungen verglichen, und Faud sagte, Nisse ist der mieseste Rassist, weil er ihm nicht die beste Note in Werken gegeben hatte, obwohl sein Schneidebrett mit Abstand das beste in der Klasse war. Noch ehe ich zustimmen konnte, wurde ich von einem lachenden Alex auf den Rücken geschlagen.

»Du. Wollte nur sagen … Glückwunsch. Supergut gearbeitet. Wirklich.«

Er sah mich mit noch mehr mongoligen Augen als sonst an und grinste stolz wie ein Papa mit Schuhschützern auf dem Nachhauseweg vom Kreißsaal.

»Und dann ist da noch das mit dem Geschenk … Aber, Ehrenwort, nicht vor Weihnachten auspacken!«

Er holte ein Paket aus dem Rucksack, und zum ersten Mal in diesem Schuljahr schenkte ich ihm ein Lächeln und bedankte mich.

Aber das beste Gefühl kam nicht von dem Geschenk, sondern davon, daß Alex sagte, er würde im nächsten Schuljahr auch wieder dabei sein. Auch wenn es ein bißchen schwul klingt, dann glaube ich doch, daß ich lieber möchte, daß er bei uns arbeitet, als daß er aufhört. Als es an der Zeit war, sich zu verabschieden, schüttelten wir uns die Hände, und die Lage wurde etwas feierlich.

»Hab verdammt gute Weihnachtsferien«, sagte Alex. »Und vergiß nicht, die Innenseite anzuschauen. Also bei dem Geschenk. Okay? Wir sehn uns im Januar.«

Ich nickte, hielt aber gleichzeitig einen Sicherheitsabstand, denn Alex sah ein wenig so aus, als würde er mich gleich umarmen wollen.

Meine neuen besten Freunde und ich gingen gemeinsam Richtung U-Bahn, und Nader erzählte, ein paar in seiner Klasse hätten angefangen zu heulen, als sie ihre Noten kriegten (meist die Mädchen, logo). Hinten am Sandkasten sah ich Curre, der seinen fetten Arsch in eine Schaukel gezwängt hatte, und man hatte das Gefühl, es müßte ein Weinkorkengeräusch geben, wenn er jetzt aufstand.

»Frohe Weihnachten«, rief Curre und winkte mit der einen Hand wie ein Schaffner auf dem Bahnhof.

»Frohe Weihnachten«, antwortete ich. »Frohe Weihnachten, du alte Rotnase.«

Curre schien nichts zu hören, sondern lächelte nur und schaukelte weiter. Als die nächste Schülergruppe vorbeikam, hörte ich, daß er denen auch Frohe Weihnachten zurief.

»Wie hast du ihn genannt?« fragte Fadi, als wir über den Steg gingen.

»Nur ein Kosename«, erklärte ich. »Nur ein Kosename.«

Nader und Faud und Fadi wohnen draußen in Aspudden, deshalb verabschiedeten wir uns auf dem Bahnsteig. Fröhliche Weihnachten, schöne Ferien, und als ich dann allein war, riß ich das Alexpäckchen auf. Drinnen lag eine niegelnagelneue CD mit extra Aufkleber, der sagte, daß die Musik als Werbung voll geschützt ist und nicht von jedem gespielt werden darf. Auf der Vorderseite sah man undeutlich einen Plattenspieler und in Graffiti stand da: »Splitting the Red Sea' the longawaited release from Miss IC (aka I-on Carry-on).«

Obwohl HipHop nie wirklich mein Ding war, freute ich mich trotzdem. Ich sah das Booklet durch auf der Suche nach etwas Besonderem, aber alles, was ich entdecken konnte, war das Schummerige an dem Bild von Magda: Statt wie eine muskulöse Ghettotusse sah sie jetzt mehr aus, als würde sie aus Indien kommen. Die Haare waren voll durcheinander, und oben an der Nase saß ein kleiner Goldring. Wenn sie so was wie Titten hatte, dann konnte man sie unter der Armeejacke unmöglich sehen. Ich fand gleich, daß das doch falsches Spiel auf höchstem Niveau war, Ghettotuss zu spielen, wenn man sich anzog wie eine Södermaus und nicht mal irgendwelche goldenen Zähne hat. Irgendwie kriegte man das Gefühl, daß sie die harte Stimme im Studio nur aufgesetzt hatte, um einen Plattenvertrag zu kriegen.

Nach dem Bild von Magda kam eine lange Liste, wo sie sich bei ein paar hundert Leuten bedankt und sagt, daß sie ohne die niemals eine starke Rapperin geworden wäre. Ich begann, die Liste sorgfältig von oben bis unten durchzulesen, und erst standen da meist Mädchennamen wie Emma, Cecilia und Rebecka, aber es waren auch ein paar arabische Namen dabei wie Hamadi und Lofti. Dann kam ein Abschnitt mit massenhaft unverständlichen Spezialnamen, die glaube ich von anderen Rappern waren. Nach EL Mercy und Tabaqui bedankte sich Magda auch bei Typen wie Big L, Pont-E-Kiss und JF da Brownshirt. Alle die Namen und die kleine Schrift machten es nicht leicht, aber schließlich entdeckte ich, was Alex mit »schau dir die Innenseite an« gemeint haben mußte. Am Ende der Dankliste stand »and a big thanks to Alex for love and support«.

Ich muß zugeben, daß ich etwas beeindruckt war, seinen Namen auf der Liste zu sehen.

Am Mariatorget stieg ich aus und ging zum Laden, um Papa und Nourdine zu helfen, nach dem Weihnachtsrush aufzuräumen. Als ich das Zeugnis zeigte, meinte Papa, ich könnte auch bessere Zensuren haben, aber es wäre trotzdem gut, daß ich lauter Vierer hätte. Gemeinsam stampften wir leere Kartons klein, schüttelten die Fußmatte aus und fegten zerbrochene Tannenbaumkugeln ein. Dann warfen wir die übrigen Überraschungseier weg, und weil wir schon mal dabei waren, überredete ich Papa, daß wir genausogut gleich das Fahrrad wegwerfen könnten, denn das war jetzt voll rostig und der Text auf dem Schild fast nicht mehr zu lesen. Während Nourdine den Müll in den großen Container vom Solstrålen schmuggelte, saugten Papa und ich und wischten mit Seifenwasser. Als wir die Pokemon-Maschine reintrugen und die Neonröhren ausschalteten, hatte der Laden den glänzendsten Fußboden und roch so frisch wie ein Friseursalon.

Im Fahrstuhl auf dem Weg zur Wohnung war Nourdine es, der als erster von der Parabolschüssel redete.

»Du, Halim. In der Wohnung gibt es eine Überraschung für dich. Hast du schon gesehen?«

»Ein Weihnachtsgeschenk?«

»Nein, nein. Noch nicht. Etwas anderes. Hast du es ihm schon gezeigt?« fragte Nourdine Papa.

»Nein, hab ich noch nicht geschafft. Er ist heute morgen so früh gegangen, und ...«

Papa suchte in der Jackentasche nach den Schlüsseln.

»Was ist es denn? Sagt schon!«

»Das mußt du selbst sehen. Schau einfach mal auf den Balkon.«

Ich tat so, als würde ich nichts verstehen und half Papa mit dem Sicherheitsschloß, damit es besonders schnell ginge. Als ich zum Balkon rannte, hörte ich Nourdine aus dem Flur rufen:

»Jetzt weißt du auch, warum Otman immer noch seinen Schnurrbart hat.«

Während Papa duschte und sich umzog, fingen Nourdine und ich an, zwischen den Kanälen hin und her zu schalten. Eigentlich waren ziemlich viele Programme alles andere als glockenklarer Empfang. Oft flimmerte das Bild oder hüpfte, und auf dem saudischen Kanal zeigten sie Fresh Prince in Bel Air (allerdings auf arabisch geschrieben und mit arabischer Werbung). Nourdine blieb bei einer ägyptischen Soap hängen, wo das Bild etwas schneeig war, aber der Ton okay. Die Hauptperson war ein Typ, der ein fettes Erbe verpaßt hatte, weil jemand einen Autounfall eingefädelt hatte, der ihm einen Gedächtnisverlust und eine aufwendige Gesichtsoperation einbrachte. Nourdine schaute sich das neugierig an, obwohl die Schauspieler mies und alle Außenszenen im Studio eingespielt waren.

Als der Abspann lief, kam Papa aus der Dusche. Er schien nicht so scharf darauf fernzusehen, statt dessen machte er in der Küche Glögg warm und fragte Nourdine und mich, ob wir welchen wollten. Als Antwort machte Nourdine lauter, so daß die Musik von »Wer wird Millionär« aus den Lautsprechern dröhnte. Papa kam in seinem blauen Morgenmantel, aus dem seine struppigen Beine schauten, und das Haar im Nacken angerannt.

»Was ist das denn? Ist das eine Aufnahme? Heute ist doch nicht Sonntag, oder?«

Seltsamerweise war es ein ägyptischer Kanal, der das Programm zeigte, und es sah trotzdem alles aus wie im schwedischen Fernsehen. Sie hatten drei Joker und dasselbe Studio (obwohl dieses hier in Ägypten lag) und dieselbe Musik und denselben Herzschlagsound. Aber es gab keinen Bengt Magnusson. Alle redeten das feinste klassische Arabisch, und ein paar Frauen trugen Schleier und ein paar Typen saudische Jebbas, wie richtige Luxusbeduinen.

Papa scheuchte mich vom Sessel, setzte sich mit allergradestem Rücken hin, und als sie anfingen, begann er eine Antwort nach der anderen zu rufen. Oft mußte er nicht einmal auf die Alternativen warten. Papa machte alles und alle total fertig, und er würde das schwierigste Niveau ganz easy ohne Joker packen. Nach dem ersten Durchgang schickte er mich los, den Rest von der Glöggflasche und das Rosinenpäckchen aus der Küche zu holen. Die ganze Zeit fuhr er fort, die richtigen Antworten zu rufen, er setzte massenhaft italienische Filme in die richtige Zeitreihenfolge, erinnerte sich an Namen von unbekannten englischen Malern, wußte den richtigen Erfinder des Sozialismus und kannte den Hafen, in dem die Japaner die USA mit einem Überraschungsangriff fertig gemacht haben.

Nach einer Weile ging Nourdine auf die Knie, um so zu tun, als würde er unter dem Sessel nach dem Auflösungsheft suchen, denn er meinte, Papa müßte die da versteckt haben. Aber Papa lachte nur, goß sich noch mehr Glögg ein und warf Rosinen hinein.

Nach dem Programm machte Papa sich fertig, und so gegen neun spazierten wir zum Jerusalem Kebab auf der Hornsgåtan. Es gibt nicht viele Leute, die in so strenger Winterskälte auf die Straße gehen können, und deshalb kriegten wir den besten Tisch in der oberen Etage zur Straße raus. Papa sagte, wir sollten alles bestellen, was wir wollten, denn heute abend würde er den reichen Onkel spielen. Wir bestellten das größte Al-mazat-Menü und fingen mit Halloumisalat und Taboulé und Hummus und Kafta Mahlije an. Man sah, daß der Kellner beeindruckt war, weil wir so viel Hunger und so viel Kohle hatten. Als er mit der ersten Ladung zurückkam, hatte Papa das dunkelgrüne Jackett über den Stuhl gehängt, die Hemdsärmel hochgekrempelt und den Schlips in die Tasche gesteckt.

Den Rest des Abends herrschte voll maximaler Eßtakt mit Schlürflauten und Servietten, die auf den Boden geworfen wurden, und roter Soße, die die Unterarme runterlief. Als das Essen weniger wurde, brachte der Kellner neue Teller mit Sachen wie Bastorma, getrocknetem Rinderfilet und Mansaff, Lamm in Joghurtsoße. Nourdine sagte, das Lammfleisch ist das beste der Stadt, und Papa, der gegrillten Fisch liebt, zog sich massenhaft Samak Mashwi rein.

In den Pausen zwischen den Gerichten erzählte Papa, daß er unten in der Garage den neuen Typen getroffen hat, der bei Bengt Magnusson eingezogen ist. Sie haben eine ganze Weile geredet, und der Typ ist wohl gar nicht Bengts Schwulenfreund, sondern wohnt da zur Untermiete, denn Bengt wohnt woanders.

»Das war sehr merkwürdig – er sagte, er hätte die Wohnung mieten können, weil man versucht hatte in Bengts Wohnung einzubrechen.«

»Was? Wann das denn?«

»Jetzt, irgendwann im Herbst. Komisch, nicht? Daß wir gar nichts gemerkt haben. Es hat wohl jemand versucht, durch den Briefkasten reinzukommen. Aber es ist nicht gelungen.«

Ich bemühte mich, unschuldig auszusehen, und versuchte, das Thema zu wechseln.

»Khemiri?« fragte ich Papa. »Das ist ein arabischer Name, oder?«

»Hm, arabisch. Aus Tunesien.«

»Ich finde ja, er sah überhaupt nicht aus wie ein Araber. Er hat ja überhaupt keine Bartstoppeln.«

»Das ist, weil seine Mutter Schwedin ist. Und er ist hier geboren. So wie du.«

Im stillen dachte ich bei mir, daß dieser Typ vielleicht auch echt gewesen war, als er noch jung war, daß er dann aber irgendwann in die Falle tappte, das Gedächtnis verlor und schwedisiert worden ist. Papa erzählte weiter, daß der Typ an der Uni studiert, vorher aber versucht hat, Schriftsteller zu werden. Ein paarmal hat er Bücher bei großen Verlagen eingereicht, und fast jedesmal haben sie gesagt, er ist so gut wie angenommen. Ich saß schweigend da und dachte mir, es geht nur mit Kontakten, und offenbar hatte dieser Typ die richtigen gesammelt, hatte sich dann aber im Zielband verheddert.

»Hat er jetzt aufgegeben?« fragte ich.

»Nein, das glaube ich nicht. Das Gefühl hatte ich jedenfalls nicht. Aber er scheint mächtig zu überlegen, was er machen soll. Ob er da weitermacht oder auf das Studium setzt. Studieren ist ja nie ein Fehler, habe ich ihm gesagt.«

»Ach was, scheiß auf das Studium«, sagte Nourdine und unterdrückte einen Rülpser. »Was hat er eigentlich von Bengt gesagt?«

»Was denn?«

»Ist es nun *der* Bengt Magnusson oder nicht?«

»Oje«, Papa schob erstaunt die Brille nach oben. »Das habe ich ganz vergessen zu fragen. Aber ich glaube es nicht. Das zu glauben fällt mir schwer. Ihr müßt ihn selbst fragen, ich habe ihn nach den Weihnachtsfeiertagen zum Essen eingeladen.«

Ich dachte, der Khemirityp sollte nicht aufgeben, denn Schweden braucht mehr Araberschriftsteller, und vielleicht kann er mit meiner Hilfe lernen, echter zu schreiben als die anderen. Wenn er mir nicht vertraut, kann ich ihm das Notizbuch zeigen, dann wird er von allen Philosophien imponiert und fängt an, auf Knien zu betteln, daß er sie im nächsten Buch verwenden darf. Alle Verlage werden direkt den größten Kohlevertrag machen wollen, und na klar teilen wir den Kuchen, denn ohne mich wäre er nichts. Dann muß er meinen Namen unter die Danksagungen setzen, plus jedesmal, wenn er mehr Preise kriegt, kommt ein neuer Scheck an mich. Wenn die Zeitungen dann voll hart rangehen wegen der Echtheit seiner Philosophien, und wenn der Khemirityp sich nicht verteidigen kann, dann sagt er, alles sind nur Phantasiegeschichten. Alle Schwedenidioten kaufen das Buch, weil sie glauben, sie kriegen einen miesen Halbaraber mit Leckfrisur, obwohl sie eigentlich echtes arabisches Vollblut kriegen!

Ich wurde in meinen Gedankengängen unterbrochen, als der Kellner neue Gerichte brachte und einen neuen Brotkorb und ein neues Paket Servietten und neue Getränke. Logo war alles Essen bestens gut und so scharf, daß einem der Schweiß nur so aus der Nase tropfte. Als alles fast aufgegessen war, sagte der Kellner, das Restaurant würde Baklava mit Vanilleeis als Nachspeise spendieren, und obwohl ich eigentlich nicht mehr konnte, konnte ich doch nicht nein sagen.

Nourdine setzte noch eins drauf, indem er eine Shisha zum Kaffee bestellte. Er lauschte glücklich dem Blubbern und pustete den Rauch gleichzeitig aus Mund und Nase. Papa nahm auch ein paar Züge, und dann trocknete er das Mundstück ab und reichte mir den Schlauch.

»Na, willst du auch? Wenn du Glögg trinken kannst, dann verträgst du verdammt noch mal auch etwas Wasserpfeife.«

Ich nahm ein paar Züge und dann noch ein paar, aber statt eines Nikotinkicks fühlte sich das voll sanft im Hals an, und ich bekam weiche Finger.

»Uiui, das hat ihm gefallen«, sagte Nourdine und zeigte auf mich. »Er ist in der Gefahrenzone, ohne Zweifel. Er ist ein zukünftiger Raucher.«

»Absolut nicht. Nicht mein Sohn. Für so was ist er zu schlau.«

»Was sagst du da? Nun versuch mal nicht, Zigaretten mit Intelligenz zu verbinden. Wer hat eigentlich die letzte Partie gewonnen?«

»Glück. Reines Glück. Wie sagt man: Manchmal regnet es sogar auf den Hintern eines Kamels.«

Ich beobachtete Papa und Nourdine eingehend, die da saßen und lachend so taten, als würden sie sich streiten, ich sah hinter ihrem Rücken den Autoverkehr auf der Hornsgatan, sah uns umringt von der Dunkelheit des Lokals und allen kuriosen arabischen Einrichtungsgegenständen. Ich bereute ein wenig, daß ich ihre Weihnachtsgeschenke nicht dabei hatte, denn in dieser Umgebung wäre es perfekt gewesen, den Koran im Taschenformat für Papa und das Nokia von der Theatertuss für Nourdine aus der Tasche zu ziehen (in der nächsten Zeit ist es nämlich wichtig, daß er ein voll funktionierendes Handy hat und keinen Anruf verpaßt).

Der Abend endete auf die beste Art und Weise. Nach einer ganzen Menge Symbolgestreite akzeptierte Nourdine, daß Papa die ganze Rechnung übernahm, und der Kellner verschwand zufrieden ins Erdgeschoß. Der Tisch war schmierig wie ein Schlachtfeld mit tropfenden Soßenpfützen und gestapelten Tellern und halb gegessenem Brot. Nourdine stocherte mit der Zange in der Glut der Wasserpfeife herum, während ich mir die Zähne mit einem Zahnstocher sauber machte, der nach Pfefferminz schmeckte.

»Oboy, das hier ist das Leben«, sagte Nourdine mit Fröhlichkeit in der Stimme.

Papa und ich nickten bloß, denn wir wußten, daß er recht hatte. Als wir gerade gehen wollten, trocknete Papa sich den Schnurrbart mit einer Serviette ab und mußte voll lachen. Er hielt die Serviette hoch wie ein Matador.

»Vielleicht bin ich ja etwas langsam im Kopf, aber ... Hast du das hier schon gesehen? Oder du?«

Papa sah von Nourdine zu mir. Auf der Serviette war (abgesehen von ein paar roten Soßenflecken) ein Bild von der Felsenmoschee in Rot und Weiß und Grün. Auf schwedisch stand dort: »Jerusalem Kebab« und weiter unten noch: »Orientalische Spezialitäten.«

Nourdine lachte laut mit Papa zusammen, und ich mußte lange warten, bis sie sich endlich beruhigten.

»Jetzt sagt schon. Was ist denn so witzig?«

Papa zeigte auf den arabischen Text auf der Serviette und sagte, ich soll mal lesen. Mit ganz viel Hilfe der beiden buchstabierte ich den Text. Endlich verstand ich dessen Gewaltigkeit. Papa sah die Serviette lange an und murmelte:

»Auf schwedisch schreiben sie *Orientalische Spezialitäten* und auf arabisch ›Wir werden wiederkehren‹. Jerusalem Kebab. Das ist eine hübsche Serviette. Sehr hübsch.«

Nourdine und ich nickten gleichzeitig. Ich dachte mir, Papa findet geschmuggelte Botschaften wie ein echter Gedankensultan, und manchmal merkt man einfach, daß er mein Vater ist.

Als wir rauskamen und auf der Straße standen, hatte es wieder angefangen zu schneien. Ich steckte eine Serviette in die Jackentasche und zog mir den Fezturban über die Ohren. Den ganzen Weg nach Hause ging ich zwischen Papa und Nourdine und verspürte Stolz, weil ich weiß, daß uns niemand jemals knacken kann.

Jonas Hassen Khemiri

wurde 1978 als Sohn einer schwedischen Mutter und eines tunesischen Vaters in Stockholm geboren. Nach dem Abitur studierte er ab 1999 Wirtschaftswissenschaften an der Stockholm School of Economics und ab 2000 Literaturwissenschaft an der Universität Stockholm.

Die Idee zu seinem ersten Roman *Das Kamel ohne Höcker*, der in Schweden 2003 erschien, kam ihm 1999 auf einer Reise nach Jerusalem und ins Westjordanland, wo der Konflikt zwischen Israelis und Palästinensern ihn mit seiner eigenen Außenseiterposition zwischen schwedischer und arabischer Kultur konfrontierte.

Über seinen Roman sagt Khemiri: »Das Buch handelt von der tastenden Suche nach Identität, von der Verbindung zwischen Sprache und Persönlichkeit und davon, was geschieht, wenn man den Glauben verliert. Man könnte sagen, es ist geschrieben worden, um einer Person eine Stimme zu geben, die ich gewesen bin, bevor ich mich mit meinem Studium der Literaturwissenschaft und Wirtschaftswissenschaften schwedisiert habe.« *Das Kamel ohne Höcker* wurde von Kritik und Publikum gleichermaßen begeistert aufgenommen. Mehr als 100 000 Exemplare sind von Khemiris Roman in Schweden verkauft worden, 2005 erhielt er den Preis für das bestverkaufte schwedische Taschenbuch. Der Autor wurde 2004 zudem mit dem renommierten *Borås Tidnings Debütpreis* für das beste literarische Debüt des Jahres ausgezeichnet.

PIPER NORDISKA

Christian Jungersen

Ausnahme

Roman. Aus dem Dänischen von Ulrich Sonnenberg.
672 Seiten. Gebunden

Ein Roman über die Psychologie des Bösen. Ein Roman, in dem vier Frauen sich das Leben gegenseitig zur Hölle machen: Iben, Malene, Anne-Lise und Camilla, vier Frauen, die gemeinsam im Dänischen Zentrum für Information über Völkermord arbeiten. Iben und Malene sind enge Freundinnen, die sich auch privat sehr häufig sehen und viele Geheimnisse miteinander teilen. Im Büro schieben sie sich gegenseitig die interessanten Aufgaben zu, während sich vor allem die Bibliothekarin Anne-Lise von ihnen ausgegrenzt fühlt. Eines Tages erhält Iben per email eine anonyme Morddrohung. Zunächst geht sie davon aus, daß der Absender ein serbischer Kriegsverbrecher sein muß, über den sie einmal gearbeitet hat. Bald aber schließen sie und Malene auch Anne-Lise als Absenderin nicht mehr aus.
Selten ist ein Buch geschrieben worden, das auf so kluge, spannungsvolle und so unnachsichtige Weise das Schicksal seiner Figuren mit seinem gesellschaftlichen Anliegen verknüpft.

08/1001/03/R

Jette Kaarsbøl
Das Versprechen der Ehe

Roman. Aus dem Dänischen von Christel Hildebrandt.
560 Seiten. Gebunden

Kopenhagen, Ende des 19. Jahrhunderts: Die junge und unerfahrene Frederikke Leuenbech soll den Theologiestudenten Christian Holm heiraten, einen zuverlässigen Mann mit solidem Einkommen, kurzum das, was man eine gute Partie nennt. Sie selbst hinterfragt ihre Entscheidung kaum und verliert sich in ihren Tagträumen – bis sie den umschwärmten und charismatischen Arzt Frederik Faber kennenlernt und zum ersten Mal in ihrem Leben tiefe und aufrichtige Liebe empfindet. Fasziniert ist sie auch von seinem Freundeskreis, der aus Intellektuellen, Bohemiens und Künstlern besteht, denn sie repräsentieren das, was sie als Pfarrfrau nie würde haben können – ein Leben jenseits aller gesellschaftlichen Konventionen. Christian ist empört über Frederikkes Umgang, und als sie gar die Verlobung löst, kommt es zum Skandal. Nur wenig später unterbreitet ihr Frederik ein verlockendes Angebot: eine Ehe mit ihm, die ihr finanzielle Unabhängigkeit und persönliche Freiheit bringen soll. Überglücklich willigt Frederikke ein. Doch rasch begreift sie, daß Frederik unter einem Eheversprechen etwas anderes versteht als sie.

08/1002/01/L

PIPER ORIGINAL

M. J. Hyland
Schlaflos

Roman. Aus dem Englischen von Ingo Herzke. 384 Seiten. Klappenbroschur

Louise wird als Austauschschülerin in die USA fliegen, für ein Jahr, und sie wünscht sich, nie mehr zurückzukehren in ihre alte Familie: Sie habe etwas Besseres verdient, glaubt sie, und damit hat Lou ganz sicher recht. Als Margret und Henry Harding sie am O'Hare Airport Chicago in dezenter dunkler Kleidung empfangen, ist eines schon gewiß: Künftig wird Lou auf blütensauberen Laken schlafen. Alles an den Hardings scheint perfekt. Sehr perfekt. Bis auf ihren aufdringlichen Sohn James vielleicht. Warum aber findet Lou dann immer noch keinen Schlaf? Und warum darf niemand spüren, wie sehr sie sich nach Liebe sehnt? – Messerscharf erzählt M. J. Hyland von ihrer jungen Heldin Lou, die unaufhaltsam auf ein Unglück zusteuert.

04/1046/01/R

PIPER NORDISKA

Johan Harstad

Buzz Aldrin wo warst du in all dem Durcheinander

Roman. Aus dem Norwegischen von Ina Kronenberger. 608 Seiten. Gebunden

Der 27jährige Norweger Johan Harstad gehört zu den größten schriftstellerischen Talenten seines Landes. Sein erster Roman ist auf dem besten Weg, international Karriere zu machen. Harstad erzählt darin die kuriose, verspielte und poetische Geschichte eines schüchternen jungen Gärtners aus Stavanger: In dem Moment, als Buzz Aldrin am 11. Juli 1969 als zweiter Mann den Mond betritt, erblickt Mattias das Licht der Welt. Natürlich verbindet so etwas. Und wie Aldrin ist Mattias seither bei allem der zweite Mann gewesen, der unsichtbare Zweite hinter einem Ersten. Daran war für ihn nichts auszusetzen. Bis seine Freundin Helle ihm den Laufpaß gibt und Mattias auch noch seinen Job verliert. Mattias wird aus seiner Umlaufbahn gerissen, und das Leben schleudert ihn bis auf die Färöerinseln. Der Plan ist, eine Woche mit Jörns Band dortzubleiben. Doch auf den Färöerinseln sieht plötzlich alles ganz anders aus.

08/1006/01/L

Arne Dahl

Falsche Opfer

Kriminalroman. Aus dem Schwedischen von Wolfgang Butt. 388 Seiten. Serie Piper

Der brutale Mord an einem Stockholmer Restaurantbesucher, ein Zeuge, der nichts gesehen haben will, die unerklärliche Bombenexplosion in einem Hochsicherheitsgefängnis und ein tödlicher Bandenkrieg – nach seinen Bestsellern »Misterioso« und »Böses Blut« gelingt Arne Dahl ein glänzender neuer Fall um seine Sonderermittler Paul Hjelm und Kerstin Holm.

»Der vielgelobte Schwede Arne Dahl ist ein scharfer Kritiker sozialer Zustände, zudem ein packender Erzähler und auf dem besten Weg, Altmeister Henning Mankell zu entthronen.«

Der Standard

05/1900/01/L

Arne Dahl

Tiefer Schmerz

Kriminalroman. Aus dem Schwedischen von Wolfgang Butt. 432 Seiten. Serie Piper

Ein toter Nobelpreiskandidat und eine bis zur Unkenntlichkeit verstümmelte Leiche in einem Stockholmer Freizeitpark – haben sie etwas miteinander zu tun? Fieberhaft suchen die Sonderermittler um Paul Hjelm und Kerstin Holm nach dem Verbindungsglied in einer bizarren Mordserie. Der Fall führt sie nicht nur durch halb Europa, sondern auch in die Vergangenheit, bis hin zu einem monströsen Verbrechen vor langer Zeit.

»Arne Dahl beherrscht das Spiel mit der Spannung professionell. Seine Figuren sind vitale Geschöpfe, die in den Köpfen der Leser weiterleben.«

Der Spiegel

05/1993/01/R

Kerstin Ekman

Winter der Lügen

Roman. Aus dem Schwedischen von Hedwig M. Binder. 224 Seiten. Serie Piper

Die Bewohner des Mietshaus stehen vor einem Rätsel: Warum will der Hausmeister Pär Lindholm niemanden ins Zimmer der verschwundenen Vermieterin Agda Wallin lassen? Und weshalb hat man seit Wochen nichts mehr von der Alten gehört? Sie bleibt spurlos verschwunden, woran der Winter mit seinem Schnee nicht ganz unschuldig ist, denn der verbirgt eine Leiche und damit auch Pärs Geheimnis. Bis ihm schließlich eine Bewohnerin auf die Schliche kommt …

»Kühl, präzise und mit fanatischer Detailgenauigkeit, dabei fast wortkarg, analysiert die Autorin das Sterben der inneren Natur des Menschen, das einhergeht mit dem der Gesellschaft, in der er lebt.«
Die Welt

05/1994/01/L

Kerstin Ekman

Die letzten Flöße

Roman. Aus dem Schwedischen von Hedwig M. Binder. 480 Seiten. Serie Piper

Die stille Landschaft im nordschwedischen Jämtland ist Schauplatz von Kerstin Ekmans großem neuen Roman. Dort lernt die junge Myrten Elis kennen, einen Künstler und Sonderling, der soeben aus dem Krieg heimgekehrt ist. Die beiden verlieben sich, doch Myrten erkennt zu spät, daß Elis eine Vorgeschichte in dem kleinen Ort hat, die auch ihr Leben folgenschwer beeinflussen wird. Ein großer epischer Gesellschaftsroman und die Geschichte einer jungen Frau auf der Suche nach ihrer Bestimmung.

05/1995/01/R

Anne Holt, Berit Reiss-Andersen

Das letzte Mahl

Roman. Aus dem Norwegischen von Gabriele Haefs. 427 Seiten. Serie Piper

Der grausame Mord an dem Osloer Restaurantchef Ziegler stellt Hanne Wilhelmsen und Billy T. vor ein Rätsel: Wer hat ihm das edle japanische Messer in die Brust gestoßen? Und was hat es mit dem unvollendeten kunstvollen Mosaik in Zieglers Wohnung auf sich? Nach dem tragischen Tod ihrer Freundin Cecilie ist Hanne endlich nach Oslo zurückgekehrt. Nur zögernd wird sie von ihren Kollegen wieder akzeptiert, bis sie diese vor einem schwerwiegenden Fehler bewahrt und den Mord aufklären kann.

»Ein Roman, der gleichzeitig so fesselt, daß man ihn verschlingt, aber doch so nachhaltig beschäftigt, daß man ihn nicht vergißt.«

Stadtmagazin Hannover

05/1771/01/L

Karin Fossum

Schwarze Sekunden

Roman. Aus dem Norwegischen von Gabriele Haefs. 300 Seiten. Serie Piper

Die schwarzen Sekunden der Septembernacht dehnen sich unerträglich, während Kommissar Sejer verzweifelt die verschwundene Ida Joner sucht. Ist der autistische Emil Johansson ihr unergründlicher, grausamer Mörder? Psychologische Finesse und höchste Spannung prägen den neuen Kriminalroman der preisgekrönten Autorin Karin Fossum.

»Meisterhaft schildert Karin Fossum die Katakomben der menschlichen Psyche. Ein Nervenzerrspiel, dessen Plot über die letzte Seite hinaus verstört.«

Facts

05/1773/01/R